楚 辞

张慧芸◎主编

团结出版社

图书在版编目（CIP）数据

楚辞 / 张慧芸主编. — 北京：团结出版社，
2018.6
　ISBN 978-7-5126-5703-8

　Ⅰ. ①楚… Ⅱ. ①张… Ⅲ. ①古典诗歌-诗集-中国
-战国时代 Ⅳ. ①I222.3

　中国版本图书馆 CIP 数据核字（2017）第 263808 号

出　　版：团结出版社
　　　　　（北京市东城区东皇城根南街 84 号　　邮编：100006）
电　　话：（010）65228880　65244790（出版社）
　　　　　（010）65238766　85113874 65133603（发行部）
　　　　　（010）65133603（邮购）
网　　址：http://www.tjpress.com
E－mail：65244790@ 163.com（出版社）
　　　　　fx65133603@ 163.com（发行部邮购）
经　　销：全国新华书店
排　　版：文贤阁
印　　刷：北京德富泰印务有限公司

开　　本：640×920 毫米　16 开
印　　张：20
印　　数：3000
字　　数：307 千
版　　次：2018 年 6 月　第 1 版
印　　次：2018 年 6 月　第 1 次印刷

书　　号：978-7-5126-5703-8
定　　价：30.00 元

"中华国学经典"
系列图书专家委员会

❀ 前　言 ❀

　　楚辞，是以屈原为代表的战国诗人所创作的一种文体。汉代刘向将屈原、宋玉等人的作品搜集整理并命名《楚辞》，因此《楚辞》又是一部诗歌总集的名称。但在某种程度上，《楚辞》仍是屈原、宋玉等人作品的专有名称，因其运用楚地的文学样式、方言声韵和风土物产等，具有浓厚的楚地色彩。而刘向的《楚辞》原书早亡，现存最早的楚辞注本是东汉王逸的《楚辞章句》。《楚辞》全书以屈原的作品为主，其余各篇也都承袭屈原的风格形式。《汉书·地理志》记载："始楚贤臣屈原被谗放流，作《离骚》诸赋以自伤悼。后有宋玉、唐勒之属慕而述之，皆以显名。……故世传《楚辞》。"

　　屈原（前 339 年? —前 278 年?），名平，字原，楚国贵族，战国时期楚武王熊通之子熊瑕的后代。因熊瑕被封在"屈"地，故其后代以屈为姓。贵族出身的屈原，从小受到良好的教育，年轻时便"博闻强识，明于治乱"。屈原早年受楚怀王信任，任左徒、三闾大夫，兼管内政外交。他主张对内举贤任能、修明法度，对外联齐抗秦。后遭到以子兰为首的奸佞排挤，被流放。楚顷襄王二十一年（前 278 年），秦将白起攻破郢都（今湖北江陵），屈原闻之悲愤绝望，自沉于汨罗江。

　　《楚辞》对整个中国文化有着非同寻常的意义，它是中国第一部

浪漫主义文学的诗歌总集，因此后世又把这种文体称为"楚辞体"、骚体。"骚"，因其中的作品《离骚》而得名。因十五《国风》而称为"风"的《诗经》则为中国现实主义文学的鼻祖，因此后人常以"风骚"代指诗歌，或以"骚人"代指诗人。与《诗经》古朴的四言诗相比，楚辞句式活泼，有时使用楚国方言，在节奏和韵律上独具特色，更适合表现复杂丰富的思想感情。

　　《离骚》《天问》《九歌》可以作为屈原三种类型作品的代表。《九章》《远游》《卜居》《渔父》，其内容与风格可与《离骚》列为一组，大都有事可据，有义可陈，重在表现作者内心的情愫。《天问》是屈原根据神话传说创作而成的诗篇，着重表现了作者的学术造诣及其历史观和自然观。《九歌》原是楚国祀神乐曲，经屈原加工、润色而成诗歌，在人物感情的抒发和环境的描写上，充满了浓厚的生活气息。

　　《楚辞》博大精深、源远流长，历代文人对其都有自己的研究，因此《楚辞》有众多的注本。本书参照权威版本及名家注本筛选了其中的名篇，并配以注释、译文、解析，希望能够帮助读者阅读理解。由于编者水平有限，书中难免有不足之处，欢迎广大读者批评指正。

目 录

离 骚 …………………………………………………… 1

九 歌 ………………………………………………… 37

天 问 ………………………………………………… 68

九 章 ………………………………………………… 116

卜 居 ………………………………………………… 177

渔 父 ………………………………………………… 182

九 辩 ………………………………………………… 186

七 谏 ………………………………………………… 204

九 叹 ………………………………………………… 232

九 思 ………………………………………………… 280

离 骚

屈 原

原文

帝高阳①之苗裔兮，朕②皇③考④曰伯庸⑤。
摄提⑥贞⑦于孟⑧陬⑨兮，惟庚寅⑩吾以降⑪。
皇⑫览⑬揆⑭余初度⑮兮，肇⑯锡余以嘉名。
名余曰正则兮，字余曰灵均。

注释

①高阳：即颛（zhuān）
项（xū），帝号高阳氏。相
传颛项是楚国的远祖，其后
人熊绎被周成王封在楚地。
春秋时，楚武王之子瑕受封
于屈邑，其后人以屈为氏。
屈原是屈瑕之后，所以自称
帝高阳氏之后裔。

②朕：我。
③皇：伟大。
④考：亡父。
⑤伯庸：屈原父亲的名或字。
⑥摄提：即摄提格。古人把天空划分为子、丑、寅、卯、辰、巳、

午、未、申、酉、戌、亥十二个部分，称作十二宫。依照岁星（木星）在天空运转所指方位来纪年，岁星指向寅宫是寅年，也称摄提格。随着岁星运转方位的不同，叫法也不同。

⑦贞：正。

⑧孟：开始。

⑨陬（zōu）：正月，古代十二个月各有叫法，正月也称陬月。

⑩庚寅：指庚寅日，古代以干支记日。

⑪降：降生。屈原出生于寅年寅月寅日。

⑫皇：同上文"皇考"，指去世的父亲。

⑬览：观察。

⑭揆（kuí）：衡量。

⑮初度：初降生时的气度。

⑯肇（zhào）：通"照"，开始，指降生时。

译文

我是帝高阳氏颛顼的后裔，我的亡父名叫伯庸。

岁星正好运行到庚寅年正月，在庚寅日那天我出生了。

父亲仔细观察我初生时的气度，从那时起他赐予我这美好的名字。

父亲给我取名正则，起字灵均。

原文

纷吾既有此内美①兮，又重之以修能②。

扈江离③与辟芷兮，纫④秋兰以为佩。

汨⑤余若将不及兮，恐年岁之不吾与⑥。

朝搴⑦阰⑧之木兰兮，夕揽洲之宿莽⑨。

日月忽其不淹兮，春与秋其代序。

惟草木之零落兮，恐美人⑩之迟暮⑪。

不抚⑫壮而弃秽兮，何不改此度⑬？

乘骐骥⑭以驰骋兮，来吾道夫先路⑮。

①内美：与生俱来的内在的美好德性。

②修能：后天养成的品德。

③江离：又名蘼芜，香草名。一说江离是生于江中的香草，故名江离。

④纫（rèn）：捻，搓。

⑤汩：水流急速的样子。这里比喻时光如水般流逝。

⑥不吾与："不与吾"的倒装，不等待我。

⑦搴（qiān）：拔取。

⑧陂（pí）：土坡。

⑨宿莽：经冬不死的香草。

⑩美人：这里指楚怀王。屈原作品里的美人，时而比喻国君，时而比喻美好的人，时而自比。

⑪迟暮：指晚年。

⑫抚：凭借。

⑬此度：指"不抚壮而弃秽"的态度。一本有"也"字。

⑭骐（qí）骥：骏马，比喻贤臣。

⑮先路：指先王的道路。

译 文

我欢喜自己有这么多与生俱来的内在的美好德性，又不断培养自己后天的品行。

我身披散发着幽香的江离和白芷，把秋兰结在腰间作为配饰。

时光流逝我追寻不上目标，忧心岁月不留给我更多的时间。

浴着晨曦采撷坡上木兰，黄昏时分采摘水中小洲的宿莽。

日月飞速前进不停下脚步，四季在井然有序地变换。
想到草木纷然凋零，只怕楚王步入衰弱的晚年。
为什么你不趁着还在壮年抛弃污秽，改变你的法度？
骑上骏马向前奔驰吧，我在前面为你引路。

原文

昔三后①之纯粹②兮，固众芳③之所在④。
杂申椒⑤与菌桂兮，岂维纫夫蕙茝？
彼尧舜之耿介⑥兮，既遵⑦道⑧而得路⑨。
何桀⑩纣⑪之猖⑫披⑬兮，夫唯捷径⑭以窘步⑮。
惟夫党人之偷乐⑯兮，路⑰幽昧⑱以险隘。
岂余身之惮⑲殃⑳兮，恐皇舆㉑之败绩。
忽奔走以先后㉒兮，及前王之踵武。
荃不察余之中情兮，反信谗而齌怒。
余固知謇謇之为患兮，忍而不能舍也。
指九天以为正兮，夫唯灵修之故也。
曰黄昏以为期兮，羌中道而改路。
初既与余成言兮，后悔遁而有他。
余既不难夫离别兮，伤灵修之数化。

注释

①三后：解释众多，这里采用"黄帝、颛顼和帝喾"之说。
②纯粹：纯正不杂，引申为德行高。
③众芳：比喻众多有才华的人。
④在：聚集。
⑤申椒：一种香料，申椒、菌桂、蕙、茝，均用来比喻有才华的人，即上文的"众芳"。
⑥耿介：圣明光大。

⑦遵：循。

⑧道：正途，正确的道理。

⑨路：大道，比喻治理国家的正确方针。

⑩桀：夏朝末代君主，暴君。

⑪纣：商朝末代君主，暴君。

⑫猖：狂妄。

⑬披："边"的假借字，偏邪。

⑭捷径：原指近便的小路，这里比喻不循正途。

⑮窘步：困窘失足。

⑯偷乐：贪图享乐。

⑰路：代指国家的前途。

⑱幽昧：昏暗不明。

⑲惮：害怕，畏惧。

⑳殃：灾难。

㉑皇舆：古代帝王乘坐的车子，比喻国家政权。

㉒奔走以先后：指为楚王效力。

译文

上古的三位帝王纯正无私、德行完美，所以身边聚集了众多有才华的人。

很多都是如同申椒、菌桂般的优秀人物，联合的何止优秀的茝和蕙？

唐尧、虞舜圣明光大，他们遵循正途而得到治理国家的正确方针。

夏桀、殷纣狂妄偏邪，贪图捷径而困窘失足。

结党营私的人贪图享乐，国家的前途昏暗不明充满险阻。

难道我是害怕自身招灾惹祸吗？我只担心国家失利败落。

我尽心尽力为君王效力四处奔走，就是希望君王能赶上先王们的步伐。

君王却不明察我内心的真诚情感，反而听信谗言勃然大怒。

我本来就知道忠言直谏会引来祸患，宁可忍受痛苦也不改变自己的想法。

手指九天作为证明，这些全都是为了君王啊。

约定好在黄昏时分见面，走到半路时又中途改道。

当初既然已经和我约定好了，随后又反悔改变心思。

我已不为君臣分离感到难过，只是伤心君王的朝令夕改。

原文

余既滋①兰之九畹②兮，又树③蕙之百亩。

畦④留夷与揭车⑤兮，杂杜衡⑥与芳芷⑦。

冀⑧枝叶之峻⑨茂兮，愿竢⑩时乎吾将刈⑪。

虽萎绝⑫其亦何伤兮，哀众芳之芜秽。

注释

①滋：栽，栽种。

②畹（wǎn）：古代面积单位，一说三十亩田为一畹，又说十二亩田为一畹。

③树：种植。

④畦：指分垄种植。

⑤留夷、揭车：都是香草名。

⑥杜衡：也作"杜蘅"，香草名，即俗称的马蹄香。

⑦芳芷：香草名，即白芷。以上四种香草，均比喻所培育的才俊之士。

⑧冀：希望。

⑨峻：高大。

⑩竢：通"俟"，等待。

⑪刈（yì）：割取，收获。指为国家培养人才。
⑫萎绝：枯死。比喻为国家培养的人才，却与敌国同流合污。

译文

我已经培植了九畹春兰，又栽种了百亩蕙草。
分垄培植了留夷和揭车，其中夹杂着杜衡和芳芷。
我希望它们都能枝叶茂盛，我愿意等待时机将它们采摘。
即便枯萎凋谢了也不要紧，只是悲痛这些花草变成遍地荒棘。

原文

众①皆竞进②以贪婪兮，凭③不厌④乎求索⑤。
羌内恕⑥己以量⑦人兮，各兴心而嫉妒。
忽驰骛⑧以追逐⑨兮，非余心之所急。
老冉冉其将至兮，恐修名⑩之不立⑪。
朝饮木兰之坠露兮，夕餐秋菊之落英⑫。
苟⑬余情⑭其信姱⑮以练要⑯兮，长顑颔⑰亦何伤？
擥⑱木根⑲以结茝⑳兮，贯㉑薜荔㉒之落蕊㉓。
矫㉔菌桂以纫蕙兮，索㉕胡绳㉖之纚纚㉗。
謇㉘吾法㉙夫前修㉚兮，非世俗之所服。
虽不周于今之人兮，愿依彭咸㉛之遗则。

注释

①众：指楚怀王的臣子们。
②竞进：争先恐后地往前跑。
③凭：满足。楚人称"满"为"凭"。
④厌：满足。
⑤索：求。
⑥恕：揣度，揣测。

⑦量：衡量。

⑧驰骛（wù）：疾驰，奔走。

⑨追逐：追赶。

⑩修名：美名。

⑪立：成。

⑫落英：散落的花。一说为"初生的花朵"。

⑬苟：如同。

⑭情：指德行。

⑮信姱（kuā）：真正的美好。

⑯练要：指要精诚专一。

⑰顑颔：面黄肌瘦。

⑱擥（lǎn）：通"揽"，持。

⑲木根：兰槐的根。

⑳茞：通"芷"。

㉑贯：穿。

㉒薜（bì）荔：香草名，又名木莲。

㉓蕊：花心。

㉔矫：拿起。

㉕索：搓绳子。

㉖胡绳：香草名，茎叶可做绳索。

㉗纚纚：长而下垂的样子。

㉘謇（jiǎn）：此处为发语词，楚地的方言，同上文"余固知謇謇之为患兮"中"謇"的意义不一样。一说解释为用心竭力、艰难勤奋。

㉙法：效法。

㉚前修：前贤，前代的圣贤。

㉛彭咸：殷商的贤大夫，劝谏君王不听，自投江而死。

译文

众人都在追逐名利、贪婪不止，永不满足地苦苦追求。

他们以自己的心肠揣度他人，彼此斗着心机互相妒忌。

急于奔走追逐名利，这些都不是我的追求。

人生暮景渐渐就要降临，我担心美好的声名不能够树立。

早上我饮用木兰花上的露水，晚上我吃秋菊的落花。

只要我情志美好、坚贞不移，长久以来的神形消损又算得了什么？

我用木根来把芷草编结，又把薜荔花穿连在一起。

我矫正菌桂的枝条联结蕙草，并以胡绳绞合在一起而彰显它的飘逸身姿。

我要效仿前代圣贤的装束，不是世俗人所能做到的。

虽然我不能迎合当世的人，但我愿效仿殷代的彭咸。

原文

长太息以掩涕兮，哀民生之多艰。

余虽好修姱以鞿羁①兮，謇朝谇②而夕替③。

既替余以蕙纕④兮，又申⑤之以揽茝。

亦余心之所善⑥兮，虽九⑦死其犹未悔。

怨灵修之浩荡⑧兮，终不察夫民心。

众女⑨嫉余之蛾眉⑩兮，谣诼⑪谓余以善淫。

固⑫时俗之工巧⑬兮，偭⑭规矩⑮而改错⑯。

背绳墨⑰以追⑱曲⑲兮，竞周容⑳以为度㉑。

忳㉒郁邑㉓余侘傺㉔兮，吾独穷困㉕乎此时也。

宁溘死㉖以流亡兮，余不忍为此态㉗也。

鸷鸟㉘之不群兮，自前世而固然。

何方㉙圜㉚之能周兮，夫孰异道而相安？

屈心而抑志兮，忍尤而攘诟。
伏清白以死直兮，固前圣之所厚。

注释

①靳羁：马的缰绳和络头，比喻受到束缚、牵连。

②谇（suì）：谏诤。

③替：废弃，除去。

④蕙纕（xiāng）：佩饰。蕙草编缀成的带子。

⑤申：重复。

⑥善：崇尚。

⑦九：言其多。

⑧浩荡：原指水流很大的样子，这里指荒唐。

⑨众女：指楚怀王身边的一些贵族宠臣。

⑩蛾眉：指女子美丽的容貌，此处借喻屈原自己美好的品质。

⑪谣（zhuó）：诉，或伤人的话。

⑫固：本来。

⑬工巧：取巧。

⑭偭：通"免"，违背。

⑮规矩：规、矩是两种工具，这里指法度。

⑯改错：改变措施。

⑰绳墨：木工定直线用的工具，引申为正道直行。

⑱追：随。

⑲曲：指贵族宠臣违背正理所做的邪行。

⑳周容：苟合。

㉑度：法则。

㉒忳（tún）：烦恼的样子。

㉓郁邑：忧愁郁结。

㉔侘（chà）傺（chì）：失意而精神恍惚的样子。

㉕穷困：陷入窘迫。

㉖溘（kè）死：突然死去。

㉗此态：指小人的丑态。

㉘鸷（zhì）鸟：鹰、鹗等猛禽。

㉙方：指方的榫头。

㉚圜（yuán）：圆的孔。

译文

长长地叹息我掩面拭泪，感伤人生的艰辛。

虽然我爱好美德却遭到束缚，清晨向君王进谏晚上就被废弃。

他们指责我佩带蕙草，又毁谤我用茝兰做佩饰。

这些是我心中喜爱的东西，为此九死我也不后悔。

只是埋怨君王行事荒唐，终究不能了解我的忠心。

那群女人都嫉妒我的美丽容颜，造谣诬陷说我妖艳而淫荡。

那些人本就善于投机，背弃原则改变措施。

违反标准并无原则啊，争相把苟合取悦当作常理。

我感到忧郁失意精神恍惚，偏偏只有我受困于时。

宁愿马上死去魂离魄散，也绝不媚俗取巧。

鸷鸟不能够同群，自古以来就是这样。

方和圆怎能配合在一起，谁又能志向不同而彼此相安？

宁愿压抑本心的情感意志，包容过错含垢忍辱。

保持清白的节操为正义而死，这是古代的圣人所称许的。

原文

悔相①道之不察兮，延伫②乎吾将反③。

回朕车以复路④兮，及⑤行迷之未远。

步余马于兰皋⑥兮，驰椒丘⑦且焉⑧止息。

进⑨不入⑩以离尤⑪兮，退⑫将复修吾初服⑬。

制芰⑭荷以为衣兮，集芙蓉⑮以为裳⑯。

不吾知其亦已兮，苟余情其信芳。

高余冠之岌⑰岌兮，长余佩⑱之陆离⑲。

芳与泽⑳其杂糅㉑兮，唯昭质㉒其犹未亏。

忽反顾以游目㉓兮，将往观乎四荒。

佩缤纷其繁饰兮，芳菲菲㉔其弥章㉕。

民生各有所乐兮，余独好修以为常。

虽体解㉖吾犹未变兮，岂余心之可惩㉗？

注释

①相：看。

②延伫：长久站立。

③反：同"返"，返还。

④复路：往回赶路。

⑤及：趁着。

⑥皋：河岸边。

⑦椒丘：生长椒木的小山。

⑧焉：在那里。

⑨进：指进谏。

⑩不入：不被国君所用。

⑪离尤：获罪。

⑫退：退出。

⑬修吾初服：修身洁行。

⑭芰（jì）：指菱叶。

⑮芙蓉：荷花。

⑯裳：古时上身穿的叫衣，下身穿的叫裳。

⑰岌：高挑的样子。

⑱佩：佩剑。

⑲陆离：长的样子。

⑳泽：一释为"玉之润"；另一释为"污垢"。此处取后者。

㉑杂糅：掺和。

㉒昭质：纯洁的品质。

㉓游目：纵目远望。

㉔菲菲：指香气很盛。

㉕弥章：非常清晰。

㉖体解：肢解，古代的一种酷刑。

㉗惩：戒惧。

译 文

悔恨当初未能看清前路，长久站立后又要返回。

掉转车马走向原来的路，趁着迷途不远赶快返回。

走马在兰草水边，在椒丘上暂做休息。

既然进谏失败而获了罪名，那就回故乡重新穿回我的旧衣。

我把碧绿的荷叶裁成上衣，把洁白的荷花织成下裳。

没人懂我也就罢了，只要我的内心是馥郁芳香的。

我把头上的冠戴加高，把我的佩带增得长长的。

即使芳香和污垢混淆在一块，纯洁的品质也不会腐朽。

忽然我回头纵目远望，打算到四方观光游览。

佩着五彩斑斓华丽的装饰，散发出浓浓的芳香使它们更耀眼。

人们各自有所喜好，而我独爱修饰已成习惯。

就算肢解我也不会改变，难道我还能受警戒而感到彷徨？

原 文

女嬃①之婵媛②兮，申申③其詈④予。

曰鲧⑤婞⑥直以亡身⑦兮，终然殀⑧乎羽⑨之野。

汝何博謇⑩而好修兮，纷独有此姱节⑪？
赍⑫菉⑬葹⑭以盈室兮，判⑮独离而不服⑯。
众不可户说⑰兮，孰云察余⑱之中情？
世并举⑲而好朋⑳兮，夫何茕㉑独而不予听㉒。

注释

①女嬃：一说是女性名，一说是侍妾，都不确切。

②婵媛：留恋。

③申申：反复。

④詈（lì）：责怪。

⑤鲧：夏禹的父亲。

⑥婞：坚强易怒。

⑦直以亡身：刚直而不顾身。

⑧殀：死。

⑨羽：羽山，神话中的地方。

⑩博謇：博，博闻。謇，说实话。

⑪节：节度。

⑫赍（cí）：草木茂盛的样子。

⑬菉：恶草。

⑭葹：枲耳，又称恶草。喻指奸佞。

⑮判：区分。

⑯服：佩带。

⑰户说：挨家挨户通知。

⑱余：我们。

⑲并举：相互奉承。

⑳好朋：结党成群。

㉑茕：孤寂。

㉒不予听：即不听予。不听我的劝告。予，女嬃自指。

译文

女嬃对在我身上所发生的事很关心，她曾经一再地告诫我。

她说鲧因为太刚直而被流放，最终惨死在羽山。

你为什么总是要一意孤行而爱好美洁，独有很多美好的节操？

屋里堆放的都是普通的花草，你却非要与别人不同不愿佩戴。

每个人不能挨家挨户地去讲明心意，有谁会去真正理解我们的内心世界？

世上的人都喜欢结党成群，你为什么茕茕孑立总不听我的劝告呢？

原文

依^①前圣以节中^②兮，喟^③凭心^④而历兹^⑤。

济沅湘^⑥以南征兮，就重华而陈词。

启^⑦《九辩》与《九歌》兮^⑧，夏康^⑨娱以自纵。

不顾难^⑩以图后^⑪兮，五子^⑫用失乎家巷。

羿淫游以佚^⑬畋^⑭兮，又好射夫封狐^⑮。

固乱流^⑯其鲜终兮，浞^⑰又贪夫厥家。

浇^⑱身被服^⑲强圉^⑳兮，纵欲而不忍^㉑。

日康娱以自忘^㉒兮，厥首用夫颠陨^㉓。

夏桀^㉔之常违^㉕兮，乃遂焉而逢殃^㉖。

后辛^㉗之菹醢^㉘兮，殷宗^㉙用而不长。

汤禹俨^㉚而祗敬兮，周论道而莫差。

举贤而授能兮，循绳墨而不颇。

皇天无私阿兮，览民德焉错辅。

夫维圣哲以茂行兮，苟得用此下土。

瞻前而顾后兮，相观民之计极。

夫孰非义而可用兮，孰非善而可服。

阽余身而危死兮，览余初其犹未悔。
不量凿而正枘兮，固前修以菹醢。
曾歔欷余郁邑兮，哀朕时之不当。
揽茹蕙以掩涕兮，沾余襟之浪浪[31]。

注释

①依：遵循。

②节中：节操。

③喟：叹息声。

④凭心：抒发内心的愤懑。

⑤历兹：遭受这样的打击。

⑥沅、湘：水名，在今湖南宁远境内。要向重华陈辞，就必定要渡沅、湘二水向南进发。

⑦启：夏启，禹的儿子，在禹崩后即帝位。

⑧《九辩》《九歌》：神话传说是天帝的乐曲，被启带到了人间。

⑨夏康：太康，是启的儿子。

⑩不顾难：不考虑危难。

⑪图后：为以后做打算。

⑫五子：指太康的五个兄弟。太康在外佚游无度，被有穷国国君后羿夺了王位，使他不能回到京城，丢掉了自己的国家。他的五个兄弟为此也逃出了京城。

⑬佚（yì）：放荡。

⑭畋（tián）：通"田"，打猎。

⑮封狐：指大狐狸。

⑯乱流：淫乱之徒。

⑰浞（zhuó）：寒浞。

⑱浇：寒浞的儿子。

⑲被（pī）服：穿戴，装饰。

⑳强圉（yǔ）：健壮多力。

㉑不忍：不愿自制。

㉒自忘：忘乎所以。

㉓颠陨：掉下来了。相传寒浞强占了后羿的妻子，生了个儿子叫浇。浇健壮多力，杀害夏后相，终日淫乐无度，后来又被相的儿子少康所杀。

㉔夏桀：夏朝末代国君。

㉕常违：违背常理。

㉖逢殃：遭殃。终究遭到祸患。《史记·夏本纪》记载，夏桀被汤流放于南巢（今安徽巢湖）。

㉗后辛：即殷纣王，名辛，又称帝辛，商朝末代国君。

㉘菹（zū）醢（hǎi）：把人剁成肉酱。据《史记·殷本纪》记载，纣王杀比干、醢梅伯，国家灭亡。

㉙殷宗：殷代的祖祀，即殷朝。

㉚俨：恭敬庄重。

㉛浪浪：流动的样子。

译文

遵循着先圣的遗训来修身厉行，现实的遭遇使我悲愤填膺。

我沿着湘江逆流而上，我要向大舜去陈说我的内心。

夏启从上天偷回《九辩》和《九歌》，夏太康狩猎纵乐。

不居安思危预防后患，他的五个兄弟失去了家园。

后羿也爱好田猎，溺于游乐，一味沉迷于射杀那些猛兽和珍禽。

本来淫乱之辈就很少有善终的，他的国相寒浞杀了他，又强占了他的妻子。

寒浞之子浇依仗自己健壮的体格，放纵情欲而不肯控制自己的兽性。

他终日寻欢作乐得意忘形，丢掉了自己的脑袋不自省。

夏桀经常违背正道，终于落得个亡国丧身。

殷纣把自己的忠良剁成肉酱，他的王位因此不能长久！

成汤和大禹都严明而又谨慎，周文武都任法而讲求仁政。

他们都凭德才选用贤臣，遵守绳墨而不差毫分。

皇天啊！光明正大不存偏私偏爱，看见有德的人就设法让他成为辅弼之臣。

只有那德行高尚的圣人贤哲，方才让他享有天子那样的尊称。

回顾历史而又观省将来，再仔细考察天下的民情。

不曾有过不义的人可以重用，不曾有过不善的事可以推行。

即使死神已经向我步步逼近，回想起初衷我也毫无悔恨。

怎能将方榫塞进圆孔啊，古代的贤者正因此而碎骨粉身。

我泣不成声啊满心悲伤，哀叹自己是这样生不逢时。

拔一把柔软的蕙草揩拭眼泪，眼泪涟涟沾湿了我的衣襟。

原文

跪敷衽①以陈辞兮，耿吾既得此中正②。

驷③玉虬④以桀鹥⑤兮，溘⑥埃⑦风余上征⑧。

朝发轫⑨于苍梧⑩兮，夕余至乎县圃⑪。

欲少留此灵琐⑫兮，日忽忽其将暮。

吾令羲和⑬弭节⑭兮，望崦嵫⑮而勿迫⑯。

路曼曼⑰其修远兮，吾将上下而求索。

饮余马于咸池⑱兮，总⑲余辔乎扶桑⑳。

折若木㉑以拂日兮，聊㉒逍遥以相羊㉓。

前望舒㉔使先驱兮，后飞廉㉕使奔属。

鸾皇㉖为余先戒兮，雷师㉗告余以未具㉘。

吾令凤鸟飞腾兮，继之以日夜。

飘风㉙屯㉚其相离兮，帅云霓而来御。

纷总总其离合兮，斑陆离其上下。

吾令帝阍开关兮，倚阊阖而望予。

时暧暧其将罢兮，结幽兰而延伫。
世溷浊^㉛而不分兮，好蔽美而嫉妒。

注释

①敷衽（rèn）：拽平衣服的前襟。

②中正：品行正直而不偏邪。

③驷（sì）：本义是驾车的四匹马，在这用作动词，即驾。

④玉虬：白色没有角的龙。

⑤鹥：凤凰的另一种名字。

⑥溘（kè）：掩盖。

⑦埃：尘土。

⑧上征：上天。

⑨发轫（rèn）：把轫木去掉，表示车要动身了。轫，刹住车轮转动的轮前横木。

⑩苍梧：一说九疑，在湖南宁远东南。

⑪县圃：神话中神仙的住处，在昆仑山顶。

⑫灵琐：神灵所住地方的门。琐，门窗上所印的连环形花纹。此处代指门。

⑬羲和：神话中的太阳神。

⑭弭节：弭，不动。节，马鞭。

⑮崦（yān）嵫（zī）：神话中的日落之山。

⑯迫：近。

⑰曼曼：通"漫漫"，路途遥远的样子。

⑱咸池：神话中的地名，太阳洗澡的地方。

⑲总：系。

⑳扶桑：神话中东荒的大树，太阳从扶桑树上升起。

㉑若木：神话中的树名，太阳中途休息的地方。

㉒聊：暂缓。

㉓相羊：徘徊。

㉔望舒：神话中的月神。

㉕飞廉：纣王之将，善奔跑。

㉖鸾皇：亦作"鸾凰"。鸾与凰，皆瑞鸟之名，常用来比喻贤士淑女。

㉗雷师：神话中的雷神。

㉘未具：没准备齐全。

㉙飘风：旋风。

㉚屯：聚，旋风将尘土卷成圆柱形状。

㉛溷浊：混乱污浊。

译文

我跪在铺开的衣襟上倾诉衷肠，中正之道在我心中闪亮。

凤凰为车，白龙为马，御着那飘忽的长风我飞向天空。

清晨，我从那南方的苍梧之野起程，傍晚，我到昆仑山顶的县圃卸妆。

我本想在神门前停留片刻，无奈太阳下沉，暮色苍茫。

我叫羲和按节徐行，不要急急地驰向日落的崦嵫山。

前面的路程遥远而又漫长，我要上天下地到处去寻觅心中的太阳。

我让龙马在咸池痛饮琼浆，我把马缰拴在东方扶桑树上。

折几枝若木去拂拭太阳，我暂且在这里休息徜徉。

我派月神在前面充当向导，让飞廉在后面紧紧跟上。

鸾鸟与凤凰在前面为我警戒开道，雷神却说还没有安排停当。

我命令凤鸟展翅飞翔啊，夜以继日地向九天翱翔。

旋风骤聚欲使队伍离散，率领着云霓向我迎上。

云霓越聚越多忽离忽合啊，五光十色上下左右飘浮荡漾。

我让守天门的卫士替我把门打开，可他却倚着天门对我视而不见。

日色渐暗时间也已很迟了，我编结着幽兰长久地伫立。

时世污浊善恶不分，爱嫉妒别人抹杀人的长处。

原文

朝吾将济于白水①兮，登阆风②而緤马。

忽反顾③以流涕兮，哀高丘④之无女⑤。

溘吾游此春宫⑥兮，折琼枝⑦以继佩。

及荣华⑧之未落兮，相下女⑨之可诒⑩。

吾令丰隆⑪椉云兮，求宓妃⑫之所在。

解⑬佩纕以结言兮，吾令蹇修⑭以为理⑮。

纷总总其离合兮，忽纬繣⑯其难迁⑰。

夕归次⑱于穷石⑲兮，朝濯⑳发乎洧盘㉑。

保㉒厥美以骄傲兮，日康娱以淫游。

虽信美而无礼兮，来㉓违弃㉔而改求。

览相观于四极兮，周流乎天余乃下。

望瑶台㉕之偃蹇兮，见有娀㉖之佚女㉗。

吾令鸩㉘为媒兮，鸩告余以不好。

雄鸠之鸣逝㉙兮，余犹恶其佻巧㉚。

心犹豫而狐疑兮，欲自适㉛而不可。

凤皇既受诒兮，恐高辛之先我。

欲远集而无所止兮，聊浮游以逍遥。

及少康之未家兮，留有虞之二姚。

理弱而媒㉜拙兮，恐导言之不固。

世溷浊而嫉贤兮，好蔽美而称恶。

闺中既以邃远兮，哲王又不寤。

怀朕情而不发兮，余焉能忍与此终古。

注释

①白水：神话中的水名，起源于昆仑山。

②阆（làng）风：山名，神话中神仙居住的地方。

③顾：回头看。

④高丘：即阆风。

⑤女：这里指神女。

⑥春宫：神话中青帝所住的宫殿。

⑦琼枝：玉树枝。

⑧荣华：花名的通称。荣，草本植物所开的花。华，木本植物所开的花。

⑨下女：指宓妃诸人，对高丘而言处于下位。

⑩诒（yí）：赠予。

⑪丰隆：雷神。

⑫宓（fú）妃：据说是伏羲的女儿，淹死在洛水，被称为洛水之神。

⑬解：解开。

⑭蹇修：伏羲的臣子。

⑮理：媒人。

⑯纬缅：违拗。

⑰难迁：难以改变。

⑱次：住宿。

⑲穷石：山名，相传是后羿所住的地方。

⑳濯：洗涤。

㉑洧（wěi）盘：神话中的水名，起源于崦嵫山。

㉒保：恃。

㉓来：乃。

㉔违弃：遗弃。

㉕瑶台：美玉砌的台。

㉖有娀（sōng）：传说中的古国名。

㉗佚女：美女。古时传说有娀氏女简狄，住在瑶台上，后来许给了帝喾，生下契，契就是商朝的祖先。

㉘鸩（zhèn）：鸟的名字，羽有毒。此处比喻奸险的人。

㉙鸣逝：且飞且鸣。

㉚佻巧：轻佻巧诈。

㉛适：来。

㉜媒：媒人。

译文

等到天亮后我将要渡过白水河，登上阆风山把马儿系着驻足。

忽然回过头眺望泪水就忍不住流下来，可怜高丘中竟然没有美人。

我迅速地来到春宫的门口，折了琼枝作为佩饰。

趁琼枝的花朵还未凋落，我寻找能够接受馈赠的美人。

我让雷神把马车驾套上。我去寻找宓妃所住的地方。

把身上佩带的香囊解下来订下誓约，我让蹇修前去做媒。

云霓纷纷簇集即离即合，善变乖戾难以迁就。

晚上她回到穷石过夜，清早她在洧盘把头发濯洗干净。

她自恃有点姿色就狂妄自大，每天放荡无束地寻欢。

虽然她是美人但礼节全无，算了吧，蹇修，我另外再去找寻吧。

我在天上察看了四面八方，周游后我又回到人间。

我望着远方华丽巍峨的玉台啊，看到有娀氏的美人居住在瑶台上。

我请鸩鸟给我说媒，鸩鸟却告诉我有娀氏的美人的不好的地方。

有只雄鸠鸣叫着要前去提亲，我又嫌他诡诈轻巧。

我犹豫不定而疑惑不解，考虑自己去又不妥。

凤凰已去送彩礼给她，我又担心高辛赶到了我前面去提亲。

想去远方又没有落脚点，我只能四处流浪逍遥。

趁少康还没有结婚，有虞氏的两个女儿还是待嫁。

提亲的媒人不大会说话，担心无法传达心曲以致说合成功的可能性太小。

人间世道混浊嫉妒贤能，总是隐善扬恶没有天理。

宫室如此的深远，贤明的君王又不肯醒悟。

满腔的衷肠找不到可以诉说的人，我怎么能够一直忍耐下去过此一生。

原文

索①藑②茅③以④筳⑤篿兮，命灵⑥氛为余占之。

曰两美其必合⑦兮，孰信修⑧而慕⑨之？

思九州之博大兮，岂唯是⑩其有女？

曰勉远逝而无狐疑兮，孰求美而释⑪女⑫？

何所独无芳草兮，尔何怀乎故宇⑬？

世幽昧⑭以眩曜⑮兮，孰云察余之善恶。

民好恶其不同兮，惟此党人其独异⑯。

户⑰服艾⑱以盈要⑲兮，谓幽兰其不可佩。

览察草木其犹未得兮，岂珵⑳美之能当？

苏㉑粪壤㉒以充帏㉓兮，谓申椒其不芳。

注释

①索：拿。

②藑：通"琼"。

③茅：草类的一种。

④以：通"与"意。

⑤筳：通"莛"，木棍。一说为竹片。

⑥灵：原意是神，在这指巫，因巫能降神，所以楚人称巫为灵。

⑦两美其必合：双方都美好就能配合。借此比喻良臣遇到明君。

⑧信修：真正美好。

⑨慕：爱慕。

⑩是：指楚国。

⑪释：放掉。

⑫女：汝，指屈原。

⑬故宇：原来的地方，指屈原的故乡。

⑭幽昧：没有光线。

⑮眩曜：迷乱的样子。

⑯独异：和别人不同。

⑰户：每家每户。

⑱艾：一种炙用药草。

⑲要：古"腰"字。

⑳珵：品评。

㉑苏：拿。

㉒粪壤：粪土。

㉓帏：带在身上的香囊。

译 文

我找来了灵草和一些细竹片，请女巫灵氛来给我占卜。

她告诉我两个美好的事物一定会结合，谁不对真正美好的人产生爱慕？

想到天下的广大辽阔，难不成只有楚国才有美女？

劝你不要迟疑地远走吧，追求美好的人又有哪位会放弃你呢？

世间什么地方没有芳草，你为什么非要思恋故乡呢？

黑暗的世道让人的眼光迷乱，谁又能知道我们的底细。

人们的好恶尺度本就不一样，这些小人就更加怪异出众了。

每个人都在腰间挂满艾草，偏说幽兰是不能佩戴使用的。

连草木的好坏都分辨不清楚，更别说正确评价玉器了！

用粪土来装满自己的香囊，说申椒没有香味。

原 文

欲从灵氛之吉占兮，心犹豫而狐疑。

巫咸①将夕降②兮，怀③椒糈④而要⑤之。

百神翳⑥其备降兮，九疑⑦缤⑧其并迎。

皇剡剡⑨其扬灵⑩兮，告余以吉故⑪。

曰勉升降以上下兮，求矩矱⑫之所同。

汤禹严^⑬而求合^⑭兮，挚^⑮咎繇而能调^⑯。
苟中情其好修兮，又何必用夫行媒。
说^⑰操^⑱筑^⑲于傅岩^⑳兮，武丁^㉑用而不疑。
吕望^㉒之鼓刀^㉓兮，遭周文^㉔而得举。
宁戚^㉕之讴歌^㉖兮，齐桓^㉗闻以该辅。
及年岁之未晏^㉘兮，时亦犹其未央^㉙。
恐鹈鴂^㉚之先鸣兮，使夫百草为之不芳。
何琼佩之偃蹇兮，众薆然而蔽之。
惟此党人之不谅兮，恐嫉妒而折之。
时缤纷其变易兮，又何可以淹留。
兰芷变而不芳兮，荃蕙化而为茅。
何昔日之芳草兮，今直为此萧艾也。
岂其有他故兮，莫好修之害也。
余以兰为可恃兮，羌无实而容长。
委厥美以从俗兮，苟得列乎众芳。
椒专佞以慢慆兮，樧又欲充夫佩帏。
既干进而务入兮，又何芳之能祗。
固时俗之流从兮，又孰能无变化。
览椒兰其若兹兮，又况揭车与江离。
惟兹佩之可贵兮，委厥美而历兹。
芳菲菲而难亏兮，芬至今犹未沫。
和调度以自娱兮，聊浮游而求女。
及余饰之方壮兮，周流观乎上下。

注释

①巫咸：古时的神巫，名咸。古时候把巫看成能通神的人物，人对神的祈求，由巫来传递。

②降：指降神。

③怀：怀揣。

④糈（xǔ）：敬神用的精米。

⑤要：通"邀"，迎接。

⑥翳（yì）：遮蔽。

⑦九疑：山名，也叫九嶷（yí），即苍梧山，在今湖南境内。这里指九嶷山神。

⑧缤：繁多的样子。

⑨剡（yǎn）剡：闪闪发光。

⑩扬灵：显灵。

⑪吉故：历史上的佳话、故事，即下文中汤、禹、挚与咎繇等人的事迹。

⑫矩矱（yuē）：在这里引申为法度。矩，量方形用的工具。矱，量长短用的工具。

⑬严：严谨。

⑭求合：寻访志同道合的人。

⑮挚：商汤名相伊尹。

⑯调：和谐。

⑰说（yuè）：殷代贤人傅说。

⑱操：拿着。

⑲筑：打墙的木杵。

⑳傅岩：地名，在今山西平陆附近。

㉑武丁：殷高宗之名。傅说作为奴仆在傅岩拿着木杵筑墙，后来被殷王武丁发现得以重用。

㉒吕望：即姜子牙。姓姜，名尚。因为先人封邑在吕，因此又氏吕。是周朝的开国贤相。

㉓鼓刀：动刀。

㉔周文：周文王。

㉕宁戚：春秋时卫国贤人。

㉖讴歌：歌唱。

㉗齐桓：齐桓公。相传宁戚原是小商人，曾住在齐都东门，桓公夜

出，他敲打牛角，唱了一曲怀才不遇的歌，桓公听到了，让他做了客卿。

㉘晏：晚。

㉙央：结束。

㉚鹈（tí）鴃（jué）：杜鹃，又称伯劳。

译文

我想听从灵氛的卦辞，可心里却犹豫而狐疑。

今晚巫咸将要从天上降临，我怀揣椒香精米去求他。

啊！天上诸神遮天蔽日齐降，九嶷山上的众神纷纷前来迎接。

灵光闪闪地显示着神异，他们告诉我灵氛吉卜的缘故。

他说你应该努力上下求索，按照原则去选择意气相投的人。

夏禹商汤都严正地选拔贤才，皋陶和伊尹因此能成为他们的辅弼。

只要你真正爱好修洁，又何必到处去求人托媒。

傅说曾经在傅岩做过版筑工，武丁重用他而不生疑。

姜太公曾在朝歌操过屠刀，遇上周文王就大展才气。

宁戚放牛时引吭高歌，齐桓公听了把他看作国家的柱石。

趁你年华还未衰老，施展才华的时机还未完全失去。

当心那伯劳鸟叫得太早，使得百草从此失去了芳菲。

为什么我的玉佩如此美艳，人们却要故意将它的光辉遮掩。

这些小人真是不能信赖，担心他们会出于嫉妒而将玉佩折断。

时世纷乱变化无常啊，我怎能在这里久久流连。

兰与芷都消尽了芬芳，荃与蕙都化为了草蔓。

为什么过去那些香草，今日竟与蒿、艾同处一地。

没有别的原因可找，只怪他们自己没有勤加修持。

我本以为兰可以依靠，谁知它也虚有芳颜。

抛弃了自己的美质而随俗浮沉，苟且地列入这众芳之班。

椒诌上傲下自有一套，茱萸也想钻进香囊里面。

它们既然只会拼命地钻营，又岂能奢望它们保持美质不变。

见到椒与兰也变成了这般模样，揭车与江离怎么能不变心。

想到这佩饰如此可贵，它的美质竟遭人唾弃到如此境地。

花的芳香难以消逝，直到今天还在散发着香气。

我还保持着和谐的态度自我欢娱，姑且还在四处漂流寻找美女。

趁着我还年富力壮，我还是要上天入地四处去寻找。

原文

灵氛既告余以吉占兮，历①吉日乎吾将行。

折琼枝以为羞②兮，精琼爢③以为粻。

为余驾飞龙兮，杂瑶象④以为车。

何离心⑤之可同兮，吾将远逝以自疏。

邅⑥吾道夫昆仑兮，路修远以周流。

扬云霓⑦之晻⑧蔼兮，鸣玉鸾⑨之啾啾。

朝发轫于天津⑩兮，夕余至乎西极⑪。

凤皇翼⑫其承旂⑬兮，高翱翔之翼翼。

忽吾行此流沙⑭兮，遵赤水⑮而容与⑯。

麾⑰蛟龙使梁津兮，诏⑱西皇⑲使涉予⑳。

路修远以多艰兮，腾㉑众车使径侍㉒。

路不周㉓以左转兮，指西海㉔以为期㉕。

屯余车其千乘兮，齐玉㉖轪而并驰。

驾八龙之婉婉㉗兮，载云旗之委蛇㉘。

抑志㉙而弭节兮，神高驰之邈邈。

奏《九歌》而舞《韶》兮，聊假日以媮乐。

陟升皇之赫戏兮，忽临睨夫旧乡。

仆夫悲余马怀兮，蜷局顾而不行。

乱曰：已矣哉，国无人莫我知兮，又何怀乎故都？

既莫足与为美政兮，吾将从彭咸之所居。

注释

①历：选择。

②羞：珍贵食品。

③糜（mí）：通"糜"，细末。

④象：象牙。

⑤离心：志异。这句话讲心志不一样，怎能凑合在一块呢。

⑥邅：迂回。

⑦云霓：指旌旗。

⑧晻（ǎn）：变暗。

⑨玉鸾：用玉雕刻成鸾鸟形的车铃。

⑩天津：天河的渡口。

⑪西极：西方的尽头。

⑫翼：这里形容凤旗庄重严整的样子。

⑬旌：旗的总称。

⑭流沙：西方的沙漠。

⑮赤水：神话中的水名，起源于仑山。

⑯容与：缓行。

⑰麾：指导。

⑱诏：命令。

⑲西皇：西方的神，流传即少皞。

⑳涉予：载我过去。

㉑腾：传言，告诉。

㉒径侍：径直侍候。

㉓不周：神话中的山名，位于西北。

㉔西海：西方的海。

㉕期：会。

㉖玉：拿玉当饰的车轮。

㉗婉婉：弯曲的样子。

㉘委蛇：旌旗迎风舒展的样子。

㉙抑志：垂下旌旗。此处指安定、控制心情。志，通"帜"。

译文

灵氛已告知我卦辞吉祥，选定好日子我将再出走四方。
我折下琼枝作为珍肴啊，又精制玉屑作为干粮。
腾飞的神龙啊是我乘车的坐骑，我的车身又用美玉和象牙装潢。
心志不同的人怎么能在一起，我要飘然远逝去创造自己的辉煌。
我将行程转向西方的昆仑，道路遥远而又弯曲。
满天云霓像彩旗飘扬在九天，玉制的车铃发出铿锵的音响。
早晨我从天河的渡口出发，黄昏我到西天徜徉。
凤凰的彩翎接连着彩旗，高飞在云天任意翱翔。
转眼间我来到西方的沙漠，沿着赤水河我又徘徊犹豫。
我指挥蛟龙在渡口搭起桥梁，叫西皇帮助我涉过这赤水急滩。
行程如此遥远，天路这般艰难，我叫随从的车队侍候两旁。
翻过不周山转而向左，那浩瀚的西海是我们相会的地方。
我们成千的车辆列着队伍，玉制的车轮在隆隆地轰响。
每辆车驾着八条蜿蜒的神龙，车上的云旗啊飘扬在云端。
控制着满腔的兴奋，我的心如奔马，驰向远方。
演奏着《九歌》，舞起了《韶》，我要尽情地欢乐和歌唱。
我刚刚升上灿烂的天宇，猛回头却望见了熟悉的故乡。
啊，我的仆人悲泣，我的马儿彷徨，它蜷曲着身子，频频回首，
不肯再在茫茫的穹苍前行。尾声：算了吧，
家里既然没有人理解我，我又何苦再想念着家乡？
理想中的政治既然不能实现，我还是到彭咸之所安居吧。

赏析

《离骚》被公认为屈原的代表作，是我国古典诗歌史上最优秀的抒情长篇之一，也是《楚辞》中最为重要的篇章之一。

"离骚者，犹离忧也。"这是司马迁对《离骚》题意的解释。"屈平之作《离骚》，盖自怨生也。"这是他对《离骚》创作动力的说明，也是对《离骚》感情基调的诠释。屈原为了振兴邦国，实行"美政"，"竭忠尽智，以事其君"，却"信而见疑，忠而被谤"。他满怀"存君兴

国"之志，却唤不醒昏庸之主，眼看楚国兵挫地削，危亡无日，自己竟被疏失位，救国无门。这对于一位忧国忧民的爱国志士来说，能无怨乎？诗中有云："余既不难夫离别兮，伤灵修之数化"，又云："曾歔欷余郁邑兮，哀朕时之不当。揽茹蕙以掩涕兮，沾余襟之浪浪"，最后说："既莫足与为美政兮，吾将从彭咸之所居。"《离骚》正是诗人蕴藏着满腔爱国激情，饱含血泪写成的一首悲伤怨愤之歌，读之摧肝裂胆，撼人心魄。

王逸称《离骚》"名重罔极，永不刊灭"（《楚辞章句·离骚叙》），鲁迅先生赞誉《离骚》"逸响伟辞，卓绝一世"（《汉文学史纲要》）。从内容上看，本篇创作的时间至少在楚怀王十六年，作者被谗见疏，政治生涯遭受挫折之后，因此"离骚"的题名含有"遭遇忧患"的意思，是屈原胸中怨愤积情的强烈宣泄。

他饱含一腔爱国爱民的深厚激情，以丰沉浓郁的笔势，高度概括了楚国复杂动荡的社会现实，深刻反映出诗人与腐败的社会政治和腐朽的邪恶势力之间所发生的激烈冲突，从而表现了他崇高的政治理想和顽强不懈的抗争精神。作者通过奇幻瑰丽的想象，让奔腾不拘的思绪在充满浪漫意蕴的天地中自由驰骋，创造性地勾勒出一幅弥漫着浓郁的神话色彩的绚丽图画，以坚实的抒情基调，将浪漫主义的艺术主题逐层展开于叙事过程中，突出体现了一个始终关注时代发展、参与时代变革的政治家高尚的精神追求和峻洁的人生品格。此篇的问世，标志着中国文学史上诗歌创作进入了一个新的时代。依据清人王邦采的《离骚汇订》中的提法，整篇作品大致可以分为三个部分。第一部分讲诗人在现实社会的政治斗争中，如何实践自己的政治主张和在遭谗被疏后落入政治改革失败之途。第二部分，作者展开奇瑰的想象，表现他在天地神境中执着追求的昂扬意志和理想破灭后的痛苦心态。第三部分表现作者在坎坷的境遇之中，彷徨于去留故国的情感抉择，并最终决定去国远游，与楚国黑暗的现实宣告决裂。

《离骚》以严肃深蕴开篇。诗人首先以十分庄重而自矜的口吻，自叙了高贵的出身，奇异的生日，以及由于父亲对自己莫大期望而赐予的"美名"。前人分析说："首溯其本及始生之月日而命名命字，郑重之体也。"（清顾天成《离骚解》）诚然，开篇起始的八句，感情肃穆，含蕴深邃。他强调自己与楚王同宗共祖（"帝高阳之苗裔"），意在表明自己对楚国的兴亡负有义不容辞的责任，同时也为他的至死不能去国埋下伏笔。他自道奇异的生辰，美好的名字，也正是在表现他的尊贵不凡和具有的崇高理想。"名余曰正则兮，字余曰灵均"。正则，正道直行，严于律己；灵均，禀赋良善，公平均一。这是亲人对他的期望，也是他一生所恪守的信条。总之，这起始的八句，就为他一生的自尊自重自爱（"忽驰骛以追逐兮，非余心之所急"，"宁溘死以流亡兮，余不忍为此态也"，"民生各有所乐兮，余独好修以为常"）定下了基调。接着诗人表明了自己的品德、才能和理想，并以万分急迫的心情表达了自己献身君国的愿望。

　　"汩余若将不及兮，恐年岁之不吾与。"他担心时光飞逝，自己为国家无事业贡献。因此他不满足于先天的"内美"，还"重之以修能"，朝夕充实、提高自己，以便奉献于祖国。"日月忽其不淹兮，春与秋其代序。惟草木之零落兮，恐美人之迟暮。"他担心楚王不能及时奋进，耽误了楚国的前途。两个"恐"字，充分表达了诗人对国事的危机感，特别是诗人为祖国的前途而焦虑，为祖国的命运而担忧的急迫心情。他寄希望于楚王，他劝导楚王"抚壮而弃秽"，愿为楚王"道夫先路"，希望日益衰败的楚国，重新振兴，恢复到开国盛世的那种局面：

　　"岂余身之惮殃兮，恐皇舆之败绩。忽奔走以先后兮，及前王之踵武。"但诗人的这一片赤胆忠心，并没有得到应有的理解和支持，相反，因触犯了守旧贵族的利益而招来了重重的打击和迫害。诗篇展现了楚国社会的一片令人窒息、令人愤慨的图景。楚王昏庸不察，信谗多变（"荃不察余之中情兮，反信谗而齌怒"，"初既与余成言兮，后悔遁而有他"）；"群芳"（培植的人才）看风使舵，堕落变质（"虽萎绝其亦何伤兮，哀众芳之芜秽"）；朝廷群小"贪婪""嫉妒"，蔽美称恶，无所不为。黑暗的现实构成了"历史的必然要求"与诗人的爱国理想"不可能实现"的悲剧性的冲突。诗人于是感到苦闷、孤独、愤懑，以

至强烈的失望。但诗人是坚绝不屈服的，在诗篇中他反复申说了对自己的理想、信念和人格操守至死而不悔的决心："亦余心之所善兮，虽九死其犹未悔"，"宁溘死以流亡兮，余不忍为此态也"，"民生各有所乐兮，余独好修以为常。虽体解吾犹未变兮，岂余心之可惩"。诗人誓死坚持自己的理想和信仰，誓死保持自己人格的清白。

但长诗并未就此结束，黑暗的现实，巨大的苦闷，迫使诗人由现实进入幻境。"路曼曼其修远兮，吾将上下而求索"，从而全诗转入了第二部分。

坚贞的灵魂要战胜诱惑。与常人一样，在失败的极端痛苦中，诗人的内心矛盾也是激烈的。在自己的理想不被理解并惨遭迫害的情况下，还应不应该坚持自己的原则和永无反悔的态度？在不被自己的祖国所容的情况下，应不应该出走远逝，到他国寻求知音，展示自己的才能抱负？诗人通过女媭、巫咸、灵氛这些虚构的人物以及他们的劝说，把自己的内心冲突和抉择形象化，从而向我们展示出了经过炼狱的考验而更加洁白无瑕的伟大的灵魂。

女媭用"婞直以亡身"的历史悲剧来规劝他，劝他放弃执守，与世浮沉。这与诗人"依前圣以执中"的坚持真理的态度是矛盾的，实际也是对诗人既往斗争生活的否定。这一内心矛盾是激烈的。这个矛盾怎样解决呢？他需要历史的反思，需要公平的仲裁。于是他借"就重华而陈词"，重温了夏、商、周历代的兴亡史，并以壮烈的心情回顾了前朝那些为正义而斗争的人的命运。这种再认识不仅增强了他原有的信仰和信念，同时更激发起他继续奋斗的勇气和宁死不悔的壮烈胸怀：

"瞻前而顾后兮，相观民之计极。夫孰非义而可用兮，孰非善而可服。阽余身而危死兮，览余初其犹未悔。不量凿而正枘兮，固前修以菹醢。"

战胜了世俗的诱惑，他的内心世界得到了暂时的平衡。于是他在新的认识的基础上，满怀激情地进行了新的"求索"。这样，诗篇又展现了一个再生的灵魂为实现理想而顽强追求的动人情境。诗中写他不顾天高路远，驾飞龙，历昆仑，渡白水，登阆风，游春宫，上叩天门，下求佚女，他在求索什么呢？他要唤醒楚王，他要挽救国运，他要寻求再次能有献身于祖国事业的机会。但楚国的现实太黑暗了，他遭到了冷遇，受到了戏弄，结果以困顿、失望而告终：

"世溷浊而嫉贤兮，好蔽美而称恶。闺中既已邃远兮，哲王又不寤。"诗人完全陷入到绝望的悲哀之中："怀朕情而不发兮，余焉能忍与此终古。"诗人本是把自己的命运与祖国完全贴在一起的，他赤忠为国，却"方正而不容"，那么他还有什么出路呢？出路是有的，那就是去国远逝，去求得自身安全和前途。这无论从当时"楚材晋用"的风习上看，还是从诗人主观的才能和现实处境上看，似乎都是可以理解的了。于是出现了第二、第三个诱惑。

"索藑茅以筵篿兮，命灵氛为余占之。"占之的结果告诉他在楚国已无出路，劝他离开是非颠倒的楚国，去寻求自己的前途。"思九州之博大兮，岂唯是其有女？曰勉远逝而无狐疑兮，孰求美而释女？何所独无芳草兮，尔何怀乎故宇？"但做出这种抉择对诗人来说毕竟是太重大了，使他"欲从灵氛之吉占兮，心犹豫而狐疑"。于是又出现了巫咸的劝说，巫咸不但同样劝他出走，而且还以历史上贤才得遇明主的事例，启发他趁年华未晚而急于成行："及年岁之未晏兮，时亦犹其未央。恐鹈鴂之先鸣兮，使夫百草为之不芳。"女婴的忠告，灵氛的劝说，巫咸的敦促，既是当时的世俗人情之见，也是诗人在极度彷徨苦闷中内心冲突的外现，也就是坚定或动摇两种思想斗争的形象化。屈原要把自己思想感情考验得更坚定，就得通过种种诱惑。于是在诗中诗人假设自己姑且听从灵氛的劝告，"吾将远逝以自疏"，决心去国远游。可是正当他驾飞龙，乘瑶车，奏《九歌》、舞《韶》舞，在天空翱翔行进的时候，忽然看到了自己的故乡楚国。也就是看来一切矛盾、冲突行将结束的时候，一切又都重新开始：是就此远离这黑暗的已无希望的祖国呢，还是仍无希望地留下来？诗人深沉的爱国情志再次占了上风，"仆夫悲余马怀兮，蜷局顾而不行"，诗人终于还是留了下来。他明知道楚国的现实是那么黑暗，政治风浪是那么险恶，实际上他也吃尽了苦头，但他不能离开他灾难深重的祖国，哪怕是出于幻想也不能离开。这样，诗人又从幻想被逼入现实，悲剧性的冲突不可逆转地引导出悲剧性的结局。他热爱楚国，但楚王误解他，不能用他，楚国的群小又凶狠地迫害他；他想离开楚国，这又与他深厚的爱国之情不能相容。最后，只能"既莫足与为美政兮，吾将从彭咸之所居"。

体现着"历史的必然要求"的光辉理想被扼杀了，这是诗人屈原个人的悲剧，也是时代的悲剧。屈原是我国文学史上伟大的爱国者，他用自己的生命所谱写的诗篇，如日月经天，光照后世，成为我们民族的伟大精神财富而万世永存。

九 歌

屈 原

东皇太一①

原文

吉日兮辰良②，穆③将愉兮上皇④。
抚长剑兮玉珥⑤，璆锵⑥鸣兮琳琅⑦。
瑶席⑧兮玉瑱⑨，盍⑩将把兮琼芳⑪。
蕙肴⑫蒸兮兰藉，奠桂酒兮椒浆⑬。
扬枹⑭兮拊鼓⑮。疏缓节兮安歌⑯，陈竽瑟⑰兮浩倡⑱。
灵⑲偃蹇⑳兮姣服㉑，芳菲菲兮满堂。
五音㉒纷兮繁会㉓，君㉔欣欣兮乐康。

注释

①东皇太一：天上最尊贵的神。太一，楚人对天神的叫法。天神本来无所不在，这里说他为"东皇"，是因他的祠立在楚的东边。《九歌》每一篇的标题，都为楚所习惯叫的神名。

②辰良：即良辰，好时光。

③穆：尊敬。

④上皇：指东皇太一。

⑤珥（ěr）：即剑珥，剑柄和剑身接合之处，左右突出的部分。

⑥璆锵：玉相碰声。

⑦琳琅：美玉。

⑧瑶席：装饰华美的供案。

⑨玉瑱：压席的玉器。瑱，通"镇"，压。

⑩盍（hé）：通"合"，并。

⑪琼芳：玉色的花朵。指在神座前摆放成束的鲜花。

⑫蕙肴：即肴蒸，祭拜用的肉。

⑬奠桂酒兮椒浆：拿酒来祭神。桂酒、椒浆，用桂、椒等香料泡渍的酒。浆，薄酒。

⑭枹：鼓槌。

⑮拊鼓：敲鼓。

⑯安歌：指歌声随着鼓拍的节奏缓慢而平静。

⑰竽、瑟：两种乐器。竽有三十六根簧，为笙类；瑟有十五根弦，为琴类。

⑱浩倡：大声唱歌，与"安歌"相对成文，是演奏的发展。倡，通"唱"。

⑲灵：巫女。

⑳偃蹇：翩翩起舞的样子。

㉑姣服：美丽的衣服。

㉒五音：宫、商、角、徵、羽。

㉓繁会：错杂交响。

㉔君：指天神，即东皇太一。

在这个吉祥的大好日子里，恭恭敬敬地祭祀上皇。

他手抚着玉镶宝剑，满身的佩玉叮当作响。

铺上的玉瑱压在瑶席上，把大束的鲜花献在神座边上。

再把蕙草包裹的祭肉蒸好，垫上兰草，然后把用桂、椒泡制的酒献给上皇。

高举鼓槌猛力敲打。歌声随着节拍徐缓而平静，歌声随竽瑟一同高扬。

巫女身穿漂亮的衣服翩翩起舞，飘溢的香气郁满了宫殿。

各种乐器都会合在了一起，东皇太一快乐安康。

赏▶析

《东皇太一》是祭祀最高天神的乐歌。东皇太一是大自然的化身，是一切神异现象和自然现象的主导者。因此，全辞充满了祭祀的话语。

"太一"之名在先秦的一些典籍中不是天神的名称，而是一个抽象的哲学概念，或指形成天地万物的元气，或指老庄思想中所谓"道"的概念。姜亮夫《楚辞通故·天部》中说："上皇即天帝之称变，言上皇者，以协韵之故，以此知战国时已以太一为天帝矣。"将"太一"视为天神并加以祭祀最早见于《九歌》，因此，祭祀"太一"可能是楚国特有的风俗。

因东皇太一高踞众神之上，从篇中表述的祭祀形式看，主巫所饰东皇太一在受祭过程中略有动作而不歌唱，以示威严、高贵。群巫则载歌载舞，通篇充满馨香祷祝之音，使人油然而生庄穆敬畏之情，以此表现对东皇太一的虔敬与祝颂。

辞最中心的词语是"愉"（娱），因而辞以娱神为主。良辰吉日，首先表演的是舞剑。舞剑结束后，就把祭品——陈列在玉瑱压着的席子上，有酒有肉有香草。按照古代的祭礼，使用玉瑱的必然是很重要的祭祀活动。祭祀之后，便是歌舞表演。这时的舞蹈，也许已经是一种"仿神"的活动，而舞蹈的起源之一就是对神灵行为的模拟。最终，祭祀活动达到了"欣欣兮乐康"的目的。

云中君①

原文

浴兰汤兮沐②芳，华采衣③兮若英④。

灵连蜷⑤兮既留⑥，烂昭昭⑦兮未央⑧。

蹇⑨将憺兮寿宫⑩，与日月兮齐光⑪。

龙驾⑫兮帝服⑬，聊⑭翱游兮周章⑮。

灵皇皇⑯兮既降⑰，猋⑱远举兮云中。

览冀州⑲兮有余，横四海⑳兮焉穷。

思夫㉑君兮太息，极劳心兮忡忡㉒。

注释

①云中君：云神。《楚辞补注》："云神丰隆也，一曰屏翳。"

②沐：清洗头发。祭神之前，必须要斋戒沐浴，表示尊敬。

③华采衣：华丽高贵带颜色的衣服。

④若英：如花朵一样鲜艳。英，花朵。

⑤连蜷：回环曲折的样子。

⑥既留：神下到凡间后留在巫的身上。

⑦烂昭昭：光明。

⑧未央：无穷尽。

⑨蹇：发语词。

⑩寿宫：供神的屋子。

⑪齐光：光辉。

⑫龙驾：龙车。

⑬虎服：驾着虎。服，车右边所驾之物。

⑭聊：姑且。

⑮周章：周游往来。

⑯皇皇：通"煌煌"，辉煌灿烂。

⑰降：降落。

⑱猋：敏捷。

⑲冀州：两河之间曰冀州，今山西，帝尧所都。中国古时候分为九州，即冀、兖、青、徐、扬、荆、豫、梁、雍，冀州为九州之首。

⑳四海：指九州范围外的地方。先人以为中国四周都是大海，所以用四海代表四方的边极。

㉑夫：语气词。

㉒忡忡：不安忧愁的模样。

主祭者用芳香兰汤浴身和白芷水洗发，穿上华丽漂亮的衣服鲜艳如花。

神灵附身啊巫师身姿美好让人流连，天色微明啊夜犹未尽。

神灵将在祭祀那天来到神宫，你的光辉如太阳和月亮一样明亮。

乘着龙车啊鞭策着虎，姑且在人间翱翔周游四方。

耀眼的云中君已经降到人间，可是却又像旋风一样躲入云中。

你所看到的远超出冀州，你的足迹遍及四海无疆。

想念你啊我只有叹息，无比相思却又让人忧心忡忡。

赏▶析

"云中君"历来多认为是王逸《楚辞补注》题解所说的"云神丰隆也，一曰屏翳。"而姜亮夫则认为是月神，其《屈原赋校注》有云："《云中》在《东君》之后，与东君配，亦如大司命配少司命，湘君配湘夫人，则云中君月神也。"此解甚新，本篇取此说。

《云中君》按韵可分为两章，每章都采用主祭的巫与扮云中君的巫对唱的形式来颂扬月神。除了描述祭祀"云中君"的全过程之外，无

论人的唱词、神的唱词，都从不同角度叙说了月神的特征，表现出人对云中君的热切期盼和思念，以及对云、雨的渴望和云中君对人们祭礼的报答。

这首辞前半部分写迎神，人们沐浴更衣，花枝招展，迎神降临。神灵同样是光彩照人、灿烂辉煌，乘着龙车遨游四方。后半部分，写云神从云中降临到人间，周览中原，横绝四海，然后又回到天上。最后一句，则是写人对云神带有恐惧色彩的膜拜崇敬。

湘　君①

原文

君不行兮夷犹②，蹇谁留③兮中洲④？
美要眇⑤兮宜修⑥，沛⑦吾乘兮桂舟⑧。
令沅湘兮无波，使江水⑨兮安流！
望夫⑩君兮未来，吹参差⑪兮谁思⑫！
驾飞龙⑬兮北征⑭，邅⑮吾道兮洞庭。
薜荔⑯柏兮蕙绸⑰，荪⑱桡兮兰旌。
望涔阳⑲兮极浦，横大江兮扬灵⑳。
扬灵兮未极，女婵媛兮为余㉑太息。
横流涕兮潺湲㉒，隐思君兮陫侧㉓。
桂棹㉔兮兰枻，斲冰兮积雪㉕。
采薜荔兮水中，搴㉖芙蓉兮木末。
心不同兮媒劳㉗，恩不甚㉘兮轻绝㉙！
石濑㉚兮浅浅，飞龙兮翩翩。
交不忠兮怨长，期不信兮告余以不闲。
鼌骋骛兮江皋，夕弭节兮北渚。

鸟次兮屋上，水周兮堂下。
捐余玦兮江中，遗余佩兮醴浦。
采芳洲兮杜若，将以遗兮下女。
时不可兮再得，聊逍遥兮容与。

注释

①君：指湘君。湘水有男女两神，男神叫湘君，女神叫湘夫人。郦道元《水经注·湘水》说："大舜之陟方（巡视四方）也，二妃从征，溺于湘江，神游洞庭湖之渊，出入潇湘之浦。"又张华《博物志》说："尧之二女，舜之妃，曰湘江夫人。舜崩，二妃啼，以涕挥竹，竹尽斑。"相传舜妃娥皇、女英自投湘水而死，楚人给她们立祠，当作湘水的女神祭祀。舜的陵墓在苍梧，是湘水的发源地，因此湘水的男神，也就是舜。《史记·秦始皇本纪》司马贞注："夫人是尧女，则湘君当是舜。"

②夷犹：犹豫不前。从这句开始讲的都是接神女巫所唱。

③谁留：为何人而留待。

④中洲：即洲中，水中的小岛。

⑤要眇：本作"要妙"，容貌妙丽，与窈窕意思相近。

⑥宜修：妆化得恰到好处。

⑦沛：水势湍急的样子，引申为行动快速。

⑧桂舟：拿桂木做的船，取其香洁。女巫乘坐桂舟接神。

⑨江水：此即长江。女巫祝念江水平静安流以等神来。

⑩夫：语气词。

⑪参差：箫的另一个名字。古时候的箫与现代的笙差不多，用竹管编排，大的有三十三根管，小的有十六根管，依照音律排在木盒里，因此叫排箫。排箫上端平齐，下端两头长，中间短，参差不齐，因此又叫"参差"。

⑫谁思：想念谁。

⑬飞龙：指快船。因为是水神乘坐，所以称它为"飞龙"。

⑭北征：湘君沿着湘水北上到达了祭神的地方，因此说"北征"。从这句开始都是装扮湘君的男巫所唱。

⑮邅：回转。

⑯薜荔：香草的名字。

⑰绸：古时候帷帐的名字。

⑱荪（sūn）：一本作荃，香草名。

⑲涔（cén）阳：地名，位于涔水北岸。

⑳扬灵：神驰远望。

㉑余：装扮湘君的男巫自称。

㉒潺湲：眼泪慢慢流下来的样子。从这句开始是接神的女巫所唱。

㉓邸侧："悱恻"的假借字，即悲伤。

㉔棹：桨。

㉕斲（zhuó）冰兮积雪：江水结冰，因此用桂棹把冰抛开，把雪堆起，给船开路。

㉖搴：拔取。

㉗媒劳：媒人徒劳。

㉘恩不甚：恩情不深。

㉙轻绝：轻易就分开了。

㉚濑：浅滩。

译文

湘君，你为什么犹豫不走，谁把你放在水中的小岛让我想念？
画好你的容颜等我来接你，我在急流中驾起桂木龙舟快速起程。
命令沅湘要风平浪静，让江水缓缓而流。
盼望你来你却还没有来，吹起排箫你说我为谁相思！
驾着龙舟朝北行，转头又去了美丽的洞庭湖。
用薜荔做船舱用惠草做幕帐，用香荪做船桨用兰草做旌旗。
远望涔阳在那遥远的地方，横渡大江啊神驰远望。
我驱舟前进啊未能与你相遇，你身边的侍女为我发出哀叹声。
眼泪止不住地从脸颊两侧流下来，心里想起你就会默默伤心。

玉桂制的棹啊木兰做的桨，划开像层冰积雪的水光。

就像在水中采薜荔，到树梢摘荷花。

两个人的心不在一起怎能空劳媒人，彼此相爱不深当然容易轻抛！

江水在砂石间急速流淌，龙舟在水面翩翩。

不真诚的交往会使怨恨更深，约期相会不守信誉竟告诉我没有闲暇。

一大早就从江边匆忙赶路，傍晚停靠在小岛上心却烦躁。

堂屋上鸟儿在栖息，祭坛下水流淙淙回绕。

把我的玉玦扔进江里，把我的佩饰留在醴水旁。

我在岛上采摘花草，把它送给她身边的侍女。

丢失的时光再也找不回来，暂且漫步松弛心神。

　　湘君和湘夫人都是湘水之神。《湘君》描绘了湘君与湘夫人相约而不得相见的憾事。相传帝尧之女娥皇、女英为舜二妃，舜巡视南方，二妃未同往。二妃后来赶到洞庭湖滨，听到舜崩于苍梧的消息，南望痛哭，自投湘水而死，成为湘水之神。这一传说长期流传，逐渐演变成舜为湘水之男神，二妃为湘水之女神。关于湘君和湘夫人与舜的关系，学界历来纷争不断，但从《湘君》《湘夫人》两篇内容来看，他们之间的热烈思恋，既是人们对超自然力量的崇拜，又是人们对纯真爱情的向往和幸福生活追求的意愿。全诗共分五章，依次叙述湘君对即将赴约的湘夫人的苦恋和约会前的精心准备，久候湘夫人不至而前去迎接，备尝艰辛却未能相遇，遍寻湘夫人不得又重返约会地点，最终相会成泡影后黯然离去。其情感变化曲折，缠绵悱恻。

湘夫人

原文

帝子①降兮北渚，目眇眇②兮愁予。

嫋嫋③兮秋风，洞庭波兮木叶下。

白蘋④兮骋望，与佳期兮夕张⑤。

鸟萃⑥兮蘋中，罾⑦何为兮木上？

沅有茝⑧兮醴⑨有兰，思公子⑩兮未敢言。

荒忽兮远望，观流水兮潺湲。

麋⑪何食兮庭中？蛟何为兮水裔⑫？

朝驰余马兮江皋，夕济兮西澨⑬。

闻佳人兮召予，将腾驾兮偕逝⑭。

筑室兮水中，葺之兮荷盖⑮。

荪壁⑯兮紫坛⑰，匊芳椒兮成堂。

桂栋兮兰橑⑱，辛夷⑲楣兮药⑳房。

罔㉑薜荔兮为帷，擗蕙櫋㉒兮既张。

白玉兮为镇㉓，疏㉔石兰㉕兮为芳。

芷葺兮荷屋，缭之兮杜衡㉖。

合百草兮实庭，建芳馨兮庑㉗门。

九嶷㉘缤兮并迎，灵㉙之来兮如云。

捐余袂㉚兮江中，遗余褋兮醴浦。

搴汀洲兮杜若，将以遗兮远者。

时不可兮骤得，聊逍遥兮容与！

注释

①帝子：指湘夫人，因她是帝尧的女儿，因此称"帝子"。从这句开始是接神的男巫所唱。

②眇眇：极目远望的样子。

③嫋（niǎo）嫋：风力微弱的样子。

④蘋（fán）：秋生水草。

⑤张：陈设，指祭祀用的东西等。

⑥萃：聚集。

⑦罾（zēng）：抓鱼的网子。

⑧茝：通"芷"。

⑨醴：一本作"澧"，指澧水。从这句开始是扮湘夫人的女巫所唱。

⑩公子：指接神的男巫。

⑪麋：鹿类的一种。从这句话开始是接神的男巫所唱。

⑫水裔：水边。

⑬潙（shì）：水滨。

⑭偕逝：一同前往。

⑮荷盖：拿荷叶盖房子。

⑯荪（sūn）壁：拿荪草装饰的墙。

⑰紫坛：用紫贝铺的中庭。坛，中庭，楚地方言。

⑱橑：屋橑。

⑲辛夷：一种香木，北方称木笔，南方称望春。

⑳药：香草名，又称白芷。

㉑罔：同"网"，编结。

㉒槾：隔扇。

㉓镇：压坐席的工具。

㉔疏：散布。

㉕石兰：兰草的一种，也称山兰。

㉖杜衡：香草的名字。

㉗庑：过道。以上十四句是接神的男巫想象与湘夫人在一起生活的环境。

㉘九嶷：山的名字，在今湖南境内。此指九嶷山诸神。

㉙灵：指湘夫人。

㉚袂：指外衣。从这句开始是扮成湘夫人的女巫所唱。

译文

湘夫人降落在啊北边水中小块陆地之上，举目远望的样子啊使我发愁。

秋风轻轻吹拂，洞庭翻起波浪啊树叶飘零。

站在长满白蘋的岸上啊纵目远眺，跟佳人相约啊早已布置好。

鸟儿为什么聚集啊在水草中，鱼网为什么挂结啊在树梢上？

沅水有白芷啊澧水有泽兰，思念湘夫人啊却不敢讲。

恍惚啊遥望远方，只见江水啊缓缓流淌。

麋鹿为什么觅食啊在庭院中？蛟龙为什么困在水边？

清晨驱驰我的马啊到水边，傍晚在西岸边渡河。

一旦听到湘夫人召唤我，我将驾车飞驰与她一起前往。

在水中央建造房屋，用荷叶覆盖屋顶。

墙用荪草装饰，地面以紫贝铺成，用散布芬香的椒和泥涂壁。

用桂木做屋梁，用木兰做椽子，用辛夷做门楣，用白芷饰卧房。

编结薜荔做成帷幔，分开蕙草做室内的隔扇啊放置停当。

用白玉压住坐席，石兰在室内散布香气。

用白芷修葺啊用荷叶做屋，周围缠绕啊还有杜衡。

汇集各种花草啊使庭院充实，回廊上充满芬芳馥郁。

九嶷山神啊一起来迎，神灵降临啊齐聚如云。

抛弃我的衣袖啊在江中，丢掉我的单衣啊在醴水边。

拔取水边或水中高地的杜若，将它赠送给我心中所思念的远方佳人。

既然美好的时机不能经常得到，那就姑且漫步放松心神吧！

作为《湘君》的姊妹篇，《湘夫人》依《湘君》体制做了平行对称的表述，写湘夫人同样思念湘君而终不能如愿的惆怅与伤怀，情感动人。全诗共分四节，依次铺叙湘夫人因不得与湘君相见的忧愁，思念湘君又不敢吐露的矛盾，想象与湘君会面的美景，最终未能与湘君相见的满腹惆怅等。《湘夫人》中的独特意象、清美的辞藻被后人无数次引用和发挥，可见后世文人对此的喜爱程度。

大司命①

原文

广开②兮天门，纷③吾乘兮玄云④。

令飘风⑤兮先驱，使冻雨⑥兮洒尘。

君⑦迴翔兮以下，踰空桑⑧兮从女⑨。

纷总总⑩兮九州，何寿夭兮在予⑪！

高飞兮安翔，乘清气兮御阴阳⑫。

吾与君兮斋速，导帝之兮九坑⑬。

灵衣⑭兮被被⑮，玉佩兮陆离⑯。

壹阴兮壹阳⑰，众莫知兮余所为。

折疏麻兮瑶华⑱，将以遗兮离居⑲。

老冉冉兮既极，不寖近^㉑兮愈疏。

乘龙兮辚辚^㉑，高驼^㉒兮冲天。

结桂枝兮延伫^㉓，羌愈思兮愁人。

愁人兮奈何，愿若今兮无亏。

固人命兮有当，孰离合^㉔兮可为？

注释

①大司命：掌握人类寿命的神。王夫之《楚辞通释》说："大司命统司人之生死，而少司命则司人子嗣之有无。以其所者晏稚，故曰少。大则统摄之辞也。"

②广开：敞开。从这句开始是扮演大司命的男巫所唱。

③纷：盛多。

④玄云：黑云。

⑤飘风：疾风。

⑥冻雨：暴雨。

⑦君：接神女巫对大司命的尊称。从这句起是接神女巫所唱。

⑧空桑：神话里的山名。

⑨女：通"汝"，指大司命。

⑩纷总总：表示九州人类太多的意思。从这句起是扮演大司命的男巫所唱。

⑪予：大司命自称。

⑫阴阳：我国古代纯朴的唯物主义者认为，阴阳是自然界两种互相排斥的物质力量，阴阳二气的运动，能使万物发展变化。

⑬九坑：山的名字。周拱辰《离骚草木史》："坑、岗同。《郢地志》有九岗山，现湖北松滋市。"此处代指人间。

⑭灵衣：大司命所着华服。灵，一本作云。

⑮被被：通"披披"，衣服飘荡的样子。

⑯陆离：光彩闪烁的样子。

⑰壹阴兮壹阳：即曹植《洛神赋》之"乍阴乍阳"，指神光的忽现忽隐。阴，暗。阳，明。

⑱瑶华：玉色的花。从这句开始又是接神女巫所唱。

⑲离居：不住在一块的人。

⑳浸近：渐渐。

㉑辚辚：车走的声音。

㉒高驰：高飞远举。驰，通"驰"。

㉓延伫：来回盼顾。

㉔离合：指神与人的分别、会合。

译文

　　快把天宫的门敞开，我乘着黑云下来。

　　我命旋风在前开道，让暴雨洗净灰尘。

　　你在空中盘旋啊降临在人间，我越过空桑山紧跟在你后边。

　　九州里有众多的子民，他们的生死由我掌管！

　　我和你清闲地高高飞翔，坐着清明之气驾驭阴阳。

　　我和你恭谨地上前迎接天帝，把天帝的灵威带到人间。

　　华服轻盈地飘动着，腰间的玉佩闪闪发亮。

　　灵光若有若无地飘忽不定，谁也不清楚我在做什么。

　　我随手摘下神麻玉色的花，把它送给分别者聊表思念。

　　人老了已渐渐走向垂暮，不与大司命走近就会更加疏远。

　　大司命驾着龙车轰轰隆隆，快速地奔驰着冲向天空。

　　我编结桂树的枝条思念远望，越思念反而越忧心忡忡。

　　令人忧愁的思念让人摆脱不掉，但愿他像现在一样没有缺漏。

　　人的寿命原本就有短有长，谁又能掌控这生死阴阳？

大司命是掌握人的寿运之星官，《大司命》是一首迎送大司命的乐歌。对于大司命与少司命的职责划分，王夫之《楚辞通释》认为："大司命统司人之生死，而少司命则司人子嗣之有无。"这就详细述说了大司命掌管人的寿命，而少司命则为世人子嗣传承而分忧。在体制安排上，《大司命》与《少司命》似与《湘君》《湘夫人》不同：二司命因其职责不同而得到楚人的分别祭祀，故并不如"二湘"一样同尊共祀；两篇中的互指称谓均限于主巫与二司命之间，而未见二司命间有相互的交流。今人汤炳正《楚辞今注》认为"大司命"为男性神，"少司命"为女性神，《大司命》为女巫迎祭男神之辞，《少司命》乃男巫迎祭女神之辞，有表现男女相慕之意，此说可参。

从内容而言，这篇祭歌大致可以看作是大司命与祭祀之人的对话。辞中交错着第一人称和第三人称的变化。大司命掌握的是人的寿命，因此，他甚至比东皇太一更加令人敬畏。

无论人怎样渴望永生，寿命都是一定的。所以，人要把握生命，不执着于生死。这似乎也是大司命的告诫，辞的结束语说出人对生命的态度。

少司命

秋兰兮麋芜①，罗生兮堂下。
绿叶兮素枝，芳菲菲兮袭予。
夫②人自有兮美子③，荪④何以兮愁苦！
秋兰兮青青⑤，绿叶兮紫茎。
满堂兮美人，忽独与余兮目成⑥。

入不言兮出不辞⑦，乘回风兮载云旗。

悲莫悲兮生别离，乐莫乐兮新相知。

荷衣兮蕙带，儵⑧而来兮忽而逝。

夕宿兮帝郊⑨，君谁须⑩兮云之际？

与女游兮九河，冲风至兮水扬波。

与女沐兮咸池⑪，晞女发兮阳之阿⑫。

望美人兮未来，临风怳⑬兮浩歌。

孔盖兮翠旍⑭，登九天兮抚彗星⑮。

竦⑯长剑兮拥幼艾⑰，荪独宜兮为民正。

注释

①麋芜：香草名。从这句往下是男巫以大司命口吻迎神所唱。

②夫：发语词。

③美子：乖巧的儿女。

④荪：一作荃，即说少司命。

⑤青青："菁菁"的假借字，茂盛的样子。从这句往下是扮演少司命的女巫所唱。

⑥目成：眉目传情。

⑦辞：分别。从这句往下是接神的女巫所唱。

⑧儵：快速。

⑨帝郊：天国的郊野。

⑩须：期待。

⑪咸池：古时候神话里太阳沐浴的地方。从这句往下都是男巫以大司命口吻所唱。

⑫阳之阿：古时候神话里的山名，太阳升起的地方。

⑬怳：怅惘、失意的样子。

⑭翠旍：拿翡翠鸟羽毛做的旌旗。从这句往下是接神的女巫所唱。

⑮彗星：俗称"扫把星"，古时相传，彗星的出现象征战乱、灾荒等不祥的事将发生。少司命手抚彗星，有帮助儿童扫除灾难的意思。

⑯竦：挺出。

⑰幼艾：对小孩子的称呼。

译文

　　秋天的兰草与细叶蘼芜，遍布在祭堂的庭院四周。

　　嫩绿色的小叶里夹着纯白的花，芬芳的香气朝我扑面而来。

　　人们都有他们的好儿女，你为什么还那么担心？

　　堂下的秋兰正开得青翠茂盛，嫩绿叶片呀伴着那紫色的茎。

　　站满堂的呀是美人，忽然间你单单与我眉目传情。

　　突然降临又不辞而别，驾起旋风树起云旗飘然离去。

　　伤心莫过于活着的时候分离，欢乐莫过于有新朋友。

　　穿上荷花做的衣服，系上蕙草衣带，忽然来了却又忽然远离。

　　傍晚时你在天国的郊外留宿，你到底等待着谁久久不愿意离开这云际？

　　我真想与你到天河中畅游，但暴风将天河水掀起了巨浪。

　　我真想与你到咸池清洗秀发，到有日出的地方把你的头发晒干。

　　思念着你，可你却久久不来，我心绪失意地迎风高唱。

　　孔雀翎编制的车盖啊还有翠绿色的旌旗，你驾着车登上九天安抚彗星。

　　手里直握长剑保护着你的孩子，只有你最适合成为人间的主宰。

赏▶析

少司命主恋爱及人类子嗣延续，是位温柔多情、令凡人倾慕追思的女神，为凡间送子并保佑其平安，深得下界爱戴。本篇为少司命的祭歌。《少司命》遵循对唱形式，共分五部分：女巫登场告慰少司命接受歆飨，少司命离去时群巫合唱追念，祭终祈愿和述说对少司命的爱戴。从篇章安排上明显可见降神、娱神、颂神、送神的祭祀全过程。

东　君①

原文

暾②将出兮东方，照吾槛③兮扶桑。

抚余马④兮安驱⑤，夜皎皎兮既明。

驾龙辀兮乘雷⑥，载云旗兮委蛇⑦。

长太息⑧兮将上⑨，心低徊兮顾怀⑩。

羌⑪声色⑫兮娱人，观者憺⑬兮忘归。

縆⑭瑟兮交鼓，箫⑮钟兮瑶⑯簴⑰。

鸣篪⑱兮吹竽，思灵保⑲兮贤姱⑳。

翾㉑飞兮翠㉒曾㉓，展诗兮会舞。

应律兮合节，灵㉔之来兮蔽日。

青云衣兮白霓裳㉕，举长矢兮射天狼㉖。

操余弧㉗兮反㉘沦降㉙，援㉚北斗㉛兮酌桂浆㉜。

撰㉝余辔兮高驰翔，杳冥冥兮以东行。

注释

①东君：即太阳神。

②暾（tūn）：刚升起来的太阳。

③槛：栏杆。

④马：指为太阳神驾车的马。

⑤安驱：缓行。

⑥乘雷：车轮滚动时的声音响如雷。

⑦委蛇：旌旗飞起时舒卷的样子。蛇，通"夷"。

⑧太息：叹气。

⑨上：指太阳往上升。

⑩顾怀：留恋。

⑪羌：发语词。

⑫声色：即下文祭祀中的音乐与舞蹈。

⑬憺：贪恋。

⑭缅：用弦绷紧。从这句开始是迎神的巫所唱。

⑮箫：此处意为碰击。

⑯瑶：播的误字。

⑰簴：悬挂钟磬的木架。

⑱鯱："篪"的本字。箫类的乐器。

⑲灵保：指装神的巫。

⑳姱：美好。

㉑翾：通"嚖"，小鸟飞起来轻扬的样子。

㉒翠：翠鸟。

㉓曾：举起翅膀。形容迎神女巫们的舞蹈，她们的身体轻盈就像翠鸟举翅翱翔。

㉔灵：其他神灵。

㉕青云衣兮白霓裳：以青云为衣、白霓为裳。指太阳上升得很高时云霓辉映的样子。

㉖天狼：星的名字。古时候迷信，认定星宿体现社会现象，天狼体现侵略。

㉗弧：木弓，也是天上星的名字。

㉘反：通"返"。

㉙沦降：沉落。

㉚援：引，拿起。

㉛北斗：星辰的名字，共七星，其形像舀酒的斗，故有此名。

㉜桂浆：桂花酒。

㉝撰：持。

译文

温暖的阳光从东方升起，温柔的阳光透过扶桑树照进我的栏杆。

爱抚着我的龙马就要起程，幽黑的天空渐渐明亮。

我驾驭的龙车一路上发出雷鸣般的响动，车子四周云彩为旗飘浮动荡。

悠悠地叹了口气，我将缓缓地向上升起，心中犹豫不决，留恋而又彷徨。

我在欢娱悦耳声中飞过人群，观看的人怡然安乐忘记返回。

弹起琴瑟敲响乐鼓，鼓棒整齐的敲打声，连鼓架都被震得晃动起来。

吹起篪，演奏起竽，朝着太阳大声赞美。

舞蹈的女子像是翠鸟展翅高飞，唱着诗章，伴着音乐好不热闹。

音乐的旋律加上舞曲的节拍，神仙彩云般地降临在了天空遮天蔽日。

用青云做成衣服，白霓做成裙子，举起长长的利箭直射天狼。

手持天弓向西方坠落，用北斗星斟满胜利的桂花酒畅饮。

我驾着龙车继续向前驰奔，穿过漫漫黑夜奔向东方。

赏析

《东君》是中国文学史上第一支太阳礼赞曲，"东君"是古代神话传说中的日神，之所以称之为"东君"，应当是楚国地方风俗。东君为日神的说法，始于王逸，后人一般袭用这个说法。

从篇章来看，开篇和结尾的描写，是对日神的想象刻画，中间部分是描写人间的祭祀活动。太阳从东方扶桑树出发，驾着神车，而此时便是人间白昼的开始。在行车的时候，他看见了人间对他的祭祀：钟鸣鼓瑟，唱诗跳舞，一派隆重热闹的景象。于是日神为人类消除灾难，带来光明，他射天狼、高驰翔，从西方落下，期待明日从东方的升起。

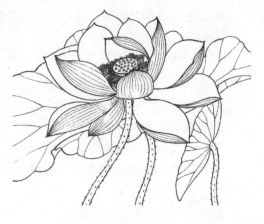

《东君》赞颂了太阳神普照万物、惩除邪恶、保佑众生的美好品质，体现了人们对太阳神的无限感激和赞颂之情。作为祭祀太阳神的乐歌，《东君》通篇以祭者和神灵两种口吻交替歌唱，既表现了日神战胜邪恶、为民除害的英雄气概和留恋故居的温柔情怀，又描绘了人民对太阳神的崇敬和对光明的无限渴望。尽管《东君》的祭祀规格不及《东皇太一》，但万众聚集的参祭场面犹有过之。特别是篇末"撰余辔兮高驼翔，杳冥冥兮以东行"的点睛之笔，将前进不止、循行不息的日神形象刻画得极为饱满，崇敬之情油然而生。

河　伯

原文

与女①游兮九河②，冲风③起兮横波。

乘水车兮荷盖，驾两龙兮骖螭④。

登昆仑⑤兮四望，心飞扬兮浩荡。

日将暮兮怅忘归，惟极浦⑥兮寤怀⑦。

鱼鳞屋兮龙堂，紫贝阙兮朱宫，

灵⑧何为兮水中？乘白鼋⑨兮逐文鱼⑩。

与女游兮河之渚⑪，流澌⑫纷兮将来下。

子交手⑬兮东行，送美人⑭兮南浦⑮。

波滔滔兮来迎，鱼鳞鳞⑯兮媵⑰予。

注释

①女：汝，你。

②九河：黄河下游河道的总名，泛指黄河。传说黄河到兖州即分九道，故称九河。

③冲风：隧风，大风。

④骖（cān）螭（chī）：四匹马拉车时两旁的马叫"骖"。螭，《说文解字》："若龙而黄，北方谓之地蝼。""或曰无角曰螭。"据文意当指后者，"骖螭"即以螭为骖。

⑤昆仑：山名，黄河的发源地。

⑥极浦：水边尽头。

⑦寤怀：寤寐怀想，形容思念之极。

⑧灵：神灵，这里指河伯。

⑨鼋（yuán）：一种大鳖。

⑩文鱼：有斑纹的鲤鱼。

⑪渚（zhǔ）：水边。《国语·越下》："鼋龟鱼鳖之与处，而鼃（蛙）鼋之与同渚。"下注："水边亦曰渚。"这里泛指水，"渚"当为押韵。

⑫流澌：流水。《楚辞·七谏·沉江》"赴湘沅之流澌兮"等可证。

⑬交手：古人将分别，则执手表示不忍分离。

⑭美人：指河伯。

⑮南浦：向阳的岸边。

⑯隣隣：一本作"鳞鳞"，如鱼鳞般密集排列的样子。

⑰媵（yìng）：原指随嫁或陪嫁的人，这里指护送陪伴。

译文

我和河伯你游览九河，大风吹动河面掀起波浪。

随你乘着荷叶作盖的水车，以双龙为驾螭龙套在两旁。

登上河源昆仑向四处张望，心绪随着浩荡的黄河飞扬。

但恨天色已晚而忘了归去，唯河水尽处令我寤寐怀想。

鱼鳞盖屋顶堂上画着蛟龙，紫贝砌城阙朱红涂满室宫，

河伯你为什么住在这水中？乘着大白鼋鲤鱼跟随身旁。
随河伯你一起游弋在河上，浩浩河水缓缓地往东流淌。
你握手道别将要远行东方，我送你送到这南方河边。
波浪滔滔而来迎接河伯，为我护驾道别的鱼儿排列成行。

赏析

河，古时为黄河的代称，河伯即指黄河之神。《河伯》主要描述祭巫在想象中与河神在九河遨游，继而登昆仑，望极浦，入龙宫，游河渚，最后依依惜别的情景。整个游玩过程体现出的是歌者无拘无束的情怀，语言上也全是君子之交的清淡口气，未见恋爱中人的热情，故而将其理解为众巫于水边祭祀河神，并向其表达亲近友睦的情怀较为合理。

山　鬼①

原文

若有人②兮山之阿③，被④薜荔兮带女罗⑤。
既含睇⑥兮又宜笑，子⑦慕予⑧兮善窈窕。
乘赤豹⑨兮从文狸⑩，辛夷车兮结桂旗。
被石兰兮带杜衡，折芳馨兮遗所思。
余处幽篁⑪兮终不见天，路险难兮独后来。
表独立⑫兮山之上，云容容⑬兮而在下。
杳冥冥⑭兮羌昼晦，东风飘兮神灵⑮雨。
留灵修⑯兮憺⑰忘归，岁既晏⑱兮孰华予。
采三秀⑲兮于⑳山间，石磊磊㉑兮葛蔓蔓。
怨公子㉒兮怅忘归，君思我兮不得闲。
山中人㉓兮芳杜若㉔，饮石泉兮荫松柏。
君思我兮然㉕疑作㉖，

雷填填兮雨冥冥，猨啾啾兮又^㉗夜鸣。
风飒飒兮木萧萧，思公子兮徒离忧^㉘。

注释

①山鬼：指山神，洪兴祖《楚辞补注》说："《庄子》曰：'山有夔。'《淮南》曰：'山出蝈阳。'楚人所祠，岂此类乎？"山神就是夔、阳。

②若有人：仿佛像人，指山鬼。

③山之阿：山的曲角，指山野深处。从这句起是迎神的男巫所唱。

④被：通"披"。

⑤带女罗：以女罗为衣带。罗，一作"萝"；女萝，也叫菟丝，一种爬蔓寄生植物。

⑥含睇：含情脉脉地看着对方。

⑦子：也指山鬼。

⑧予：迎接神的男巫自称。

⑨赤豹：皮毛有黑花纹的豹。

⑩文狸：带花纹的狸，是狐类动物。从这句起是扮演山鬼的女巫所唱。

⑪幽篁（huáng）：竹林的深处。

⑫表独立：卓然特立。从这句起是迎接神的男巫所唱。

⑬容容：通"溶溶"。

⑭杳冥冥：阴暗。

⑮神灵：指雨神。

⑯灵修：这里指山鬼。

⑰憺：稳定。

⑱岁既晏：指上岁数的老者。

⑲三秀：芝草的另一种叫法，植物出穗叫秀，芝草一年要开花三次，结穗三次，因此叫"三秀"。

⑳于：在。从这句起是扮演山鬼的女巫所唱。

㉑磊磊：乱石聚集的样子。

㉒公子：指迎接神的男巫。

㉓山中人：山鬼自称。

㉔芳杜若：芳如杜若。

㉕然：犹是。

㉖作：起，产生。

㉗又：当作"狖"，长尾猿。

㉘离忧：忧愁。

译文

好像有人在那山谷经过，是我身披薜荔腰束女萝。

含情注视微笑多么优美，你会羡慕我的姿态婀娜。

驾乘赤豹后面跟着花狸，辛夷木车桂花扎起彩旗。

是我身披石兰腰束杜衡，折枝鲜花赠你聊表相思。

我在幽深竹林不见天日，道路艰险难行我姗姗来迟。

孤身伫立在高高的山巅，云雾溶溶脚下浮动舒卷。

白昼昏昏暗暗如同黑夜，东风飘旋神灵降下雨点。

等待神女怡然忘却归去，年华渐老谁赐我如花娇颜？

在山间采摘益寿的芝草，岩石磊磊葛藤四处盘绕。

抱怨神女怅然忘却归去，你想我吗难道没空来到。

山中人儿芬芳就像杜若，饮石泉水松柏遮头。

你想我吗心中信疑交错，

雷声滚滚雨势溟溟蒙蒙，猿鸣啾啾穿透夜幕沉沉。

风吹飕飕落叶萧萧坠落，思念公子徒然烦恼横生。

赏析

《山鬼》祭祀的是位温柔多情而又遗恨绵绵的山中女性精灵，全篇叙述了山鬼与思慕的人相约却未见的哀怨之情。因她温柔婉丽，不以神力凌人，故与其他法力无边而威严逼人的神祇有极大区别。

《山鬼》共分三部分，依次叙述她满怀柔情盛装赴约、等待恋人却终未出现的欣喜与忧虑，预知约会成空时不能割舍的怨恨等。整篇始终以山鬼约会过程中的心理为主线来刻画"痴情自古空遗恨"的女子形象，微妙细腻、温柔感人，与恋爱中少女的心理特点甚为合拍。其中景物描写与人物心理的刻画可谓珠联璧合、相得益彰。

国　殇①

原文

操吴戈②兮被犀甲③，车错毂④兮短兵⑤接。

旌蔽日兮敌若云，矢交坠兮士争先。

凌⑥余阵兮躐⑦余行，左骖殪⑧兮右刃伤⑨。

霾⑩两轮兮絷⑪四马，援⑫玉枹⑬兮击鸣鼓。

天时坠⑭兮威灵⑮怒，严杀⑯尽兮弃原野⑰。

出不入兮往不反，平原忽兮路超远。

带长剑兮挟秦弓，首身离兮心不惩。

诚既勇兮又以武，终刚强兮不可凌⑱。

身既死兮神以灵⑲，子魂魄兮为鬼雄。

注释

①国殇：为国家战死的战士。在战争中阵亡的青年，他们为国而死，国家是他们的祭主，因此称作国殇。这是一篇楚人祭祀为国牺牲的战士的歌曲。

②吴戈：比喻武器精良。吴地冶炼技术发达，出产的戈尤其锋利。

③犀甲：用犀牛皮做的铠甲。

④毂（gǔ）：车轮的轴。

⑤短兵：近距离使用的作战兵器。

⑥凌：侵犯。

⑦躐（liè）：蹂躏，踩踏。

⑧殪（yì）：死。

⑨右刃伤：右边的骖马被刀砍伤。

⑩霾："埋"的假借字。

⑪絷：缠住。

⑫援：拿着，拎起。

⑬枹：通"桴"，敲鼓用的槌子。

⑭怼：怨，怨恨。

⑮威灵：有法力的神灵。

⑯严杀：残酷杀戮。

⑰野：古代读作"暑"，与怒字押韵。

⑱不可凌：志不可得。

⑲神以灵：指死后有知，灵魂尚在。神，指精神。

译文

手拿着长戈啊，身穿着铠甲，
战车轮毂交错啊，短兵器相拼杀。
旌旗遮日啊，敌兵多如麻，
箭矢交互坠落啊，战士冲向前。
敌侵我阵地啊，践踏我队形，
驾辕左马死啊，右马又受伤。
战车两轮陷啊，战马被羁绊，
战士举鼓槌啊，击鼓声震天。
上天怨恨啊，众神皆愤怒，
战士被残酷杀戮啊，尸体弃荒原。
英雄们此去啊，就没打算再回还，
原野空茫茫啊，路途太遥远。
佩带着长剑啊，夹持着秦弓，
即使身首已分离啊，忠心也永不变。
战士真勇敢啊，武力又威猛，
始终刚强不屈啊，士气不可侵。

将士身虽死啊，精神永世存，
你们的魂魄在啊，鬼中称英雄。

《国殇》是楚人对为国牺牲战
士的祭歌。

楚国从怀王后期即与秦国频繁
交战，但均以失败告终。《国殇》
从两军激战的惨烈场面开始描绘，
依次刻画了楚国战士的英武传神，
同时也以钦佩敬仰之情对壮烈牺牲
的将士的坚强不屈的战斗精神和战
死沙场的英雄灵魂给予礼赞，以此
激励民众，实现退敌保国的愿望。

这篇辞中直赋其事的手法具有

很高的艺术价值。描写了一场悲壮的交战场面，战争极其残酷，但战士
们不畏强敌，前仆后继。尤其后半段对卫国精神的抒情极其动人，并且
影响了后来边塞诗的抒情特质。

礼　魂①

成礼②兮会鼓，传芭③兮代舞，姱女④倡⑤兮容与⑥。
春兰兮秋菊⑦，长无绝兮终古⑧。

①礼魂：送神曲。
②成礼：指祭礼结束。
③传芭：刚开的鲜花。女巫跳舞时，手拿花朵相互传递。

④姱女：漂亮的女子，指女巫。

⑤倡：读作"唱"，与唱同义。礼魂时一群女巫合唱、跳舞，有一女巫领唱，众巫和之。

⑥容与：指女巫歌唱时的表情安详。

⑦兰、菊：用兰与菊代表时序的变化。

⑧终古：永远。

典礼已结束，鼓声齐奏，传递着手中的花，轮流跳着舞，美丽的女子唱得从容自如。

每年春兰和秋菊时，都永远不会忘记祭祀大典。

赏析

此篇是通用于前面十篇祭祀各神之后的送神曲，是宗教祭典结束时表示欢庆的特定仪式，由于所送的神中有天地神人鬼，所以不称"礼神"而称"礼魂"。

歌中描写的场面非常隆重热闹，有密集交汇的鼓声、声势浩大的人群、种类繁多的香花、欢跃跳动的舞姿，以及浩荡庄重的合唱队伍，组成了一次热烈隆重的送神场面。其中有许多地方与《九歌》首篇《东皇太一》遥相呼应，如前者"会鼓"与后者"扬兮拊鼓"，

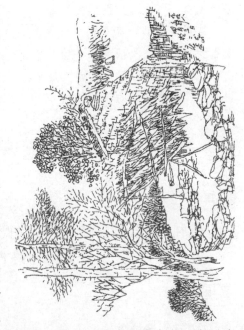

前者"传芭"与后者"灵偃蹇兮姣服"，前者"姱女倡兮容与"与后者"疏缓节兮安歌""陈竽瑟兮浩倡""五音纷兮繁会"，等等，都可以看

出彼此遥相呼应的关系。

诗篇以简洁的文字生动描绘出一个热烈而隆重的送神场面。一开始，先点出是"成礼"，使它和《九歌》各篇发生了联系。祀礼完成后，于是响起密集的鼓点，于是一边把花朵互相传递，一边更番交替地跳起舞。女巫唱起歌，歌声舒徐和缓，从容不迫。这正是一个祭众神已毕时简短而又热烈的娱神场面。而春天供以兰，秋天供以菊，人们多么希望美好的生活能月月如此，岁岁如此。于是，大家从春供到秋，以时令之花把美好的愿望告于众神灵，并许以长此不绝以至终古的供奉之愿，表达人们敬神事神的虔诚之心。

天问

屈原

原文

曰：遂古①之初，谁传道②之？

上下未形，何由考之？

冥③昭④瞢⑤暗，谁能极⑥之？

冯翼⑦惟像⑧，何以识之？

明明暗暗⑨，惟⑩时⑪何为⑫？

阴阳三合⑬，何本⑭何化⑮？

注释

①遂古：远古。

②传道：相传。

③冥：昏暗。

④昭：当是"昒"的错字。刘盼遂先生《天问校笺》说："此昭字自属昒之误字。《说文》尚冥也，与昧古通用。"

⑤瞢（méng）：暗。"冥昭瞢暗"全都是暗昧的意思。这四个字是并列词，全是形容混沌没开时的景象。

⑥极：穷究。

⑦翼：大气弥漫的样子。《淮南子·天文训》："天地未形，冯冯翼翼。"《广雅·示训》："冯冯翼翼，元气也。"

⑧惟像：没形。

⑨明、暗：明指白天；暗指黑夜。

⑩惟：彼。

⑪时：戴震《屈原赋注》："时，是也。"

⑫何为：那是为何？

⑬三合：三，读作"参"。参错交合。

⑭本：根源。

⑮化：变化。

译文

请问：远古初始的情况，是谁流传导引的？

天地尚未成形之前，又从哪里得以探究？

明暗不分混沌一片，谁能探究根本原因？

迷迷蒙蒙这种现象，怎么识别将它认清？

白天光明夜晚黑暗，它究竟为什么这样？

阴阳参合而生宇宙，哪是本体哪是演变？

原文

圜①则九重②，孰营③度之？

惟兹④何功⑤，孰初作之？

斡⑥维⑦焉系？天极⑧焉加？

八柱⑨何当⑩？东南何亏⑪？

九天⑫之际，安放安属⑬？

隅⑭隈⑮多有，谁知其数？

注释

①圜：通"圆"，指天，前人错认为天是圆形的。

②九重：即九层，《淮南子·天文训》："天有九重。"

③营：古时通"环"，刘盼遂先生《天问校笺》说："营，古和环通矣。天圜而九重，故须环回以度之。"

④兹：此。

⑤功：通"工"。

⑥斡：通"管"，《说文·斗部》："斡，蠡柄也。"闻一多《天问释天》："许谓斡为蠡柄，意谓亦即斗柄也。"是北斗七星之柄。

⑦维：指星名，《汉书·天文志》："斗柄后有三星，名曰维星。"

⑧天极：天的中央。《论衡·说日》引邹衍说云："天极为天中。"指北辰五星，指天的最高点。

⑨八柱：撑着天的八座山。古代相传有八座山是擎天柱。

⑩何当：何在。

⑪亏：残缺，指东南方地势低洼。

⑫九天：朱熹《楚辞集注·天问第三》曰："九天，即所谓圆则九重者"，"其曰九重，则自地之外，气之旋转，益远益大，益清益刚，究阳之数，而至于九，则极清极刚，而无复有涯矣"。《淮南子》云："中央曰钧天，东方曰苍天，东北曼天，北方玄天，西北幽天，西方颢天，西南朱天，南方炎天，东南阳天也。"《正义大玄经》云："九天谓一为中天，二为羡天，三为从天，四为更天，五为晬天，六为廓天，七为减天，八为沈天，九为成天。"

⑬属：连接。

⑭隅：角落。

⑮隈：弯曲的地方。《淮南子·天文训》："天有九野，九千九百九十九隈。"

译文

天的体制传为九重，有谁曾去环绕量度？
这是多么大的工程，是谁开始把它建筑？
天体轴绳系在哪里？天极不动设在哪里？
八柱撑天立在何方？东南为何缺损不齐？
四面八方的九天边际，抵达何处联属何方？
天边究竟有多少角落弯曲的地方，又有谁能知道它的数目？

原文

天何所沓^①？十二^②焉分？
日月安属^③？列星安陈^④？
出自汤谷^⑤，次^⑥于蒙^⑦汜。
自明及晦，所行几里？
夜光^⑧何德^⑨，死则又育^⑩？
厥^⑪利维何，而顾菟^⑫在腹？

注释

①沓：交会。古代相传天是铺在地上的，因此与地有交会的地方。

②十二：指十二辰，这本来是古代的天文学家观察岁星（木星）而设立的。中国古代很早就认识到木星约十二年运行一周天。人们把周天分为十二分，称为十二次，木星每行经一次，就用木星所在星次来纪年。因此，木星被称为岁星，这种纪年法被称为岁星纪年法。此法的起源年代还不清楚，但在春秋、战国之际很盛行。因为当时诸侯割据，各国都用本国年号纪年，岁星纪年可以避免混乱和便于人民交往。除此之外，天上又有十二辰的划分（用子、丑、寅、卯、辰、巳、午、未、申、酉、戌、亥十二地支来称呼）。它的计量方向和岁星运行的方向相反，即自东向西。由于十二地支的顺序为当时人们所熟知，因此，人们又设想有个天体，它的运行速度也是十二分为一周天，但运行方向是循

十二辰的方向。这个假想的天体称为太岁。当岁星和太岁的初始位置关系规定后，就可以从任何一年岁星的位置推出太岁所在的辰，因而就能以十二辰的顺序来纪年。当时又对太岁所在的子、丑、寅、卯、辰、巳、午、未、申、酉、戌、亥十二个年，给以相应的专名，依次是：困敦、赤奋若、摄提格、单阏、执徐、大荒落、敦牂、协洽、涒滩、作噩、阉茂、大渊献。如《汉书·律历志》有：汉高祖元年"岁在大棣（鹑）首，名曰敦牂，太岁在午"的记载。这两句是写天在

哪个地方与地交会。十二辰据什么来划分的。

③属：附属。

④陈：陈列。

⑤汤谷：古代神话中太阳升起的地方。

⑥次：住宿。

⑦蒙：水的名。

⑧夜光：月亮别名。

⑨何德：何德于天。

⑩育：生。《孙子·虚实》："月有死生。"

⑪厥：通"其"。

⑫顾菟：菟，即兔。月亮中的兔子的名，见毛奇龄《天问补注》。刘盼遂先生《天问校笺》谓"顾菟叠韵联绵字"，是专名词，并不是顾望之兔。

译文

天在哪里与地交会？黄道怎样划分十二区？

日月天体如何连属？众星在天如何陈置？
太阳是从汤谷出来。止宿则在蒙汜之地。
从天亮直到天黑，所走之路究竟几里？
月亮有着什么德行，竟能死而重生？
月中黑点那是何物，是否兔子腹中藏身？

原文

女岐①无合②，夫焉取九子？
伯强③何处？惠气④安在？
何阖⑤而晦？何开而明？
角宿⑥未旦⑦，曜灵⑧安藏？

注释

①女岐：本是指尾星名，
《史记·天官书》："尾有九子。"
因此又称九子星。以后就演变成
九子母的神话。《汉书·成帝
纪》："甲现画堂。"颜师古注引
应劭曰："画堂画九子母，或云
即女岐也。"

②合：相配。

③伯强：疠鬼，所至伤人。

一说禺强，是北方的神名，《庄
子·大宗师》："禺强得之，立乎
北极。"《淮南子·整形训》说：
"禺强，不周风之所生也。"因此
周拱辰《天问别注》推断为风
神。闻一多《天问释天》说："上言女岐，指尾星；则下言伯强似当指
箕星。"尾九星、箕四星，二者距离很近，因此古代常有连称。箕星主

风。《汉书·天文志》："箕星为风，东北之风也。"是箕星为风伯神，应该是伯强。因此，闻一多说："伯强为风伯，禺强亦为风伯，是伯强禺强，名异而实同也。"

④惠气：即惠风。

⑤阖：关上门。

⑥角宿：星座的名，二十八宿之一，有星两颗。古时相传，角宿两星之间是天门，日月五星都要经过此地。《晋书·天文志》："角二星，为天关，其间天门也，其内天庭也，故黄道经其中，七曜之所行。"

⑦旦：明。

⑧曜（yào）灵：指太阳。

译文

神女没有结婚更没有丈夫，为什么会生下九子呢？

风神伯强会住在哪里呢？天地之间的瑞气又在哪儿？

天门为什么一关闭天就黑了？而天门一打开为何天就亮了？

在东方还没有光线的时候，耀眼的太阳又会躲在哪里呢？

原文

不任汩①鸿②，师③何以尚之？

佥④曰何忧，何不课⑤而行之？

鸱龟⑥曳衔，鲧何听焉？

顺欲⑦成功，帝何刑焉？

永遏⑧在羽山⑨，夫何三年不施⑩？

伯禹⑪愎⑫鲧，夫何以变化⑬？

纂⑭就⑮前绪⑯，遂成考⑰功。

何续初继业，而厥⑱谋不同？

洪泉⑲极深，何以窴⑳之？

地方九则㉑，何以坟㉒之？

河海应龙㉓，何尽何历㉔？
鲧何所营？禹何所成？
康回㉕冯㉖怒，墬㉗何故以东南倾？

注释

①汩：治理。

②鸿："洪"的假借字，即洪水。

③师：众人。

④佥（qiān）：皆。

⑤课：考察。那时尧担心鲧治不了洪水，不愿用他，所以大家都说"何必担忧"，为何不考察他一下再来任用呢？《尚书·尧典》记载，尧时洪水滔天，人们很是担心。尧找寻能治水的人。大家推荐鲧，尧不赞同。大家说那就先试试他。尧于是用鲧治水。九年而洪水不息，以失败告终。

⑥鸱（chī）龟：鸱，猫头鹰之类的鸟，或者是形状像鸱鸟的龟。如蒋骥《山带阁注楚辞》说："余按《山海经》，怪水毫水，皆有旋龟，鸟首虺尾；《岭海异闻》，海龟鹰吻，大者径丈；《南越习》宁县多鸯龟，鹅首啮犬。"

⑦顺欲：符合条件，指众人之欲。据《史记·五帝本纪》记载，鲧治水失败，舜问过尧之后，把他杀了。

⑧遏：关起来。

⑨羽山：神话传说里的山名。

⑩施：应读"弛"，释放。也许是帝尧把鲧幽关在羽山三年，而后才把他杀死。

⑪伯禹：即禹，禹曾受封为夏伯，因此叫伯禹。

⑫愎：戾，一作"腹"。

⑬变化：指改变治水的方法。

⑭纂：继续。

⑮就：跟随。

⑯绪：事业。

⑰考：对死去的父亲的称呼。禹继续他父亲的事业，遂完成他父亲未竟的心愿。

⑱厥：其，代指禹。厥谋不一样，相传禹与鲧治水的方法不一样，鲧是筑堤以挡水，禹是疏通河道以导水。

⑲洪泉：指洪水。

⑳寘：同"填"，填塞。传说禹用息壤（自己能生长，永无耗减）的土填住洪水。

㉑九则：即九品、九等。《尚书·禹贡》记载，禹分九州的土地为上上、上中、上下、中上、中中、中下、下上、下中、下下九等。

㉒坟：划分。

㉓应龙：有翼的龙。相传禹治洪水，有应龙用尾巴画地，画出疏导洪水的路线，禹根据它来治水，水就流为江河。

㉔历：经过。

㉕康回：即共工。

㉖冯：通"凭"，在。

㉗墬：古时指"地"。古代神话，共工和颛顼争夺天帝位，怒而触不周山，天柱折，地维绝，所以天倾西北，地不满东南。

译文

鲧既不能胜任治水，众人为何将他推举？
都说没有什么担忧，为何不让他试试？
鸱龟相助或曳或衔，鲧有什么神圣德行可以让它相助？
按照众人的想法鲧会成功，帝尧为何对他施刑？
将鲧长久禁闭羽山。为何三年还不放他？
大禹从鲧腹中生出，治水方法有怎样变化？
禹接手先父未竟事业，终使父亲遗志成功。
继承前任遗愿，为何他的谋略却不相同？
洪水如渊深不见底，怎样才能将它填塞？
天下土地肥瘠九等，怎样才能划分明白？
应龙以尾画过何地？河海如何流通顺利？

鲧是什么使他意乱治水失败？禹又是什么能事成？
共工勃然大怒，东南大地为何侧倾？

原文

九州安错①？川谷②何洿③？
东流不溢④，孰知其故？
东西南北，其修⑤孰多？
南北顺椭⑥，其衍⑦几何？
昆仑县圃⑧，其凥⑨安在？
增城⑩九重，其高几里？
四方之门⑪，其谁从⑫焉？
西北辟⑬启，何气⑭通焉？

注释

①错：置。

②川谷：水注海称川。

③洿：低沉，深陷。

④溢：满。《列子》记载，渤海之东有大壑，是个没有底的低谷，叫归墟，海水流入却永不满。

⑤修：长。

⑥椭：狭长。

⑦衍（yǎn）：余，余数，指差距。南北要比东西短些，它的差距是多少？《管子·地员》："地东西是二万八千里，南北是二万六千里。"又《吕氏春秋·

有始》："凡四海之内，东西是二万八千里。南北是二万六千里；凡四极之内，东西五亿有九万七千里，南北亦五亿有九万七千里。"其中《山海经·海外东经》还有类似的记载。这都是推度。

⑧县圃：在昆仑山之巅，是神话里的地名。

⑨尻（jū）：同"居"，此处意为位置、处所。

⑩增城：神话里在昆仑山县圃之上，城有九层，每层相隔万里。

⑪门：指昆仑的门。《山海经·海内西经》："昆仑之墟，在西北，方八百里，高万仞，面有九门，门有开明兽守之。"

⑫从：进出。

⑬辟：开。

⑭气：同上文所谓"惠气"之气，也就是风。洪兴祖《楚辞补注》："《淮南》云，昆仑西北，不周风自此出也。"这里的气是指不周风。

译文

九州如何安置？水道河流怎么这样深？

百川东流的水总是装不满，谁清楚这是怎么回事呢？

大地东西南北四方土地的距离，到底是哪边更长？

朝着南北看过去地形比较狭长，它比东西要长多少呢？

昆仑山上巍峨的县圃，它究竟坐落在哪里？

在昆仑山中的九重增城，它到底有多高？

昆仑山上四周的大门，究竟是什么东西从此出入？

敞开昆仑山西北两侧的大门，究竟是什么样的风从此穿过？

原文

日安不到，烛龙①何照？

羲和②之未扬③，若华④何光？

何所冬暖？何所夏寒？

注释

①烛龙：神话中的神龙。洪兴祖《楚辞补注》："《山海经》云，钟山之神，名曰烛阴，视为昼，瞑为夜，吹为冬，呼为夏，不食不饮，不息不喘，身长千里，蛇身人面，赤色。注曰：即烛龙也。"

②羲和：太阳神。

③扬：扬鞭。

④若华：若木的花。若木，相传神话里的树，长在昆仑山之西，它的花放红光，能下照大地。

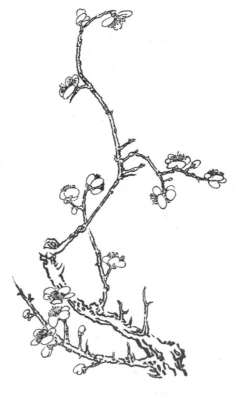

译文

太阳是否有照不到的地方？那烛龙所照是什么地方？

羲和还没有把马鞭扬起，那若木之花怎么就发光了？

究竟是什么地方冬天还这么温暖？那夏日寒冷的地方又是哪里？

原文

焉有石林①？何兽能言②？

焉有虬③龙，负熊以游？

雄虺④九首，鯈⑤忽焉在？

何所不死⑥？长人⑦何守⑧？

靡蓱⑨九衢⑩，枲华安居？

一蛇吞象⑪，厥大何如？

黑水⑫玄趾⑬，三危⑭安在？

延年不死，寿何所止？

鲮鱼⑮何所？鬿堆⑯焉处？

羿⑰焉弹日？乌焉解羽⑱？

注释

①石林：古时相传，西南有石树成林。

②兽能言：古时相传，有会人语的野兽。王逸《楚辞章句》引《礼记》云："猩猩能言，不离禽兽也。"

③虺：古时相传有独角的龙。

④虺：毒蛇。

⑤儵（shū）：忽，往来飘忽。

⑥不死：指长生不老。《山海经·海外南经》："不死民在其（指交胫国）东，其为黑色，寿不死。"

⑦长人：巨人。

⑧守：守卫。古时相传夏禹时诸侯防风氏身长三丈，守封嵎二山（见《国语·鲁语》）。

⑨蘼萍（píng）：一种奇特的萍草。蘼生花与麻花相似，因此称作"麻"，音转而成"蘼"。

⑩九衢（qú）：指分枝众多。衢，分叉。

⑪蛇吞象：洪兴祖《楚辞补注》引《山海经》云："南海内有巴蛇，身长百寻，其色青黄赤黑，食象，三岁而出其骨。"

⑫黑水：水的名字。

⑬玄趾：王逸注为山的名字，不知何据。玄，疑为"交"字之讹，"玄""交"小篆字形相似。故疑为交趾。

⑭三危：地名。《尚书·禹贡》："导黑水，至于三危，入于南海。"

⑮鲮鱼：一种奇特的鱼。洪兴祖《楚辞补注》引《山海经·海内北经》云："西海中，近列姑射山，有鲮鱼，人面人手鱼身，见则风涛起。"

⑯鬿堆：奇兽。鬿，音"祈"。洪兴祖《楚辞补注》引《山海经·

东山经》："北号山有鸟，状如鸡，而白首鼠点头，名曰魁蓷，食人。"

⑰羿：帝喾时人名，善射。《山海经·大荒东经》《淮南子·本经训》等书记载，帝喾时天上现十个太阳，每个太阳里有一个乌鸦，把草木都晒死了。帝喾让羿射下九个太阳，九个太阳里的乌鸦也都被射死了，只剩下一个太阳。

⑱解羽：羽毛掉落。指鸟死。

译文

哪儿又有岩石成林？什么野兽会发人言？
哪儿有着虹龙，背负黑熊游戏从容？
九个头颅的毒蛇，来去迅捷生在何处？
不死之国哪里可找？长寿之人持何神术？
萍草蔓延根茎盘错，枲麻长在哪儿开花？
一条蛇吞下大象，它的身子又有多大？
黑水之地交趾之民，还有三危都在哪里？
延年益寿得以不死，不死国人寿命何止？
传说中的鲮鱼生于何方？怪鸟魁堆长在哪里？
后羿怎样射下九日？日中之乌又为什么会死？

原文

禹之力献功①，降②省下土四方，
焉得彼嵞山③女，而通④之於台桑⑤？
闵⑥妃⑦匹合⑧，厥身是继⑨，
胡维嗜不同味，而快⑩鼌⑪饱？

注释

①力献功：勤力进献才能。
②降：下。
③嵞山：古代的国名，洪兴祖《楚辞补注》引《文字音文》云：

八一

"山古国名，夏禹娶之，今宣州当涂县也。"螽，通"涂"。

④通：相会。

⑤台桑：地名。

⑥闵：忧。

⑦妃：对象。

⑧匹合：结婚。指忧虑没有配偶而在路上结婚。

⑨身是继：即继身，为自己生子嗣。

⑩快：满足。

⑪晕（zhāo）：同"朝"，指时间很短。

译文

大禹尽全力治水，他还亲自察看各地的情况，

怎么突然碰上涂山国的女子，和她相识在台桑？

大禹与涂山女子结了婚，还和涂山女子生了儿子。

他与涂山女子种族不一样，为何还会贪图一时的欢畅？

原文

启①代益②作后③，卒然④离螽⑤。

何启惟⑥忧，而能拘是达⑦？

皆⑧归躲篱，而无害厥躬⑨。

何后益作革⑩，而禹播降⑪？

注释

①启：禹的儿子。

②益：禹的大臣。

③后：君王。启代益做君王，指禹传位给益，启手下的人帮助启杀死益夺得天下的事。

④卒然：忽然。

⑤离螽：遭忧。螽，通"孽"。对启遭遇忧患的事，每家说法都不

一样，刘盼遂先生认为"启既代益作后，卒乃遭不幸之事，而强族有篡夺之行也"(《天问校笺》)。

⑥惟：读作"罹"，刘盼遂先生《天问校笺)："惟乃罹之借，惟忧犹离也。"

⑧能拘是达：达，逃脱。王夫之《楚辞通释》云："《竹书纪年》载益代禹立，拘启禁之，启反起杀益以承禹祀。"这两句是讲启被拘囚，在桎梏之中顺利脱身。

⑧皆：指益和禹。

⑨无害厥躬：他们自身没有什么恶劣的行为。

⑩作革：权力变更。作，读作"柞"，通"祚"。刘盼遂先生《天问校笺》："'作'读为'柞'，声相同也。"

⑪播降：种下，这里指禹的后世流传无穷。

译文

启想替代益当国君，却突然遇上了灾祸。

为什么启会遭受忧患，又为何能从拘囚中逃出？

益的手下对启交出了武器，因此没有伤害启的性命。

为什么伯益会失败，而禹的后代却繁荣昌盛？

原文

启棘①宾商②，《九辩》《九歌》。
何勤子屠母③，而死分竟地？

注释

①棘：急。

②宾商：即做天帝的客人。宾，客，用作动词。商，朱骏声《说文通训定声》认为是"帝"的错字。

③勤子屠母：此指剖母腹生启。勤子，贤子，指启。

译文

夏启急忙朝见天帝，把拿到的《九辩》与《九歌》曲子带回地上。
为什么启这样贤良勤勉的儿子会害死母亲，让母亲尸骨撒落遍地？

原文

帝①降夷羿②，革孽夏民③。
胡射夫河伯，而妻彼雒嫔④？
冯珧⑤利决⑥，封豨⑦是射。
何献蒸肉⑧之膏，而后帝不若⑨？
浞⑩娶纯狐⑪，眩妻⑫爱谋。
何羿之射革⑬，而交吞揆⑭之？

注释

①帝：指天帝。

②夷羿：舜时诸侯，擅长射箭，因
是东夷族的头领，因此称夷羿。

③革孽夏民：当为革夏民之孽。按
《山海经·海内经》云："帝俊（指舜）
赐羿彤弓素，以扶下国。"革，改变。
孽，忧患。

④雒（luò）嫔：有洛氏的女儿，
河伯的夫人。

⑤冯珧（yáo）：依靠弓。冯，通
"凭"，恃、依靠。珧，用贝壳装点两
边的弓。《孙子》："开得宝弓犀质玉文
曰珧弧。"

⑥决：用象骨制的套在右手大拇指上拉弦发箭的工具。

⑦封豨：大野猪。

⑧蒸肉：祭祀的肉。

⑨不若：不以为然。若，依顺。

⑩浞：指寒浞，羿的臣子，杀害羿又强占羿的夫人，生浇。

⑪纯狐：指纯狐氏女儿。

⑫眩妻：即玄妻，纯狐氏女儿的名字，羿伯的夫人。

⑬革：相传羿能射透七层皮革。

⑭吞揆（kuí）：吞灭。按《左传·襄公四年》记载："浞，伯明氏之谗子弟也。伯明后寒（指君临寒国）弃之，夷羿收之，信而使之，以为己相。浞行媚于内而施赂于久，愚弄其民。"以上四句讲的就是这段史实，寒浞和纯狐眩妻策划，即"媚于内"。

天帝派羿来到人间，为夏民消除忧患。

羿为什么又箭射河伯，强占了他的妻子雒嫔？

羿拿着强弓利器，把那肥美的大野猪射死。

为什么用蒸的肥美的肉祭祀，天帝心中还是不高兴？

寒浞要娶羿的夫人纯狐，美丽的纯狐与他合伙给羿设下毒计。

为什么羿能射穿皮甲，还被人算计遭到消灭呢？

原文

阻穷①西征，岩何越焉？

化为黄熊，巫何活焉？

咸播秬②黍，莆雚③是营④。

何由并投⑤，而鲧疾⑥修盈⑦？

注释

①阻穷：在这是形容道路的艰险。

②秬（jù）：黑黍。

③莼蘙：莼，水生的植物。蘙，芦苇类的植物。

④营：经营、耕作。王逸《楚辞章句》："言禹平治水土，成民皆得耕种黑黍于平蒲之地，尽为良田。"

⑤并投：一起流放。

⑥疾：恶。

⑦修盈：指鲧罪恶多端。

译文

鲧死后向西行遏阻受困，山岩重重险阻怎么才能越过？

鲧的身子变成黄熊进入羽山深处，巫师怎么才能把他救活？

鲧教会了大家怎么种黑黍，芦苇水滩也已经被清除。

为什么鲧和驩兜、三苗一起被放逐，难道他的罪行就不容宽恕？

原文

白蜺①婴②茀③，胡为此堂④？

安得夫良药，不能固臧⑤？

天式⑥从横⑦，阳离⑧爰死。

大鸟⑨何鸣，夫焉丧厥体？

注释

①蜺：通"倪"，虹的一种，颜色比较淡。

②婴：缠绕。

③茀：逶迤曲折的云。

④堂：屈原见到楚国公卿的祠堂。

⑤不能固臧：指王子侨被杀之事。臧，保存。王逸《楚辞章句》引《列仙传》云："崔文子学仙于王子侨。子侨化为白而晏弗，持药和崔文子。崔文子惊怪，引戈击中之，因堕其药。俯而视之，王子侨之尸也。"

⑥天式：自然的规则。

⑦从横：指阴阳消长之道。从，纵。

⑧阳离：指阳气离开了躯体。

⑨大鸟：指王子侨尸体变成的鸟。王逸《楚辞章句》引《列仙传》云："崔文子取王子侨之尸，置之室中，覆之以弊箦，须臾则化为大鸟而鸣，开而视之，翻飞而去。文子焉能亡子侨之身乎？言仙人之不可杀也。"

译文

那云气围绕着的白虹，为什么会在崔文子的堂上？

王子侨从哪里弄到的不死神药，为什么却不能长久地珍藏？

自然界的规律是有纵有横的，阳气离开身体就会死亡。

王子侨死后怎么变成大鸟还会鸣叫，为什么他竟会失去原来的身体？

原文

萍①号②起雨③，何以兴④之？

撰体协胁⑤，鹿⑥何膺⑦之？

鳌⑧戴山抃⑨，何以安之？

释⑩舟陵行⑪，何以迁之？

注释

①萍（píng）：雨师，就是雨神。洪兴祖《楚辞补注》引《山海经》："萍翳在海东，时人谓之雨师。"

②号：呼。

③起雨：作雨。

④兴：起。

⑤撰体协胁：谓风神性格柔顺。撰，有柔顺的意思。协，合，同有

"柔"的意思。胁,身体两边有肋骨的地方。

⑥鹿:即飞廉,风神。丁晏《天问笺》引《三辅黄图》:"飞廉鹿身雀头有角,蛇尾豹文,能致风号呼也。"

⑦膺:通"应",响应。

⑧鳌:海里的大龟。按《列子·汤问》记载:"渤海之东,不大壑焉,其中有山,无所连著,常随潮波上下往还,不得暂峙焉。帝恐流于西极,失群圣之居,使巨龟十五,举首而戴之。"

⑨抃(biàn):拍手,这里是四肢划动的意思。

⑩释:放置。

⑪陵行:在陆地上行走。《列子·汤问》记载:龙伯国有个巨人,一下子钓起了六鳌,把它们全都背了回去。

译文

雨师萍翳管下雨的事,那么雨怎样才能兴起呢?

风伯性情柔顺,怎么会影响雨师兴雨?

巨龟背着神山四足游移,神山怎么能安稳不动呢?

巨人把船放在陆地行走,怎样才能迁引船呢?

原文

惟浇①在户，何求于嫂？
何少康②逐犬，而颠陨厥首③？
女歧④缝裳，而馆同爰止⑤，
何颠易厥首，而亲以逢殆⑥？

注释

①浇（ào）：寒浞的儿子，传说他气力很大而且残忍。王逸《楚辞章句》："言浇无义，淫佚其嫂，往至其户，佯有所求，因与行淫乱也。"

②少康：夏朝君王相的儿子。

③厥首：指浇的脑袋。少康的父亲相被浇杀害，后来少康袭杀浇。此与《离骚》"浇身被服强圉兮，纵欲而不妨。日康娱以自忘兮，厥首用夫颠陨"意思一样。

④女歧：即浇的嫂子。

⑤止：止宿。

⑥殆：危。王逸《楚辞章句》："言少康夜袭，得女歧头，以为浇，因断之，故言易首，遇危殆也。"

译文

寒浇来到他嫂子家里，他对嫂子有什么样的要求呢？
为什么少康打猎时驱逐猎狗，就将寒浇的头砍下？

寒浇的嫂子女歧给浇缝补衣服，晚上同浇住在一个房间，少康错砍了女歧的头，浇因为淫秽终于被杀？

原文

汤谋易旅①，何以厚之？
覆舟斟寻②，何道取之？

注释

①汤谋易旅：少康谋划制造衣甲。汤，一作"康"，指少康。易，治。旅，通"膂"，衣甲。
②斟寻：古代的国名。

译文

少康筹划该怎么去整顿手下，他是怎么样让队伍的力量壮大的？
寒浇既然能讨伐消灭斟寻，少康用什么方法胜了他？

原文

桀①伐蒙山②，何所得焉？
妹嬉何肆③，汤何殛④焉？
舜闵⑤在家，父⑥何以鳏？
尧不姚告⑦，二女⑧何亲？

注释

①桀：夏代最后一个君王。
②蒙山：古代的国名。《太平御览》卷一三五引《国语》记载：桀伐蒙山，得到美女妹嬉。

③肆：放荡。

④殛（jí）：诛罚。

⑤闵：痛苦，忧愁。

⑥父：舜父瞽叟。闻一多《楚辞校补》："父当为夫，二字形声并近，故相涉而误。"

⑦不姚告：不告知舜的父亲。

⑧二女：指尧的两个女儿娥皇、女英。《孟子·万章》："帝（指尧）之妻舜而不告，何也？曰：帝知告焉则不得妻也。"

译文

夏桀出兵讨伐蒙山，所得之物又是什么？

妹嬉怎样恣肆淫虐？商汤怎样将桀诛杀？

舜在家里非常仁孝，父亲为何让他独身？

尧不告诉舜的父母，二妃如何与舜成亲？

原文

厥萌在初，何①所亿②焉？

璜③台十成④，谁所极⑤焉？

登立为帝，孰道⑥尚⑦之？

女娲⑧有体⑨，孰制匠之？

注释

①何：闻一多《楚辞校补》认为"何当为难"，同下文"谁所极焉"语意相似。

②亿：预料，测度。王逸《楚辞章句》："言贤者预见施行萌芽之端，而知其存亡善恶所终，非虚亿也。"

③璜：玉石。

④十成：十重。

⑤极：至。

⑥道：导引。

⑦尚：尊崇。

⑧女娲：神话中古神的女帝王，蛇身人头，一天内就能变化七十种模样。

⑨体：女娲奇怪的体形。

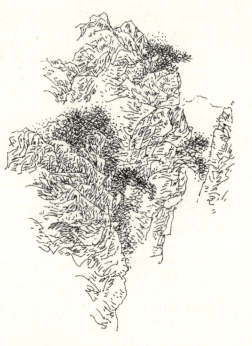

译文

起初刚为民的时候，怎么就能预料结局？

纣王建造十层玉台，谁使他到如此地步？

舜承受天命登位称帝，是谁指引他上台？

女娲有着特殊形体，是谁将她造成这样？

原文

舜服①厥弟，终然为害。

何肆②犬体③，而厥身④不危败？

吴⑤获迄古，南岳⑥是止⑦。

孰期⑧去⑨斯⑩，得两男子⑪？

注释

①服：听从。《尚书·尧典》记载，舜父瞽叟顽，母，弟象傲，舜却能听从不魁，为兄为子之道。又《孟子·万章》《史记·五帝本纪》都记载，舜对父母弟弟象虽然很好，可象与他父母天天筹划如何害舜。

②肆：放肆。

③犬体：狗的心术，谓象之凶恶如同禽兽。

④厥身：指象身。

⑤吴：古代南方的诸侯国。

⑥南岳：即会稽山。《吴都赋》："指衡岳以镇野。"会稽山一名衡山，周朝为扬州之镇，故亦叫南岳。这里代表吴地的山。

⑦止：居留。

⑧期：期望。

⑨去：看成是"夫"的错字。

⑩斯：指吴地。

⑪两男子：指太伯、仲雍。《史记·吴太伯世家》记载，周文王之祖古公亶父的长子太伯与次子仲雍，知道古公亶父要把君位传给他的幼子季历，就跑去南方躲避，吴地人却拥戴太伯为国君，太伯死后，仲雍继立为君王。

译文

舜帝很爱他的弟弟象，却还是被弟弟谋害。

为什么象放肆得如同禽兽？他自身却没有遇到危险败亡？

吴国得以长久存在，还屹立在江南一带。

谁能预料到出现的情况，是因为得到两位贤才？

原文

缘①鹄②饰玉，后帝③是飨④。

何承⑤谋夏桀，终以灭丧？

帝⑥乃降观⑦，下逢伊挚⑧。

何条放⑨致罚⑩，而黎服⑪大说⑫？

注释

①缘：因为，借助。

②鹄（hú）：天鹅，在此指拿鹄肉做的羹。

③后帝：指商汤。

④飨：吃。据《史记·殷本纪》记载，伊尹以善于烹调而让汤信用，后帮助汤消灭夏桀。

⑤承：承受。

⑥帝：指商汤。

⑦降观：下来体察民情。

⑧伊挚：伊尹的名。

⑨条放：放逐到鸣条。条，鸣条，地名。《尚书·汤誓》："伊尹相汤伐桀，遂与桀战于鸣之野。"又《史记·殷本纪》："桀败于有娀之虚，奔于鸣条。"

⑩致罚：即受到天帝的谴责。

⑪黎服：当作"黎民"，服当为"民"字之误。

⑫说：通"悦"。

译文

伊尹用玉饰与天鹅的祭器，把美食拿来献给君王。

怎样用伊尹谋算夏桀，最后还是把夏灭亡了？

商汤来到民间巡视四方，不料遇到了伊尹。

商汤把桀放逐到鸣条，黎民百姓为什么十分高兴？

原文

简狄①在台②，喾③何宜④？
玄鸟⑤致贻，女⑥何喜⑦？

注释

①简狄：有娀氏女，帝喾妃。
②台：坛。
③喾：古代的君王，号高辛氏。
④宜：祭天求福。
⑤玄鸟：燕子。
⑥女：指简狄。
⑦何喜：为何要生子。《史记·殷本纪》："三人行浴，见玄鸟堕其卵，简狄取吞之，因孕生契。"

译文

简狄住在九层的瑶台上面，帝喾怎会觉得娶她比较好？
玄鸟给简狄送来彩礼，简狄为什么会生子？

原文

该①秉②季③德，厥父是臧④。
胡终弊⑤于有扈⑥，牧夫牛羊⑦？
干协时舞⑧，何以怀之？
平胁⑨曼肤⑩，何以肥⑪之？
有扈牧竖⑫，云何而逢？
击床⑬先出，其命何从⑭？
恒⑮秉季德，焉得夫朴牛⑯？

何往营ⁱⁿ班禄ⁱⁿ，不但ⁱⁿ还来？
昏微²⁰遵迹²ⁱ，有狄²²不宁。
何繁鸟萃棘²³，负子肆情²⁴？

注释

①该：即亥，殷人的先祖，契的第六世孙。

②秉：承。

③季：即冥，亥的父亲。

④臧：善良。

⑤弊：败，这里指被杀害。

⑥有扈：当为夏朝有扈氏。或为有易之误，《天问》作有扈，乃字之误。盖后人多用有扈，少见有易，又同是夏时事，故改"易"为"扈"，女弊于有易的事。

⑦牧夫牛羊：指亥寄居在有易国从事放牧，为什么最终却被害了呢？

⑧干协时舞：《公羊传》宣公八年："万者何，干舞也。"这类舞用于武事，就是舞。《左传庄公》二十八年："楚令尹子元，欲蛊文夫人，为馆于宫侧，而振万焉。"干，盾。协，和合。时舞，指万舞，古代一种大型乐舞。

⑨平胁：形体俊美。

⑩曼肤：细滑的皮肤。

⑪肥：肥硕。

⑫牧竖：牧人。竖是蔑称，犹言小子。这里指王亥。

⑬击床：指的是有易之君绵臣派人袭击王亥于床笫之间。

⑭其命何从：他的生命从哪里才得以保全。王国维《殷卜辞中所见先公先王考》："其'有扈牧竖'四句，似记王亥被杀之事。"

⑮恒：亥弟，季子。王国维《殷卜辞中所见先王考》："恒盖该弟，与谊同秉德，复得该所失服牛也。"

⑯朴牛：大牛。

⑰营：经营口市。

⑱班禄：君主所颁布的爵禄。

⑲但：可能是"能"的错字。

⑳昏微：即上甲微，王亥的儿子。《史记·殷本纪》："振（亥）卒，子微立。"

㉑遵迹：遵循他前人的路线，即继承祖业。

㉒有狄：即有易。王国维《殷卜辞中所见先公先王考》："昏微即上甲微，有狄亦即有易也。古'狄''易'二字同音相通。"

㉓繁鸟萃棘：繁鸟，指他天天以射鸟兽为事。萃，集。棘，荆棘。射击集聚在荆棘上的鸟群。

㉔负子肆情：负子，对不住儿子。肆，纵欲。

译文

亥秉承了父亲季的品德，学习了父亲待人宽厚的美德。

为什么还是死在了有易国，失去了他的牧人和牛羊？

亥手持盾牌翩翩起舞，为什么诱惑有易国的女子？

有易国女子体态丰满肌肤细腻，为什么长得如此漂亮？

有易国的放牧人发现了亥的淫乱，他们怎样遇到的这件事？

攻到室内，把他杀死在床上，命令是出自于谁的口中呢？

恒继承了季的品德，从哪里得到的这些大牛？

为什么恒去钻营求禄，一去没见他再回头？

上甲微秉承了父亲的品行，让有易国不得安宁。

为什么他晚年打猎鸟兽，荒淫无度？

原文

眩弟①**并**②**淫，危害厥兄。**
何变化以作诈，后嗣而逢③**长？**

注释

①眩弟：昏乱的弟弟。

②并：一块。

③逢：兴旺。

译文

弟弟昏乱淫逸，而且还想谋害兄长。

善变狡诈多端的人，他们的后代为什么会兴旺长久？

原文

成汤①东巡，有莘爰极②。

何乞彼小臣③，而吉妃④是得？

水滨之木，得彼小子。

夫何恶之，媵⑤有莘之妇？

注释

①成汤：即商汤。

②有莘爰极：是倒装句，应是"爰极有莘"。莘，读作"申"，有莘为古代的国名，在今河南开封。而汤居西亳（在今河南偃师），在有

莘的西边，因此说"东巡"。极，到。

③小臣：指伊尹，他原本是有莘国的小臣。王国维云："鑫器中亦多言小臣，盖皆属天子近幸之人，不必为卑属也，故伊尹相成汤定社稷而有小臣之名。"

④吉妃：指有莘氏的女儿。

⑤媵：嫁妆。

译文

成汤去东部地区巡视，他巡视到了有莘这个地方。

为什么他得到小臣伊尹，还能再得到贤淑的妃子？

在水边那株空桑树中，有莘女子捡到个小孩子来养。

为什么有莘国君会讨厌伊尹，把伊尹当作陪嫁送给成汤？

原文

汤出重泉①，夫何罪尤②？
不胜心③伐帝④，夫谁使挑⑤之？

注释

①重泉：地名，桀关押汤的地方。

②尤：罪过。

③不胜心：心中不能忍受。

④帝：指夏桀。

⑤挑：教唆。

译文

成汤从重泉被释放出来，他有什么罪过呢？

成汤无可忍受就起兵进攻桀，是谁挑起这场是非的呢？

原文

会鼂①争盟②，何践吾③期？

苍鸟④群飞，孰使萃⑤之？

到击纣躬⑥，叔旦⑦不嘉⑧。

何亲揆⑨发足⑩，周之命⑪以咨嗟？

授殷天下，其德安施⑫？

及成乃亡⑬，其罪伊⑭何？

争遣伐器⑮，何以行之⑯？

并驱⑰击翼⑱，何以将⑲之？

注释

①会鼂：犹会朝。

②争盟：盟约。

③吾："武"之错字。此处讲武王伐纣的事情。《史记·周本纪》云："武王自称太子发，言奉文王以作……是时，诸侯有期而会盟津者八百诸侯。"

④苍鸟：鹰，比喻武王的将士勇猛如鹰。

⑤萃：集。

⑥躬：体形。

⑦叔旦：即周公旦，武王的弟弟。

⑧嘉：夸奖。

⑨揆（kuí）：掌控。

⑩发足：启行。指武王兴师伐纣的事。

⑪周之命：指周颁布灭殷的命令。

⑫其德安施：别本作"其位安施"。按"其位"和"天下"文意重复。

⑬及成乃亡：别本作"反成乃亡"。

⑭伊：是。

⑮伐器：攻伐之器，即武器。

⑯行之：动员他们。

⑰并驱：并驾齐驱。

⑱击翼：击其两翼。

⑲将：统领。

译文

　　八百位诸侯聚在一起誓师，他们如何履行与武王约定的时间？

　　战士们勇猛如鹰奋勇搏击，是谁把他们聚在一起的？

　　周武王用刀乱砍纣王的尸体，周公不同意他这么做。

　　不知道周公为什么帮助策划，安定周室，完成使命后又叹息？

　　天帝派殷王朝管理天下，王位是根据什么来授权的呢？

　　它成功后又让它灭亡，殷朝的过错到底在哪里？

　　八百位诸侯争相派遣部队，这么多的力量该如何调动？

　　周军并驾齐驱夹击两翼，如何指挥将士这样出击？

原文

昭后①成游②，南土③爰底。
厥利惟何，逢彼白雉④？
穆王巧梅⑤，夫何为周流⑥？
环理⑦天下，夫何索求？
妖夫曳⑧衒⑨，何号于市？
周幽谁诛，焉得夫褒姒⑩？

注释

①昭后：即周昭王。
②成游：即游玩。
③南土：指楚地。
④雉：野鸡。
⑤梅：疑为"枚"的错字，枚即策，马鞭。
⑥周流：周游。
⑦环理：周游。
⑧曳：牵引。
⑨衒（xuàn）：炫耀。在这里指沿街叫卖。
⑩褒（bāo）姒（sì）：周幽王的王后。《史记·周本纪》记载，在周宣王派人去杀卖弧、箕服夫妇时，他们二人连夜逃走，在路上碰到宫里的弃女，便捡回她并把她领到褒国。后来周幽王讨伐褒国，褒国人把这个弃女送给周幽王以赎罪，她就是褒姒，后成了周幽王的王后。

译文

周昭王实现了出游的愿望，来到了南方楚国的领地。
周昭王南巡想得到什么呢？难道只是为了得到白色的野鸡？

周穆王善于策马驰骋，为什么他要周游四方呢？
周穆王驱马走遍了天下，他到底在寻找什么东西？
有夫妇携带货物沿街叫卖，他们在叫卖什么东西？
周幽王究竟要杀什么人？他哪里得来的美女褒姒？

原文

天命反侧①，何罚何佑②？
齐桓③九会，卒然身杀④？

注释

①反侧：反反复复。
②何罚何佑：为什么要被惩罚和保佑。
③齐桓：齐桓公，春秋五霸之一。《史记·齐世家》记载，齐桓公重用管仲，国家强大，曾"兵车之会三，乘车之会六。九合诸侯，一匡天下"。
④身杀：指齐桓公晚年任命奸臣竖刁、易牙等人，造成内讧，自己被困饿而死。

译文

天命为什么总是反复无常，究竟是谁被惩罚谁被保佑？
齐桓公能九次聚齐诸侯会盟，为何结果还是被人杀死？

原文

彼王纣①之躬，孰使乱惑②？
何恶辅弼，谗谄是服③？
比干④何逆，而抑沉之？

雷开阿顺，而赐封之？
何圣人⑤之一德⑥，卒其异方⑦？
梅伯⑧受醢⑨，箕子⑩详狂⑪。

注释

①王纣：纣王。

②乱惑：迷迷糊糊不清醒。

③服：用。

④比干：纣王之叔，劝告纣为善去恶，被纣王剖心而死。

⑤圣人：指下文中的梅伯、箕子。

⑥一德：品德一样。

⑦方：方法与途径。

⑧梅伯：纣的诸侯，因为直言敢谏被纣所杀。

⑨醢（hǎi）：剁成肉泥。

⑩箕子：纣王的臣子。

⑪详狂：即佯狂，装疯。箕子谏纣不听，披发装疯，去做别人的奴隶。

译文

那个殷商纣王的性情为人啊，是谁教唆他狂暴昏庸？

他为什么讨厌忠良辅佐，偏喜欢听信小人的谗谄？

比干有什么地方触犯了他，为什么会受到他的压制被埋没不用？

雷开奉承纣王，怎么却被赏赐封地？

为什么圣人有一样的美德，可最终的结局却不同？

梅伯勇于直谏被剁成了肉酱，箕子见纣王拒谏而装疯。

原文

稷①维②元子③，帝④何竺之？

投之於冰上，鸟何燠⑤之？

何冯⑥弓挟矢，殊能将⑦之？

既惊帝切激⑧，何逢长之？

伯昌号衰⑨，秉鞭⑩作牧⑪。

何令彻⑫彼岐社，命⑬有殷国？

注释

①稷：后稷，帝喾的长子。

②维：是。

③元子：嫡妻生的长子。

④帝：指帝喾。

⑤燠（yù）：温暖。《诗经·生民》记载，帝喾妃姜嫄，踏了巨人的脚步，因此怀孕生稷，认为不祥，把他丢弃在冰上，后来有鸟飞来用翅膀替他取暖。

⑥冯：挟。

⑦将：统领。

⑧惊帝切激：帝，应指帝喾。切激，激烈。

⑨号衰：发号命令于殷朝衰落之期。

⑩秉鞭：以喻执政。秉，执。

⑪牧：古代对管理百姓的地方官的叫法。

⑫彻：彻法，传说是周朝的一种赋税法。

⑬命：即所谓天命。

译文

后稷本是帝喾嫡出的长子，帝喾为什么对他如此狠毒？

后稷出生后被扔在了寒冰上，群鸟怎么给他覆翼送暖？

为什么后稷还能张弓持箭，以特殊的才能指导战争？
出生既然已经惊动了天帝，为什么还让他繁荣昌盛？
殷商末期西伯姬昌号召天下，掌控大权成为诸侯的头领。
武王为什么又让他放弃岐社，接受天命拥有殷商？

原文

迁藏①就②岐，何能依？
殷有惑妇③，何所讥④？
受⑤赐兹⑥醢，西伯上告⑦。
何亲就⑧天帝罚，殷之命以不救？

注释

①藏：宝藏。

②就：往。指周的先人古公亶父自邠迁岐的事。《史记·周本纪》记载：古公亶父初居邠（今陕西彬县），后遭狄人侵扰，就带领家属、宝藏迁往岐山下。邠地人民扶老携幼都跟着去。

③惑妇：指纣王最喜欢的妃子妲己。《史记·殷本纪》记载："爱妲己，妲己之言是从。"

④何所讥：有什么可诛的。

⑤受：纣的字。

⑥兹：此。

⑦上告：告诉天帝。纣王把西伯的长子做成肉酱给西伯吃，西伯向上天控告。

⑧亲就：躬受。

译文

周先祖带着宝藏迁到岐山下，为什么人们能归附他？
殷纣已被妲己迷惑，劝告的话对他又有什么用处？

纣王把西伯儿子做成肉酱送给西伯吃，西伯愤怒地向天告状。
纣王为什么要受天帝的惩罚，殷商的天命难以挽救？

师望①在肆②，昌③何识？
鼓刀④扬声，后⑤何喜？
武发⑥杀殷⑦，何所悒？
载尸⑧集战⑨，何所急？

注释

①师望：吕望做太师，因此简称师望。
②肆：店铺。
③昌：周文王的名字。
④鼓刀：拿刀砍肉。
⑤后：指文王。
⑥武发：指周武王，名发。
⑦殷：指殷纣王。《史记·殷本纪》："纣兵败。纣走，入登鹿台，衣其宝玉衣，赴火而死。周武王遂斩纣头，县之大白旗。"
⑧尸：写着死者名字的木头牌位。
⑨集战：开战。

译文

太公吕望在朝歌的店铺里杀牛，姬昌怎么能了解他呢？
听到吕望摆弄屠刀的声音，文王怎么会那样欢喜？
武王砍下了纣王的脑袋，为什么会有那么大的怒气？
带着文王的灵位会战，武王为什么如此焦急？

原文

伯林^①雉经^②，维其何故？

何感天抑^③坠，夫谁畏惧^④？

皇天集命^⑤，惟何戒^⑥之？

受^⑦礼^⑧天下，又使至^⑨代之？

初汤臣挚^⑩，后兹承^⑪辅^⑫。

何卒官汤^⑬，尊食^⑭宗绪^⑮？

注释

①伯林：伯，当为"燔"，声误。林，即薪火。燔林，即《史记·周本纪》所谓"纣自燔于火而死"。

②雉经：上吊自杀。

③抑：塞。

④谁畏惧：有什么可怕的。

⑤集命：指皇天降天命，让某人统治天下。这里应指殷朝。

⑥戒：警觉。

⑦受：纣的字。

⑧礼：通"理"。

⑨至：当为"周"之错字。

⑩臣挚：以挚为臣。挚，伊尹名。

⑪承：进。

⑫辅：辅佐。

⑬官汤：做汤的相。

⑭尊食：庙食，在殷的太庙中受祭奠。

⑮宗绪：指汤的祠庙。

译文

纣王焚火自缢，这究竟是由什么原因造成的呢？

他为什么要向上天呼告，难道他的心里还会感到畏惧？

上天降赐天命给殷的时候，为什么对受命的君没有告诫明白？

纣王既然已统治了天下，为什么又被别人代替？

当初商汤让伊尹先做小臣，后来又封他做辅佐臣僚。

为什么伊尹最后当了商汤的宰相，死后牌位还在宗庙配享？

原文

勋阖梦生①，少离②散亡。

何壮③武厉④，能流⑤厥严⑥？

注释

①勋阖梦生：勋，功勋。阖，春秋时吴王阖闾。梦，吴王寿梦。生，子孙的意思。

②离：通"罹"，遭遇。

③壮：大。

④武厉：应是厉武的倒文，即奋发参武。厉，奋进。

⑤流：行。

⑥严：为"庄"的假借字，汉人避明帝讳改。

译文

有功的阖闾是寿梦的孙子，少年遭受了背井离乡的苦。

为什么他壮年才勇武奋发，他的威名却能远布四方？

原文

彭铿①斟雉②，帝③何飨④？
受寿永多，夫何长久？

注释

①彭铿：即彭祖，名铿，相传他活到了八百岁。
②斟雉：拿野鸡做羹。
③帝：指尧。
④飨：享。

译文

彭祖献上他烹调的野鸡汤，为什么帝尧喜欢品尝？
彭祖获得了长寿，为什么他竟能活那么久？

原文

中央①共牧，后何怒②？
蜂③蛾微命④，力何固？
惊女采薇⑤，鹿何祐⑥？
北至⑦回水⑧，萃何喜？
兄⑨有噬犬⑩，弟⑪何欲？
易之以百两⑫，卒无禄⑬。

注释

①中央：指周朝统一天下的政权。戴震《楚辞音义》及毛奇龄《楚辞补注》都认定是泛指，不是指某一具体史实。
②后何怒：即指厉王降灾捣鬼的事。后，指厉王。

③蜂：蜜蜂。

④蛾微命：蛾，古"蚁"字。微命，渺小的生命。在此指起来反抗周厉王的人民。《史记·周本纪》载，人民"乃相与畔，袭厉王。厉王太子静匿召公之家，国人闻之，乃围之。召公乃以其子代王太子"。人们找不到厉王，就追索太子，召公子最终被杀。此即所谓"力何固"。

⑤惊女采薇：惊女，女惊之倒文。惊，通"警"，戒。采薇，指伯夷、叔齐不食周粟，在首阳山采薇的事。指女子劝告伯夷叔齐别去采薇。《文选》之《辨命论》注引《古史考》云："伯夷叔齐……隐于首阳山，采薇而食之。野有妇人谓之曰'子义不食周粟，此亦周之草木也'。"

⑥祐：一本作"佑"，可从。

⑦北至：指伯夷叔齐北到首阳山。

⑧回水：河水的弯曲处，即河曲，指首阳山之所在。首阳在河东的蒲坂，华山往北，河曲之中。

⑨兄：指春秋时秦国君主秦景公。

⑩噬犬：猛犬。

⑪弟：指秦景公之弟。

⑫百两：车的数量。两，同辆。

⑬禄：爵禄。

译文

诸侯一起治理周朝的天下，周厉王为什么不高兴？

百姓地位卑微，他们的力量怎么会这么强大？

女子讥讽伯夷、叔齐采薇的事，神鹿为什么庇佑他们？

他们往北来到了首阳山，为什么会喜欢在那停留呢？

秦景公有条猛犬，他弟弟为什么想把它弄到手？

他想用一百辆车换这条狗，最终却连爵禄也丢掉了。

原文

薄暮雷电，归何忧①？

厥严②不奉③，帝何求④？

伏匿穴处，爰何云⑤？

荆勋作师⑥，夫何长？

悟过改更，我又何言？

注释

①归何忧：王逸《楚辞章句》云："屈原书壁所问略讫，日暮欲去，时天大雨雷电，思念复至，自解曰：归何忧乎？"

②严：威严。

③奉：尊奉。

④帝何求：求天帝能管用吗。帝指天帝。

⑤何云：说什么。

⑥荆勋作师：楚国动辄兴师开战。据《史记·楚世家》记载，楚怀王被张仪欺骗后，兴师伐秦，大败于丹阳。楚怀王很生气，再次带兵攻秦，又大败于蓝田。荆，指楚国。勋，"动"的错字。作师，起兵。

译文

傍晚的时候雷鸣电闪，我想要回去怎又生忧愁？
楚国的威严已经丢弃，我还能对天帝有什么祈求！
我遭到放逐伏身藏匿在洞穴里，对国家还能有什么事情讲！
楚国动辄兴师开战，国家又怎么能够长久呢？
楚王如果悔悟改正错误，我对此事也就不必再说什么！

原文

吴光①争国②，久余③是胜。
何环穿④自闾⑤社丘陵，爰出子文⑥？

注释

①吴光：吴公子光，既吴王阖闾。
②争国：指吴和楚发生战争的事。吴王阖闾于楚昭王十年兴兵攻楚，楚兵大败，走。而后吴王纵兵追之。比至郢，五战，楚五败。楚昭王亡出郢，奔郧。
③余：指楚。
④环穿：环绕透过。
⑤闾（lú）：古时候二十五家为一闾，也称社。
⑥子文：即楚国令尹子文，楚成王辅佐。

译文

吴王阖闾和楚国长年打仗，为什么吴国经常得胜？
为什么在村头的丘陵约会，竟然生出子文来？

原文

吾告堵敖①以②不长。
何试③上④自予⑤，忠名弥彰？

注释

①吾告堵敖：指堵敖是成王所杀的事。吾，疑为"悟"的错字，即忤。堵敖，即楚楚文王的儿子熊艰的古字。楚文王死后，堵敖接位为楚王。堵敖弟熊恽杀堵敖自立，是为楚成王。

②以：所以。

③试：当作"弑"。

④上：指堵敖。

⑤予：疑为"干"的错字。王逸《楚辞章句》注此句云："干忠直之名"，可证。楚成王弑堵敖而得忠名，《史记·楚世家》载："恽弑，布德施惠。天子赐胙曰：镇尔南方夷越之乱！"

译文

我断言堵敖在位不会长久。为什么成王杀害国王自立，忠义之名反而更显著？

赏析

《天问》是一篇充满强烈的理性探索精神和深沉的文学情思的经典辞作。

《天问》内容博大、形式特异、篇幅较长，是屈原作品中的第二首长辞，全辞共三百七十四句，一千五百余字。其句式基本以四言为主，全篇不用"兮"字，在这首辞中，屈原全部采用反问诘难的方式，向宇宙问了一百七十多个驳杂庞大的问题。这些问题包举宇宙，追溯洪荒，向人们展示了一个人内心可以抵达的深度。

《天问》集中反映了屈原的学术思想，展示了屈原蓬勃涌动的理性思想，是屈原对宇宙自然、人类社会总体认识的总结与升华的一种艺术再现。在那个时代，已不啻构建了一座精神和思想的巨峰。

同时，《天问》还是一部屈原在掌握了楚国巫史文献的基础上创作而成的文学作品，这一点可从它涉猎广泛的一百七十多个问题得到印证。此篇在篇幅上仅次于《离骚》。作者借助其深厚的文学素养，以提问求解的方式，通过对古代社会具有至尊意味的"天"的责难发问，打破传统观念的束缚，以旷古未有的磅礴气势，将深湛的思考、大胆的怀疑和执着的探索指向现实世界的各个层面，融合他"参差历落，圆融活脱"的文学运思，创作出令人千古称羡的华彩篇章。《天问》在中国古代文学史上展示了前所未有的怀疑精神与理性品质，以及具有明显批判性的历史意识，由此在艺术上获得了非常独特的感染效果。同时，篇中所包含的大量神话、传说和史事，也为我们了解和研究上古社会提供了珍贵的资料。

《天问》全篇可以分成三部分，第一部分主要针对自然结构提出问题。第二部分主要针对三代及以后的社会历史进行发问。第三部分是屈原在从宇宙到历史到人事发问完毕后，回归自己的心灵所提出的反问。

《天问》的句式，以问句为主，有一定的情节和层次结构。大致上四句一节，每节一韵，节奏、音韵自然协调。有一句一问、二句一问、三句一问、四句一问等多种形式。

屈原在《天问》中表露的思想与儒、道两家都有所不同。在先秦，道家至少为士子提供了一个心灵的出口，庄子会把所有的现世作为都否定，唯一肯定的是原始的"道"；即使是儒家，也用"道不行，乘桴浮于海"开了一道后门，但屈原自己把这前后两个门都堵住了。屈原上穷碧落下黄泉，最终选择了自沉汨罗江这一绝路。

九 章

屈 原

惜 诵①

原文

惜诵以致愍②兮，发愤以抒情。

所作③忠而言之兮，指苍天以为正④。

令五帝⑤以枑中⑥兮，戒六神⑦与向服⑧。

俾山川⑨以备御⑩兮，命咎繇⑪使听直⑫。

竭忠诚以事君兮，反离群而赘肬⑬。

忘⑭儇⑮媚⑯以背众兮，待明君其知之。

言与行其可迹⑰兮，情与貌其不变。

故相臣莫若君兮，所以证⑱之不远。

吾谊⑲先君而后身兮，羌众人之所仇。

专惟君⑳而无他兮，又众兆㉑之所雠㉒。

壹心而不豫㉓兮，羌不可保也。

疾㉔亲君而无他兮，有㉕招祸之道也。

注释

①惜诵：喜欢进谏。应是屈原最早的作品，结构与内容和《离骚》

相像，可能是《离骚》的最初稿。蒋骥也说："《惜诵》盖二十五篇之首也。"足以证明它的写作时间很早。惜，喜好。诵，谏议。

②愍（mǐn）：忧患。

③作：朱熹《楚辞集注》作"非"。

④正：证明。

⑤五帝：五方的神，东方为太皞，南方为炎帝，西方为少昊，北方为颛顼，中央为黄帝。

⑥枑（xī）中：依据法律条文来判断是非。

⑦六神：说法不同，据朱熹讲是司日、月、星、水旱、四时、寒暑的神。

⑧向服：即对证有没有罪状。向，对。服，服罪，可解释为罪状。

⑨山川：指山川的神。

⑩备御：指陪审。御，侍。

⑪咎（gāo）繇（yáo）：即皋陶，舜时执掌刑律的大臣。

⑫听直：听取曲直。

⑬赘肬（yòu）：身上多出来的肉瘤。

⑭忘：应是"亡"的误字，亡古代作"无"解。

⑮儇（xuān）：轻佻。

⑯媚：谄媚事人。

⑰迹：脚印，引申为循实考核。

⑱证：验证。

⑲谊：通"义"，道理。

⑳专惟君：一心一意为君王着想。

㉑众兆：众人，指楚国那些谄佞之人。

㉒雠（chóu）：同"仇"。

㉓不豫：不考虑，不动摇。

㉔疾：着急，极力。

㉕有：通"又"。

译文

以数次进谏来陈述哀愁，表达愤懑和忧思的情感。

我所说的如果有不忠的，那么可以让苍天来证明。

还要请五帝来做个评判，请六神帮我对质与证明。

最好由山川神灵来陪审，还要让皋陶来明辨对错。

竭尽忠诚以事君王，反倒被排挤而形同累赘。

不愿谄媚而违背众意，只能等待懂我的明君。

我的言行是有迹可查的，我的表里如一不会有变化。

最了解臣子的只有君王了，所以无须求远去证明我的清白。

我是以君为先而无他念，竟遭这群小人的妒忌。

一心为君王从没有其他想法，却还是不能保全自己。

只想接近君王而没有别的意思，这竟成招祸的根源！

原文

思君其莫我忠兮，忽忘身之贱贫。

事君而不贰①兮，迷不知宠之门②。

忠何罪以遇罚兮，亦非余心之所志③。

行不群④以巅越⑤兮，又众兆之所咍⑥。

纷逢尤⑦以离谤⑧兮，謇⑨不可释。

情沉抑⑩而不达兮，又蔽而莫之白。

心郁邑⑪余侘傺⑫兮，又莫察余之中情。

固烦言不可结诒⑬兮，愿陈志而无路。

退静默而莫余知兮，进号呼又莫吾闻。

申侘傺之烦惑兮，中闷瞀⑭之忳忳⑮。

①不贰：从无二心。

②宠之门：让人宠爱的门路。

③志：意料。

④行不群：所作所为不同于群小。

⑤巅越：摔跤。

⑥哈（hāi）：笑，楚地方言。

⑦逢尤：被责怪。

⑧离谤：遭诽谤。

⑨謇：句首发语词。

⑩沉抑：沉闷，压抑。

⑪郁邑：忧愁烦闷的样子。

⑫侘傺：失意惆怅、彷徨徘徊的样子。

⑬结诒：封寄。

⑭闷瞀（mào）：心烦意乱的样子。

⑮忳忳：忧愁的样子。

译文

没有人比我更忠心于君王，我竟然忽视了自己的出身贫贱。

一心事君无二心，却不懂得邀宠之门。

忠于君王有什么罪而遭惩罚，这是出乎自己所料的事。

行为与众不同而跌了跟头，又遭到别人的嗤笑。

经常被人嗤笑而受诽谤，真是有口也难辩。

心情沉抑未能抒发，心绪压抑言语无法表达。

我的心情忧伤怅然不快，又没有人知晓我的心情。

本来心中的话难以用语言来表达，想表达心志却没有办法。

想退而不言就无人了解我，欲进言又没有人听。

一再失意使心中不安，心情烦闷又忧伤。

原文

昔余梦登天兮，魂中道而无杭①。

吾使厉神②占③之兮，曰有志极④而无旁⑤。

终危独⑥以离异兮？曰君⑦可思而不可恃⑧。

故众口其铄⑨金兮，初若是⑩而逢殆⑪。

惩⑫于羹⑬者而吹齑⑭兮，何不变此志也？

欲释阶⑮而登天兮，犹有曩⑯之态也。

众⑰骇遽⑱以离心兮，又何以为此伴也？

同极而异路⑲兮，又何以为此援⑳也？

晋申生㉑之孝子兮，父信谗㉒而不好㉓。

行婞直㉔而不豫兮，鲧㉕功用而不就。

注释

①杭：通"航"，渡船。这里借指扶梯。

②厉神：严厉、正直的神。犹如《离骚》中的灵氛、巫咸，为人们占梦的神巫。

③占：厉神申述占词。

④志极：应是志趣。

⑤旁：辅助。

⑥危独：危险，孤寂。

⑦君：指楚王。

⑧恃：依靠。

⑨铄：熔解。

⑩若是：如此，指忠言直行。

⑪殆：危险。

⑫惩：警戒。

⑬羹：很热的汤。

⑭齑：通"缉"，剁成细末的菜，是凉菜。

⑮阶：阶梯，即上文"中道无杭"。

⑯曩：以前。

⑰众：指群小。

⑱骇遽：恐慌。

⑲同极而异路：屈原与群小同事一君，可走的是忠奸两条不同的道路。

⑳援：援引。

㉑申生：春秋时晋献公子，那时号称"孝子"。

㉒信谗：献公听信后妻骊姬的谣言，把申生逼死。

㉓好：爱。

㉔婞（xìng）直：刚直。

㉕鲧：禹的父亲。因治水不成，被舜杀死。

译文

从前我曾梦见自己登天，魂在中途却失去了方向。

让厉神为我解梦，他说志向虽远大可没人能助我。

我最终还是孤独被逐吗？他说王可以思念却不可靠。

群小的谗言足能让金子熔化，以前就是这样才遇凶险。

被热汤烫过的人吃凉菜也要吹，为什么不改变你的态度呢？

你想登天却丢掉了阶梯，还是像从前的态度。

子民人心惶惶且心不齐，你这样倔强又有什么同伴呢？

同事一个君主却走不同的路，你怎么还要这样寻求帮助吗？

晋国皇子申生确是孝子，但父亲却信谗言而不信他。

鲧刚直而不和顺，他治水的功业因此未能完成。

原文

吾闻作忠①以造怨②兮，忽③谓之过言④。

九折臂而成医⑤兮，吾至今而知其信然。

矰弋机⑥而在上兮，罻罗⑦张⑧而在下。

设张辟⑨以娱⑩君兮，愿侧身⑪而无所。

欲儃佪⑫以干傺兮，恐重患而离尤⑬。

欲高飞而远集兮，君罔⑭谓汝何之？

欲横奔⑮而失路⑯兮，坚志而不忍。

背膺牉⑰以交痛兮，心郁结而纡轸⑱。

梼木兰以矫⑲蕙兮，糳⑳申椒以为粮。

播江离与滋㉑菊兮，愿春日以为糗㉒芳。

恐情质之不信㉓兮，故重著㉔以自明。

矫㉕兹媚㉖以私处㉗兮，愿曾思㉘而远身㉙。

注释

①作忠：尽心尽力报国。

②造怨：造就人们的怨恨。

③忽：忽略，忽视。

④过言：过分的言论，夸大言辞。

⑤九折臂而成医：引用古语，《左传》有"三折肱知为良医"的话，与此意同。意思是经验多了，就能成良医。在此比喻自己多次的经历证明忠心会遭祸害。

⑥矰（zēng）弋机：矰，带丝绳的箭。机，指槽弋上的机栝，在这用作动词，装。

⑦罻罗：捕鸟的两种网子。

⑧张：张设。

⑨辟：一种捕鸟的工具。

—二二—

⑩娱：古通"虞"，乐。

⑪侧身：犹"厕身"，置身其间。自己欲置身君王的身边以匡济之，却没有容身之处。

⑫偁（chán）佪：徘徊。

⑬离尤：遭受责难。

⑭罔：诬。

⑮横奔：乱跑。

⑯失路：不走正道。比喻变节从俗。

⑰胖：通"判"，一物中分成二。

⑱纡（yū）轸（zhěn）：隐痛连心。

⑲矫：揉。

⑳鑿：舂。

㉑播、滋：都是种植的意思。

㉒糗：干粮。

㉓信：通"伸"。

㉔重著：一再表明。

㉕矫：举。

㉖媚：美好。

㉗私处：独处。

㉘曾思：反复斟酌。

㉙远身：隐身远去。

译文

我听说忠诚易结怨，认为言过其实并不注意。
病久了也就成良医了，我至今才明白这是真理。
现今的社会是弓矢暗藏，下面张开着害人的网子。
设置机关讨好君王，想避祸也没有容身的地方。
想徘徊着以求进取的时机，又担心加重罪行。
想离开这里远走高飞，君王要问：你要去哪儿啊？
想要变节易行不选正路，意志坚定而不忍这样。
我的胸背如裂开般疼痛难忍，我的心抑郁而忧伤。

把木兰弄碎把蕙草揉碎，春好申椒做自己的食物。

我种植江离和菊花，期望到春天时可以作为干粮。

唯恐不能表白心中的真情，因此一再重述自己的苦心。

我保持着美德而隐退，愿能深思而自爱洁身。

《惜诵》是《九章》的第一篇，作者叙述了自己在政治上遭受打击的始末和自己对待现实的态度，基本内容与《离骚》前半篇大致相似，故有"小离骚"之称。

本篇大致可以分为四段。第一段，屈原表白了自己的忠心，并抒发了忠心反遭罪责的郁郁之情。"发愤以抒情"的表达，甚至成为了中国古代作家书写的最基本动机之一。从这个意义上说，屈原是中国第一个"个人化"书写的姓名可考的作者。屈原在这一段中表现出的忠心，就是对君王的忠诚。这一段出现了"事君""明君""莫若君""先君""惟君""亲君"六处"君"字，也说明了屈原的情感寄托仍在君王身上。第二段，屈原表达了忠而被谤的郁闷、愤懑心情。在第三段中，屈原再次在辞中引入了占卜者，并通过典故来说明了自己被冷落的原因：众口铄金，积毁销骨。在第四段，屈原用香草抒情，把自己置于香花芳草的熏陶之中，以此表达自己的失落与哀思。

《惜诵》的抒情脉络简洁、明了、集中，如果《惜诵》作于《离骚》之前，可以看作是《离骚》抒情的预演；如果《惜诵》作于《离骚》之后，则可以看作是《离骚》抒情的浓缩。

涉 江

原文

余幼好此奇服①兮，年既老而不衰。
带长铗②之陆离③兮，冠切云④之崔嵬⑤。
被明月⑥兮珮宝璐。
世溷⑦浊而莫余知兮，吾方⑧高驰⑨而不顾。
驾青虬兮骖白螭⑩，吾与重华⑪游兮瑶之圃⑫。
登昆仑兮食玉英⑬，与天地兮同寿，与日月兮同光。
哀南夷⑭之莫吾知兮，旦余济乎江湘。
乘鄂渚⑮而反顾兮，欸⑯秋冬之绪风⑰。
步余马兮山皋⑱，邸⑲余车兮方林⑳。
乘舲㉑船余上沅㉒兮，齐㉓吴㉔榜以击汰㉕。
船容与而不进兮，淹㉖回水㉗而疑滞㉘。
朝发枉陼㉙兮，夕宿辰阳㉚。
苟余心其端直兮，虽僻远之何伤。
入溆浦余儃佪兮，迷不知吾所如。
深林杳以冥冥兮，猿狖之所居。
山峻高以蔽日兮，下幽晦以多雨。
霰雪纷其无垠兮，云霏霏而承宇。
哀吾生之无乐兮，幽独处乎山中。
吾不能变心而从俗兮，固将愁苦而终穷。
接舆髡首兮，桑扈嬴行。
忠不必用兮，贤不必以。
伍子逢殃兮，比干菹醢。

与前世而皆然兮，吾又何怨乎今之人！

余将董道而不豫兮，固将重昏而终身！

乱曰：鸾鸟凤皇，日以远兮。

燕雀乌鹊，巢堂坛兮。

露申辛夷，死林薄兮。

腥臊并御，芳不得薄兮。

阴阳易位，时不当兮。

怀信侘傺，忽乎吾将行兮！

注释

①奇服：奇特的服饰。

②铗：剑。

③陆离：形容其所佩带宝剑之长。

④切云：一种很高的帽子。

⑤崔嵬（wéi）：高立的样子。

⑥明月：珠名，珠光晶莹像月光，故名。

⑦溷（hùn）：通"混"，混乱。

⑧方：将。

⑨高驰：远走高飞。

⑩虬、螭：虬，有角的龙。螭，无角的龙。

⑪重华：舜名。

⑫瑶之圃：产美玉的地方。指下面的昆仑，昆仑山以玉闻名。古代神话中，产玉的昆仑山被认作天帝的园圃。

⑬玉英：玉的精华。

⑭南夷：即南方人，指楚国统治集团。夷，是当时中原地区统治阶级对中原以外各族的泛称，含有轻蔑的意思。

⑮鄂渚：应当指临近洞庭的五渚之一，并不是今天湖北的武昌。

⑯欸：通"唉"，叹息。

⑰绪风：余风。

⑱山皋：水边高地。皋，水泽，引申为水边之地。

⑲邸（dǐ）：停。

⑳方林：地名。

㉑舲：通"铃"，有窗子的船。

㉒上沅：溯沅水而上。

㉓齐：并举。

㉔吴：大。

㉕汰：水波。

㉖淹：逗留。

㉗回水：回旋的水。

㉘疑滞：停滞不前。疑，通"凝"。

㉙陼（zhǔ）：即渚，地名。

㉚辰阳：地名。

译文

我自幼就喜欢这种奇装异服，年纪虽然老了兴致仍不减退。

腰间佩带长长的宝剑啊，头上戴着高高的发冠。

身披明月之珠腰缀美玉。

但举世混浊没人了解我，我将奔向远方不再有顾及。

有角青龙驾辕无角白龙拉套，我与舜帝重华同游瑶圃。

登上昆仑山以玉之精英为食，要与天地同样万寿无疆，要与日月一齐永放光芒。

哀痛南夷之人都不理解我，天亮后我将渡过长江湘江。

登上鄂渚回头看看来路，慨叹秋冬两季大风凌厉。

让我的马在水边高地散步，将我的车在方林那里停歇。

我乘着有窗的船只上溯沅水，一齐挥动大桨劈波斩浪。

船只慢吞吞不能前进，在逆流中凝滞徘徊。

早晨从枉陼出发，晚上止宿在辰阳。

只要我内心端正忠直，再幽僻荒远又有什么损伤。

进入溆浦我踌躇徘徊，心中迷乱不知要去哪里。

深深的树林幽远晦暗，乃是猿猴群居栖息之地。

山峰高大险峻把太阳遮蔽，下面幽深黑暗而又多阴雨。

雪珠雪花纷飞无边无际，浮云流动低垂下接屋宇。

哀痛我这一生没一点乐趣，幽居独处就在大山之中。

我不能改变心志追随流俗，所以怀着愁苦而终身困穷。

先前接舆把头发剃光装疯避世，桑扈出行总是赤身裸体。

忠心的臣子未必会被重用，贤人未必被推举。

伍子胥因为直谏被杀，比干忠心为国却遭剖心。

自古以来就是这样的，我又何必埋怨现在的人呢！

我还是坚持正道而不渝，宁愿终身处于黑暗境地！

尾声唱道：鸾鸟凤凰那些俊鸟，一天天地远飞难找。

燕雀乌鹊那些凡鸟，却在庙堂、高坛上筑巢。

申椒与辛夷那些香草香木，都在杂树丛中枯死凋零。

腥臊臭臭一起进用，芳香反而不能靠近。

阴阳已经颠倒位次，时令节序也不得当。

满怀忠信却惆怅失意，飘飘忽忽我将远行他方！

《涉江》为顷襄王时期屈原远放江南时，为记叙征程和抒写怨愤而作。本篇记述了他渡过长江、溯沅水而上到溆浦一带，幽居独处深山的旅程，也穿插了在行程中及到达目的地后的所思所感。

一般认为，这是屈原晚期的作品。因为辞中提到"年既老而不衰"，说明他是真的老了。根据古代对老的判断，屈原此时或许已经五十余岁了。因此，辞中的心态也不同于其他作品。

全篇可分为五段。第一段述说自己自幼就有的高尚志趣和崇高理想。这一段的笔法与《离骚》相似。主人公都被幻化成神话一般的人物。再加上"与天地兮同寿，与日月兮同光"这句话，可以知道屈原的理想，实际上具有永恒性。这种永恒性也规定了辞的神话意味，因为神话世界就是一个永恒的世界。但他的理想很快遭到打击，于是转入第二段涉江经历。

第二段叙述旅行途中的经历和自己的感慨。他写自己登上鄂渚，又回头看看自己走过的路途，然后放马在山皋上小跑，直到方林才把车子停住。所有旅程，最后都归于一个词语：端直。亦是说，这样的旅途其实是流放，而无论流放如何痛苦，却不会损害自己的心灵。

第三段写进入溆浦以后独处深山的情景。这里深林杳冥，榛莽丛生，是猿狖所居，而不是人所宜去的地方。这是对流放地的环境描述，也是对自己所处政治环境的隐喻。但最终还是以屈原"不能变心而从俗"的信念消除了流放处的阴霾。

第四段引入历史叙述。接舆是春秋时楚国的隐士，桑扈也是古代隐士，他们都是独立于儒家传统之外的人。而伍子胥身为吴国的贤臣，却被逼自杀；比干身为殷纣王的叔父，却被纣王剖心而死。他们尽管际遇不同，但都是历史的悲剧。屈原从这些典故中得到的教益，就是坚持独立的人格，哪怕一生陷于幽暗的处境。

第五段的乱辞，以诗意的手法隐喻楚国的政治黑暗，鸾鸟凤凰，比喻贤士远离，小人窃位。露申辛夷，比喻贤能竟死于丛林之中，而奸邪之人却陆续进用。一言以蔽之，阴阳易位，社会的一切是非都颠倒了。屈原不得不怀着忠信远走高飞。

哀　郢①

原文

皇天之不纯命②兮，何百姓③之震愆④？
民离散而相失兮，方仲春而东迁。
去故乡而就远兮，遵江夏⑤以⑥流亡。
出国门⑦而轸⑧怀兮，甲之鼌⑨吾以行。
发郢都而去闾⑩兮，荒忽其焉极？
楫⑪齐扬⑫以容与兮，哀见君而不再得。
望长楸⑬而太息兮，涕淫淫其若霰。
过夏首⑭而西浮⑮兮，顾龙门⑯而不见。
心婵媛而伤怀兮，眇⑰不知其所⑱蹠。
顺风波以从流兮，焉⑲洋洋而为客。

淩阳侯⑳之氾滥兮，忽㉑翱翔㉒之焉薄㉓。

心絓㉔结㉕而不解兮，思㉖蹇产㉗而不释。

将运舟而下浮兮，上洞庭而下江。

去终古㉘之所居兮，今逍遥而来东。

羌灵魂之欲归兮，何须臾而忘反。

背夏浦㉙而西思兮，哀故都之日远。

登大坟㉚以远望兮，聊以舒吾忧心。

哀州土之平乐兮，悲江介之遗风。

当陵阳之焉至兮，淼南渡之焉如？

曾不知夏之为丘兮，孰两东门之可芜？

心不怡之长久兮，忧与愁其相接。

惟郢路之辽远兮，江与夏之不可涉。

忽若不信兮，至今九年而不复。

惨郁郁而不通兮，蹇侘傺而含戚。

外承欢之汋约兮，谌荏弱而难持。

忠湛湛而愿进兮，妒被离而鄣之。

尧舜之抗行兮，瞭杳杳而薄天。

众谗人之嫉妒兮，被以不慈之伪名。

憎愠怆之修美兮，好夫人之忼慨。

众蹀蹀而日进兮，美超远而逾迈。

乱曰：曼余目以流观兮，冀壹反之何时？

鸟飞反故乡兮，狐死必首丘。

信非吾罪而弃逐兮，何日夜而忘之？

注释

①哀郢：《楚辞补注》说："此章言己虽被放，心在楚国（指郢都），徘徊而不忍去，蔽于谗谄，思见君而不得。故太史公读《哀郢》

而悲其志也。"这是十分贴切的说法。至于王夫之《楚辞通释》等认为指的是秦将白起破郢，和作品内容不符，故此处不取。郢，现湖北省江陵县西北的郢县故城，楚平王熊居都。作者写这篇赋时，距离他被迫出都大概已经九

年，估计为顷襄王时代。哀郢，就是怀念楚国，其中蕴含着自己遭谗被贬的难过及对人民艰苦的同情。

②不纯命：指命运不常，祸福难以预料。纯，常。

③百姓：这个词先秦时期的含义是"百官"，指的是贵族、官僚集团。

④愍：丧失。

⑤江夏：长江与夏水（古时夏水从石首到汉阳）中间的狭长地带，叫江夏。

⑥以：义同"而"，连词。

⑦国门：即都城之门。

⑧轸（zhěn）：痛。

⑨甲之鼂：古代用"干支"记日，甲之鼂即甲日那天早上。

⑩闾：里门，在这指家乡、家园。

⑪楫：划船的桨。

⑫齐扬：同时。

⑬楸：一种落叶乔木，常植于道路两边。

⑭夏首：应指江陵东南二十五里之夏水口。

⑮西浮：从西面顺水漂流。

⑯龙门：郢都的东城门。

⑰眇：辽远。

⑱所：通"这"，停步的地方。

⑲焉：承接词，有从此、于是的意思。

⑳阳侯：指江水的波浪。古时神话相传，陵阳国侯被水淹死，魂灵化成波浪之神，所以阳侯便成大波浪的代称。

㉑忽：远。

㉒翱翔：指船在水上漂流。

㉓薄：指靠岸。

㉔絓：通"挂"。

㉕结：打结子，系疙瘩。

㉖思：思维。

㉗蹇产：曲折纠缠。

㉘终古：年代久远。

㉙夏浦：即夏首。

㉚坟：江中岛屿沙洲。

译文

上天的变化反复无常啊，为什么要使贵族动荡遭殃？
民众妻离子散不能相顾，正当仲春二月却向东逃难。
离开故乡郢都奔到远方，沿着长江和夏水到处流亡。
出了国都的城门啊心怀悲痛，甲日早晨我上路而行。
从郢都出发离开旧居啊，我惆怅恍惚无以复加。
桨儿齐摇船儿却徘徊不前啊，可怜我再也不能见到君王。
望见故国高大的楸树我不禁长叹啊，泪落不断像雪粒纷纷坠落。
经过夏水的发源处又向东漂行啊，回头看郢都东门而不能见。
内心缠绵牵挂不舍而我无比忧伤啊，渺渺茫茫不知落脚在何方。
顺着风波推移随着江流漂泊吧，于是漂流失所客居他乡。
乘着漫无边际的巨大波浪啊，船只随波涛起伏一上一下将停止于何处。
心中郁结苦闷而无法解脱啊，思绪萦绕纠缠难以舒畅。
将要驾着船顺流而下，上溯是洞庭下流是长江。
离开长久居住的故国之地，如今漂泊渐来东方。
梦魂牵萦故都总欲归去，哪里有一时一刻忘记回返。
背离夏口心头仍挂念西方（的郢都），故都日渐遥远真叫人悲伤。

登上江边的高丘举目远望啊，姑且以此来舒展一下我忧愁的衷肠。

伤心荆楚大地人民还过着平安欢乐的日子啊，江畔地区还保持着传统的淳朴民风。

面对着波涛浩渺不知道去向哪里啊，大水茫茫也不知道南渡到何方？

怎料想宗庙宫室竟成荒丘，谁说郢都东门就任其荒芜？

心中久久不悦啊，忧愁还添惆怅。

想起到郢都道路如此遥远，长江夏水难以涉渡。

恍惚中好像刚离开郢都，不能回郢都至今已有九年时光。

惨恻郁闷襟怀不能舒展啊，惆怅失意心中悲戚满含。

小人顺承楚王的欢心表面柔情媚态啊，实际上软弱无能难以依赖。

良臣忠心耿耿愿意进身为国效力啊，嫉妒者便纷纷设置障碍百般阻挠。

唐尧虞舜都有高尚的德行，高远无比可达九天云霄。

众多谗谄小人嫉妒群起诋毁，说他们不爱儿子横加罪名。

楚王憎恶内心忠诚却不善于文辞的美德之士啊，却爱好那些能说会道的奸佞之徒。

那些小人奔走钻营天天进用于君前，修美的贤能者却日益疏远被驱逐，

尾声：张大我的双眼向四方环顾啊，希望什么时候能返回郢都一趟？

鸟雀飞翔都要归还故土，狐狸死时头一定向着出生的山丘。

确实不是我的罪过却遭放逐啊，何日何夜我会将故国遗忘！

析

《哀郢》对屈原有着特殊的意义，因为郢都是屈原的故乡，是楚国的首都。那么哀郢本身就有了一种祭奠的意味，亡国的不祥预感充满整首辞。

"哀郢"即对楚国都城郢都的思念与哀痛，是屈原在顷襄王时作于江南流放地陵阳的作品。屈原久被流放，怀念宗国日益炽烈，恰逢怀王入秦不返而顷襄王新立，楚国内部各派纷争并起，而秦国又大兵压境，

民心惶惶。他面对宗国已危、社稷难保的时局，痛惜自己空有济世之才、匡时之志，却无法施展。在悲愤难平、哀思不已的情况下，便以《哀郢》寄托对楚国及郢都的深切眷恋与刻骨思念。

《哀郢》大致可分为三层。

第一层，开始是一幅流民图，此当是屈原所见之景象。然后立刻转入自己行程的叙述和景观的描述。他离开故都，沿着长江和夏水流亡，一直到陵阳。总的路线，是从西向东，从北向南。这个时候，他所关心的，其实就根本而言仍是君王。屈原把个体的命运和君王、国家连在了一起。

第二层，屈原在流放的地点怀恋故都。但此时他能做到的，也仅仅是"远望"而已，并在远望中想象故乡的模样，"曾不知夏之为丘兮，孰两东门之可芜"，故乡曾经的繁华，如今已经变成了凄凉的废墟。而他却无能为力，因为他已经被流放九年了。

第三层，屈原典型的抒情方式：抨击他认定的群小，重述他推重的历史；并在对比中表达愤懑的情绪，揭出造成国家危难之根源。而令他又爱又恨的无疑还是君王"憎愠怆之修美兮，好夫人之忼慨"，这便是屈原对君王的评价。抒情到了这个程度便到了顶峰，也归于无奈。

最后，写辞人虽日夜思念郢都，却因被放逐而不能回朝效力祖国的痛苦和悲伤。"鸟飞反故乡兮，狐死必首丘"，这比喻被后人广泛引用，"狐死首丘"也成为了成语。

抽　思①

原文

心郁郁之忧思兮，独永叹②乎③增伤。
思蹇产之不释兮，曼④遭夜之方长。
悲秋风之动容⑤兮，何回极⑥之浮浮⑦。
数惟⑧荪⑨之多怒⑩兮，伤余心之忧忧⑪。

愿摇起而横奔兮，览民尤⑫以自镇。
结微情⑬以陈词⑭兮，矫⑮以遗⑯夫美人⑰。
昔君与我诚言兮，曰⑱黄昏⑲以为期⑳。
羌中道而回畔㉑兮，反既有此他志。
悁㉒吾以其美好兮，览㉓余以其修姱。
与余言而不信兮，盖㉔为余而造怒㉕。
愿承间㉖而自察㉗兮，心震悼而不敢。
悲夷犹㉘而冀进㉙兮，心怛㉚伤之憺憺㉛。
兹历情㉜以陈辞兮，荪详聋而不闻。
固切人之不媚兮，众果以我为患。
初吾所陈之耿著兮，岂至今其庸亡？
何独乐斯之謇謇兮，愿荪美之可完。
望三五以为像兮，指彭咸以为仪。
夫何极而不至兮，故远闻而难亏。
善不由外来兮，名不可以虚作。
孰无施而有报兮，孰不实而有获？
少歌曰：与美人抽怨兮，并日夜而无正。
悁吾以其美好兮，敖朕辞而不听。
倡曰：有鸟自南兮，来集汉北。
好姱佳丽兮，牉独处此异域。
既茕独而不群兮，又无良媒在其侧。
道卓远而日忘兮，愿自申而不得。
望北山而流涕兮，临流水而太息。
望孟夏之短夜兮，何晦明之若岁！
惟郢路之辽远兮，魂一夕而九逝。
曾不知路之曲直兮，南指月与列星。
愿径逝而未得兮，魂识路之营营。

何灵魂之信直兮，人之心不与吾心同！

理弱而媒不通兮，尚不知余之从容。

乱曰：长濑湍流，沂江潭兮。

狂顾南行，聊以娱心兮。

轸石崴嵬，蹇吾愿兮。

超回志度，行隐进兮。

低徊夷犹，宿北姑兮。

烦冤瞀容，实沛徂兮。

愁叹苦神，灵遥思兮。

路远处幽，又无行媒兮。

道思作颂，聊以自救兮。

忧心不遂，斯言谁告兮！

注释

①抽思：采用篇中《少歌》头句"抽怨"的意思。把内心珍藏的愁思——抽绎出来。文中讲："鸟自南兮，来集汉北。"可见是屈原已离开郢都到汉北所写。蒋骥的《山带阁注楚辞》说："原于怀王，受知有素。其来汉北，或亦谪宦于斯，非顷襄弃逐江南比。"在这所谓"谪宦"，即司马迁所谓"放流"，和后来的"弃逐"或"放逐"不同。

②永叹：长叹。

③乎：《文选》司马相如《长门赋》注引作"而"。

④曼：长。

⑤秋风之动容：指秋风一起，草木摇落而褪色。

⑥回极：即四方的边极。回，林云铭《楚辞灯》认为是"四"字之误。

⑦浮浮：空气浮动的模样。

⑧数惟：多次想起。

⑨荪：香草，喻指怀王。

⑩多怒：《庄屈合诂》："《史记》称王怒而疏原。又载其击秦失利，

皆以怒而败，固知王之善怒也。"

⑪忧忧：痛心的样子。

⑫尤：灾祸。

⑬微情：谦辞，犹言下情或私衷。

⑭陈词：指作《抽思》赋。

⑮矫：举起。

⑯遗：赠予。

⑰美人：此处指怀王。

⑱曰：是指楚王说。

⑲黄昏：借喻晚节。

⑳期：信任我直到老死。

㉑回畔：改道，改路。此处指背弃。

㉒恌：通"骄"。

㉓览：炫示。

㉔蓋：通"盍"，为什么，何故。

㉕造怒：故意找生气的理由。

㉖承间：趁机。

㉗自察：自己解说明白。

㉘夷犹：即犹豫。

㉙冀进：希望进见。

㉚怛：担心。

㉛憺：古通"惔"，焚烧；一释安定。

㉜兹历情：一本作"历兹情"。历，列举。

译文

我心里郁结的忧思，孤寂地长叹使心中越发悲伤。

愁思纠结心情不能舒展，偏逢如此漫长的夜晚。

可怜萧瑟的秋风移草易木，为什么天地运转得如此快？

多数想到君王常发怒，更让我忧虑愁苦。

我欲随着自己的心性行事，看到人民苦难而勉强镇定。

我用言辞表达心中的深情，把它高高举起献给我的君王。

过去君王和我约定，他说我们到老了相依为命。

谁料中途他却反悔了，如今竟有了二心。

他夸自己是多么的好，向我展示他如何的伟大。

他说的话再也没有信任度，还存心找茬向我发怒。

我想找个时机自己表白，心中因忐忑不安而不敢做。

可怜我还犹豫期望进言，心里苦痛又动荡不安。

把全部的想法直接告诉他，君王却装聋不听。

人因正直就不擅献媚，别人反而视我为眼中钉。

从前我讲的话耿直明了，君王难道今天都忘记了？

为何只有我喜欢多讲，我只盼君王的美德有所光大。

想让君王以三王五霸为榜样，我以彭咸为学习的楷模。

没有什么困难可以难倒我，我的美名传遍四方。

美好的品德由自己培养，自己的名声不可虚夸。

谁能不付出而得好处，哪有不结果实就能丰收的？

少歌道：我向君王倾诉我的深情，日夜不停地给他讲他却不听。

他拿他的美好向我炫耀，傲慢得对我说的话如同没听见。

唱道：有只鸟从南方飞来，飞到汉水之北暂栖。

小鸟羽毛丰满非常漂亮，现在却离开群体独自在异地。

小鸟孤独得没有一个朋友，身边也没有人作介绍。

路途遥远已被遗忘，自己想申诉却又办不到。

遥望北山暗暗挥泪，对着流水声声叹息。

初夏的夜晚本来短暂，哪知却如此漫长就像是一年。

思念郢都的路程那么遥远，在梦里灵魂一夜返回九次。

灵魂不知道郢都路是曲是直，向南通过星星和月亮来辨别。

想直接回到郢都却回不去，灵魂来回识路多么劳碌。

为什么灵魂如此诚信耿直，别人的心不和我们在一起？

媒人不能老做媒不成功，他们并不知道我的举动。

尾声：岸边的浅水迅速流过沙滩，我沿着深潭逆流而上。

我一再回望南方的道路，暂时可以抚慰心里的忧伤。

南方的路途高低不平，阻止我回郢都的愿望。

徘徊踯躅，行退两难心中迷茫啊。

犹豫徘徊让我不忍远去，且暂留住于北姑这个地方。

心里忧郁烦闷不安，好想随水迅速流向远方。

忧愁的我叹息神思劳苦，心中又在思念家乡。

离郢都遥远住地又偏僻，又无说合的人在身边。

为了表明我的所思就写了此章，暂时用它来排解自己的愁肠。

我的忧心不能顺畅，我所说的话去对谁讲？

"抽思"，抽意为"抽绎、抽出"，"思"意为"情思、意绪"。"抽思"即将内心的愁绪抽出来，理清楚。

《抽思》表达了屈原被怀王疏远而蛰居汉北时，仍忧心国事，思念郢都，意欲回归的拳拳之情，以及心系怀王，而心境无由上达的愁苦。

本篇可分为六个层次。第一层一上来，就抒发自己的忧郁之情，从夜晚的悠长，到秋日的悲哀，一切都是对君王的思念。第二、三层则追述了当初与君王由密切到疏远的过程，这些情绪都是屈原不厌其烦抒发过多次的。

有趣的是，本篇在第四层写了一个"少歌"，这是整个《楚辞》中少见的，算作小歌，总结了一下前几层君王的态度。而第五层又是一个"倡曰"，是不诵而歌的部分，或者译作"起唱"。第五层这几句辞在文学史上很有名。辞中那只鸟流离别居，只能临水叹息，自然是屈原的化身。

辞篇最后部分的"乱辞"算作第六层，基本上是四言，不同于其他篇章的"乱辞"，这一篇更像一首"辞中辞"，纯粹的抒情式书写，乱辞中的山石烟波都已经不再是现实的描写，而是屈原内心的乌托邦。在他远离故都、被君王疏远的时候，他只能反复陈情，直到走向死亡。

怀 沙①

原文

滔滔②孟夏③兮，草木莽莽。

伤怀永哀兮，汨④徂⑤南土。

眴⑥兮杳杳⑦，孔⑧静幽默⑨。

郁结纡轸兮，离慇⑩而长鞠⑪。

抚⑫情效⑬志兮，冤屈而自抑⑭。

注释

①怀沙：是一篇抱着沙石自沉的绝命词，文中所表露的情绪，完全是一个即将死去者的声音。"怀沙"一名有两种说法：一是认为"沙"即"沙石"，"怀沙"意即怀抱沙石而自沉。此说在汉至宋间颇为流行。另一种说法指"沙"为"长沙"，地名。"怀沙"即怀念长沙。因长沙是楚国始祖熊绎始封之地，是楚先祖旧居，故此标题有"鸟飞反乡、狐死首丘"的含义，体现了屈原的宗国故土情结。

②滔滔：《史记》引作"陶陶"，和暖的样子。

③孟夏：指旧历四月。

④汨：迅速。

⑤徂：往，去。

⑥眴：看。

⑦杳杳：深远悠长的样子。

⑧孔：甚，很。

⑨幽默：指静寂。

⑩慇：忧患。

⑪鞠：窘困。

⑫抚：循，按。

⑬效：考核。
⑭自抑：是指强自按捺。

译文

旭日高挂在初夏的天上，草木茂盛地生长。
悲伤总是充满胸膛啊，我匆匆来到南方。
眼前是无尽的苍茫，沉寂得没有一丝声响。
沉郁悲慨充斥着胸膛，伤心困顿的日子是那样绵长。
扪心自问实无过错啊，自己承受了多少冤枉。

原文

刓①方以为圜②兮，常度③未替。
易④初⑤本迪兮，君子所鄙。
章⑥画⑦志墨⑧兮，前图⑨未改。
内厚质正兮，大人⑩所盛⑪。
巧倕⑫不斲⑬兮，孰察其拨⑭正。
玄文⑮处幽⑯兮，矇瞍⑰谓之不章。
离娄⑱微睇⑲兮，瞽以为无明。
变白以为黑兮，倒上以为下。
凤皇在笯⑳兮，鸡鹜㉑翔舞。
同糅玉石兮，一概㉒而相量。
夫惟党人鄙固㉓兮，羌不知余之所臧㉔。

注释

①刓：刻，削。
②圜：通"圆"，欲削方木为圆形，意谓变节纵欲。
③度：法。
④易：改变。

⑤初：初志。

⑥章：明。

⑦画：规划。

⑧墨：指工匠画线用的绳墨。

⑨前图：指前人的法度。图，法。

⑩大人：指才人和君子。

⑪盛：赞许。

⑫倕：传说是尧时的巧匠。

⑬斲：拿刀斧砍削。

⑭拨：指弯曲。

⑮玄文：黑色的花纹。

⑯处幽：待在幽暗的地方。

⑰矇瞍（sǒu）：盲人的通称。矇，眼珠看不见称矇。瞍，没有眼珠称瞍。

⑱离娄：人名，也称离朱。据说他的眼力很好，能在百步之外，见秋毫之末。

⑲微睇：能看见极细微的东西。睇，斜视，流盼。

⑳笯（nú）：竹笼。

㉑鹜（wù）：指鸭子。

㉒概：古时量米麦等用来刮平斗斛的丁字形工具。

㉓鄙固：鄙陋，顽固。

㉔臧：此处指抱负。

译文

把方木削成圆木啊，正常法度也不可更量。

偏离正路而走斜径啊，终将为君子所诟伤。

就像标注在木材上的墨线，绝不抛弃自身的主张。

品行端正忠厚善良啊，才人和君子盛赞不已。

不经过能工巧匠的砍削，谁又能把木材的曲直测量？

黑色的花纹放在幽暗之处，盲人会认为黯淡无光。

离娄微睇着眼睛就看得非常清楚啊，盲人反说他是失明无光。

黑白颠倒啊，上下混为一堂。

凤凰被关进了笼子，鸡鸭却在肆意飞翔。

美玉和糙石被掺杂在一起，二者竟被等观齐量。

那些卑鄙嫉妒的结党营私之徒啊，哪里明了我的纯洁高尚。

原文

任重载盛①兮，陷滞而不济②。

怀③瑾④握瑜兮，穷不知所示⑤。

邑⑥犬之群吠兮，吠所怪也。

非⑦俊疑⑧杰兮，固庸态⑨也。

文质疏内⑩兮，众不知余之异采。

材朴⑪委积⑫兮，莫知余之所有⑬。

重⑭仁袭⑮义兮，谨厚⑯以为丰。

重华⑰不可遌⑱兮，孰知余之从容！

古固有不并⑲兮，岂知其何故？

汤禹久远兮，邈⑳而不可慕㉑。

惩连㉒改忿兮，抑心而自强。

离慜而不迁兮，愿志之有像㉓。

进路北次㉔兮，日昧昧其将暮。

舒忧㉕娱哀㉖兮，限㉗之以大故㉘。

注释

①盛：多。

②不济：成不了，不被利用。

③怀：在衣称怀。

④瑾：指美玉。在这里借喻自己有的品德、才华。

⑤示：告示，给人看。

⑥邑：古代称国为邑。《史记》中此句无"之"字。

⑦非：诽谤。

⑧疑：猜忌。

⑨庸态：指庸人的常态。

⑩文质疏内：应是文疏质讷，即外表粗疏，心里却刚毅倔强。文，表面的花纹。质，内在的实质。内，读作"讷"，木讷，朴实无华。

⑪朴：木皮。

⑫委积：指堆积。

⑬所有：指具有的才华。

⑭重：再说一次。

⑮袭：重叠。

⑯谨厚：谨慎，忠厚。

⑰重华：舜的名字。

⑱逜（è）：碰到。

⑲不并：指古时的圣贤不能一个时代出现。

⑳邈：远。

㉑慕：依恋想念。

㉒惩连：止恨。连，当从《史记·屈原贾生列传》作"违"，恨的意思。

㉓像：法规，愿自己的品行能被后人效仿。

㉔次：住宿。

㉕舒忧：暂时舒缓忧愁。

㉖娱哀：舒散，发泄忧愁。是指《怀沙》之赋。

㉗限：指规定的期限。

㉘大故：指死亡。

译文

我的责任重大而又神圣，却又陷入困境难以担当。

尽管我怀揣珠宝和美玉，身处困境无法向人献上。

村庄里的狗在乱叫乱吠，是它们看到了奇怪的现象。

诋毁英雄人物怀疑俊杰，本是庸人惯有的态度。

我的外表质朴秉性木讷，人们不知我的才能出众。

把有用没用的木料积聚一起，谁能知道我潜在的力量。
我重视高尚的品德和才能的积累，为人谨慎忠厚加强修养。
虞舜已不能相遇，谁又能理解我的言行？
自古以来名君圣贤生不同时，怎能了解其中的缘故？
商汤夏禹离我们甚远，远得难以让我们去瞻仰。
以后我不会在怨恨愤懑了，抑制自己的内心让自己更坚强。
即使遭遇忧患也不改变，希望心中有学习的榜样。
沿着路途行至北方，太阳渐渐落下暮色苍茫。
我要解开忧思和哀怨，期限已到将面对死亡。

原文

乱曰：浩浩沅湘，分①流汩②兮。

修路幽蔽，道远忽③兮。

怀质抱情④，独无匹⑤兮。

伯乐⑥既没，骥焉程⑦兮。

万民之生，各有所错⑧兮。

定心广志，余何畏惧兮？

曾⑨伤爰⑩哀，永叹喟兮。

世溷浊莫吾知，人心不可谓⑪兮。

知死不可让，愿勿爱兮。

明告⑫君子⑬，吾将以为类⑭兮。

注释

①分：洪兴祖《楚辞补注》一作汾，汾读作"溢"，《前汉书·沟洫志》颜师古注："溢，踊也。"水凶猛的样子。

②汨：水流迅速的样子。

③忽：渺茫，形容道远。

④怀质抱情：即"怀瑾握瑜"。质，指品质。情，指思想。

⑤匹：朱熹《楚辞集注》："匹，当成正字之误也。"正和下文"程"压韵，证明。

⑥伯乐：善于相马的人。

⑦程：考核，衡量。

⑧错：通"措"，安排。

⑨曾：通"层"，重叠。

⑩爰（yuán）：指衰而不止。

⑪谓：说。

⑫明告：公开告诉。

⑬君子：指彭咸。

⑭类：榜样。

译文

尾声：波涛汹涌的沅湘二江，它们一日千里各自奔流。

路途遥远且幽暗多阻，前途遥远而又漫长。

我有高尚的品质和激情，但这有谁能为我证明！

善于相马的伯乐已经死去，千里马还有谁能品评？

人的一世既然要领受天命，上天就会安排各自的命运。

坚定远大的心志，我又有什么可畏惧？

深深的伤害太多的悲哀，不禁让我叹息不尽。

世间黑暗浑浊没有人能理解我，人心叵测实在不好说。

我知道死已不可免去，对待生命我也不愿意吝惜。

明白地告诉那些光明磊落的圣贤，我将以此作为法则。

赏析

《怀沙》虽未必是屈原的绝命辞，但距其投水而死理应不远。本篇一方面重申自己虽然屡受打击挫折，却始终不改高洁的志节；另一方面将批判的矛头指向楚国昏乱颠倒的政治与社会，述说谗佞当道，国君昏愦，"人心不可谓"的深深绝望和将死前的愤激与悲哀。全诗言辞激切，情调哀惨。

辞的开篇是从一片美好宁静的景色开始的："初夏温暖的时令，草木青青而且茂盛。我内心伤怀,独自走向南方的土地。"这样美好的景色,却有着悲伤的心灵,对比很明显。他在这样宁静的土地上,并没有哭天抢地,而是以同样的沉默面对世界的寂静。这也是他的处境:远离政治中心,天地只是默默敞开,并不能聆听他的申诉。

但是从第二层开始到乱辞,他又一次陷入了高傲的孤独与内心的不平,反复斥责朝廷中的政敌,继续把"怀瑾握瑜""凤凰骐骥"等词语加诸自己身上,而把"邑犬""鸡鹜"等词语加诸政敌身上。假如这首辞果真是屈原的绝笔,那么他的确悲哀到了极致,甚至可以想象他的精神已近乎失常。

所以,他的这首辞也给了他必死的暗示:世界都是混浊的,人心都是深不可测的;我懂得死亡是我不可推却的宿命,也不想珍惜这痛苦的生命;我正告君子们,我将走向死亡与德行的永恒。

思美人①

原文

思美人兮,擥涕②而伫眙③。

媒绝路阻兮,言不可结④而诒⑤。

蹇蹇⑥之烦冤兮,陷滞而不发⑦。

申旦⑧以舒中情兮,志沉菀⑨而莫达。

愿寄言于浮云兮,遇丰隆⑩而不将⑪。

因⑫归鸟⑬而致辞兮,羌宿高⑭而难当⑮。

注释

①思美人：这篇赋为屈原在楚怀王时谪居汉北所写，是继《抽思》后，进一步发挥《抽思》主旨的作品。以篇首"思美人"为篇名。美人，指楚怀王，此为屈原想念楚怀王，期望他幡然醒悟，发愤图强。

②搴涕：擦干眼泪。搴，通"揽"，收。

③伫眙：长时间站着呆望。伫，久立。眙，瞪眼看。

④结缄，指写信。

⑤诒：赠。

⑥謇謇：直言直谏。

⑦不发：振作不起来。

⑧申旦：每天。申，重复。

⑨沉菀：烦闷而郁结。

⑩丰隆：云神。

⑪将：送。

⑫因：凭，依。

⑬归鸟：指鸿雁。

⑭宿高：指鸟飞得又高又快。宿，当作"迅"，即速度快。

⑮当：值，遇。

译文

美人，我是如此思念你，我擦干了泪水伫立久望。
道路受阻现在没有人说合，想说的话也没法和你说。
直言进谏反被冤枉，愁思郁积难以抒发。
我常盼能抒发心里的感情，心情沉重又难以表明。
想让浮云来传达这些话，碰到云神却不肯为我讲情。
想托归郢都的鸟帮忙捎信，可它飞得又高又快难以遇到。

原文

高辛①之灵盛兮，遭玄鸟②而致诒③。
欲变节以从俗兮，愧易初④而屈志⑤。
独历年而离愍兮，羌⑥冯心⑦犹未化⑧。
宁隐⑨闵⑩而寿考⑪兮，何变易之可为！
知前辙⑫之不遂⑬兮，未改此度。
车既覆而马颠兮，蹇⑭独怀此异路⑮。
勒骐骥而更驾兮，造父⑯为我操之。
迁⑰逡次⑱而勿驱⑲兮，聊假日⑳以须时㉑。
指嶓冢㉒之西隈㉓兮，与纁黄㉔以为期。

注释

①高辛：指高辛氏，古时部族首领帝喾的号。

②玄鸟：即燕子。

③致诒：致赠，传送礼物。

④易初：改变初衷。

⑤屈志：指委屈自己的本意。

⑥羌：发语词。

⑦冯心：指愤怒的心情。冯，通"凭"。

⑧未化：没消。

⑨隐：隐忍。

⑩闵：痛苦。

⑪寿考：终身。

⑫辙：一本作"道"。

⑬不遂：不顺利，没通。

⑭蹇：发语词。

⑮异路：和大家不同的路。

⑯造父：以善于驾车著名。

⑰迁：延。

⑱逡次：逡巡，徘徊不进。

⑲勿驱：不准快跑。

⑳假日：指费时日。

㉑须时：等待时机。

㉒嶓（bō）冢：山的名字，汉水发源处，在今甘肃天水。屈原当时在汉北，因此举汉水所出立说。

㉓隈（wēi）：山边。

㉔纁（xūn）黄：指黄昏。

译文

　　高辛氏有美好的品德，能够让凤凰送去礼物。

　　想要不顾廉耻随波逐流，改变原来的心志有愧于心。

　　我独自多年遭受忧患，愤懑的心情丝毫没有化解。

　　宁愿忍痛失意终生，怎么可以改变我最初的心志！

　　我明知道以前的事情不顺，但仍不愿改变这种态度。

　　尽管车翻了马也倒了，还要坚持走此异路。

　　我重新乘上千里马拉的车，擅长驾车的造父为我驾车。

　　车子缓慢前行不用着急，暂且休息等待时机。

　　指着嶓冢山的西面山崖啊，约好黄昏时分在那里相见。

原文

开春发岁^①兮，白日出之悠悠。

吾将荡志^②而愉乐兮，遵江夏^③以娱忧。

擥^④大薄^⑤之芳茝^⑥兮，搴^⑦长洲之宿莽^⑧。

惜吾不及古人^⑨兮，吾谁与玩^⑩此芳草？

解^⑪扁薄^⑫与杂菜兮，备以为交佩^⑬。

佩缤纷以缭转^⑭兮，遂萎绝^⑮而离异。

吾且僮僪以娱忧兮，观南人^⑯之变态^⑰。

窃快在其中心兮，扬厥凭^⑱而不竢^⑲。

芳与臭其杂糅兮，羌芳华^⑳自中出。

纷郁郁^㉑其远承兮，满内^㉒而外扬^㉓。

情^㉔与质信可保兮，羌居蔽而闻章^㉕。

注释

①开春发岁：指春的开始，岁的发端。

②荡志：指排解心情。

③江夏：长江与夏水。

④擥：采取。

⑤薄：林丛。

⑥芳茝：香芷。

⑦搴（qiān）：指拔取。

⑧宿莽：指冬生不死的草。

⑨古人：指古时候的圣贤。

⑩玩：观赏，鉴赏。

⑪解：拔取。

⑫扁薄：又称扁竹。一年生蓼科草本野生植物。薄，指成丛的杂草。

⑬交佩：左右佩带。

⑭缭转：指环绕。

⑮萎绝：枯萎了。用来形容楚王不欣赏芳草，却拿恶草杂菜佩带满身，至其枯死而后已。

⑯南人：指郢都以南的人。

⑰变态：不正常的情态。

⑱凭：指愤懑。

⑲竢：指等待。

⑳华：通"花"。芬芳的花儿能卓然自见，不为腐臭所玷污。闻一多《楚辞校补》："出字不入韵，疑此二句上或下脱二句。"

㉑郁郁：指香气浓烈。

㉒满内：指内部充盈。

㉓外扬：向外扩散。

㉔情：指外在感情。

㉕章：通"彰"，即明。

译文

春天来了新的一年又开始了，白天的时间越来越长。

我要放松心情尽情欢乐，沿着江夏而行以解忧虑。

我采摘草丛中的芳茝，还把长洲上的宿莽也摘下。

可叹我没赶上古贤人，能和谁一起共赏这些芳草呢？

采下丛生的蒿薄和杂菜，备置他们左右佩带的装饰。

很多佩饰美丽缤纷一时，最终却枯萎凋零被扔在一旁。

我暂时在这里徘徊消解忧愁，欣赏南方人的不正常的情态。

心里暗暗地洋溢欢乐，要舒散愤懑不再等待。

芳香和污浊杂乱在一起，芳香总不会让恶臭挡住。

芳香浓郁的花香慢慢飘散，充盈于内自会向外扩散。

只要外表本质确实美好，处境虽不好但名声依然传遍四海。

原文

令薜荔以为理^①兮，惮举趾^②而缘木^③。

因芙蓉^④而为媒兮，惮褰^⑤裳而濡^⑥足。

登高^⑦吾不说^⑧兮，入下吾不能。

固朕^⑨形^⑩之不服^⑪兮，然^⑫容与^⑬而狐疑。

广遂^⑭前画^⑮兮，未改此度也。

命则处幽^⑯，吾将罢^⑰兮，愿及白日之未暮^⑱。

独茕茕^⑲而南行兮，思^⑳彭咸之故^㉑也。

注释

①理：媒人，媒介。

②举趾：抬起脚。

③缘木：指爬树。

④芙蓉：莲花。

⑤褰：通"搴"，掀起衣裳。

⑥濡：沾湿。

⑦登高：指缘木。

⑧说：通"悦"。

⑨朕：我。

⑩形：身形。

⑪服：习惯。

⑫然：乃。

⑬容与：指徘徊不进。

⑭广遂：指广泛地实现。

⑮前画：意思是原来的谋划，指发愤图强等。

⑯处幽：即"居蔽"的意思。居住在幽僻的地方。

⑰罢：同"罢"，休止。一通"疲"，疲惫。

⑱日之未暮：比喻人的生命尚有时日。

⑲茕茕：孤独。

⑳思：思慕。

㉑故：指故迹。指彭咸谏君不听而自杀的事情。屈原改变节操固然不愿意，等待机会又等待不了，因此要效法彭咸之死谏，期望楚王能够醒悟。

想令薜荔去给我做媒，而我又不愿意抬脚上树去摘。

想派芙蓉为我上前去说合，我又不愿意提裳下水采。

上树采摘薜荔我心里不高兴，下水采集芙蓉我心里不痛快。

本来是我的身形不适于当世啊，可是我心中却徘徊犹豫。

我在完全按照以前的计划，这样的准则从没改变过。

命中注定居住在幽僻的地方，我也将就此停止啊，也要趁生命还未结束而有所作为。

我独自向南行走，彭咸故迹让我更加思念。

赏析

《思美人》抒发了思念君王，却得不到表白心志的机会、无法接受变节以从俗邀宠的郁怨，也坚定了始终执守高洁人格与美政理想、宁死不变节的信念。

这首辞是屈原在放逐江南途中所作，抒发的情绪仍旧不出思国怀君、疾害刺恶等；所使用的修辞也仍是香花芳草的譬喻。在结尾，屈原再一次表达了自己的态度：向南方走去，只是为了追随殒命的彭咸。这一篇大致可以分为四段，首段叹息思念君王而无法沟通；二段回顾在朝中所受的冤屈；三段表示愿意观赏南方的土俗；末段则表达及时回返朝中的愿望。

惜往日①

惜往日之曾信②兮，受命诏③以昭时④。

奉⑤先功⑥以照下⑦兮，明法度之嫌疑⑧。

国富强而法立兮，属贞臣⑨而日娭。

秘密⑩事之载心⑪兮，虽过失犹弗治。

心纯庞⑫而不泄⑬兮，遭谗人而嫉之。

君含怒而待臣兮，不清澂⑭其然否。

蔽晦君之聪明兮，虚惑⑮误又以欺。

弗参验⑯以考实兮，远迁⑰臣而弗思⑱。

信谗谀之溷浊⑲兮，盛气志⑳而过㉑之。

①惜往日：这篇是屈原临终前的作品，应在《怀沙》之前。篇名《惜往日》，痛惜谗臣蔽君让自己的政治理念无法实现，申述自己以死明志的苦衷，期望楚怀王终能醒悟。

②曾信：曾获得楚怀王的信任。

③命诏：即诏令，君王对臣民所发布的命令。

④昭时：使时世清明。即辅助怀王治理国家。时，一本作"诗"。

⑤奉：继承。

⑥先功：先人的制度，或祖先的功业。

⑦照下：告知下民。

⑧嫌疑：指法令模糊的地方。

⑨贞臣：屈原自称。

⑩秘密：努力。

⑪载心：指放在心里，有不辞劳苦的意思。

⑫纯庬：敦厚。

⑬不泄：指不泄露机密。

⑭清澂（chéng）：指弄清楚事实的真相。澂，通"澄"，即清，一作"澈"。

⑮虚惑：把无称有叫虚，把假称真叫惑。

⑯参验：指参较证验。

⑰远迁：指迁到汉北。

⑱费思：不假思索。

⑲溷浊：指混淆是非的谣言。

⑳盛气志：很生气。

㉑过：责罚。

译文

回忆往日我被信任，领受诏命为政使时世清明。

遵奉先王的功业福照万民，使法度严密无疑可存。

国家日渐富强法律已制定，政治托付忠臣而君王安乐无事。

我勤于国事不辞劳苦，虽有过失但君王并没有责罚。

我心性敦厚态度严谨，却遭奸佞之徒嫉恨。

君王信谗言含怒对我，竟弄不清事情的真假。

小人们蒙蔽了君王的视听，他们无中生有颠倒是非。

君王也不去验证查实，把我远远流放不念一丝旧情。

他听信颠倒是非的谗言，怒气冲冲地把罪名加在我的身上。

原文

何贞臣之无罪兮，被离谤①而见尤。

惭②光景③之诚信兮，身幽隐而备之。

临沅湘之玄渊④兮，遂自忍而沉流？

卒没身而绝名兮，惜壅君⑤之不昭⑥。

君无度⑦而弗察兮，使芳草⑧为薮幽⑨。
焉舒情而抽信⑩兮，恬死亡⑪而不聊⑫。
独鄣壅而蔽隐⑬兮，使贞臣为无由⑭。

注释

①离谤：指遭受诽谤。

②惭：悲伤忧愁。

③光景：光明。

④玄渊：水呈黑色的深渊。

⑤壅君：被蒙蔽的君王。

⑥不昭：不明。

⑦无度：无标准。

⑧芳草：借喻贤人。

⑨薮幽：指大泽的深处。

⑩抽信：讲述一片忠心。

⑪恬死亡：指安于死亡。

⑫不聊：不苟生。

⑬鄣壅而蔽隐：重重障碍。

⑭无由：指无路自达。

译文

为何忠臣本没有罪过，却要受到诽谤而被定罪。
真惭愧啊阳光无所不照，我身居幽隐之地仍能感受到。
来到沅湘江边的深渊，就此忍心自沉江流？
终将死去而名声断绝，可叹君王昏庸不明。
君王不去了解真相也不核实，竟把香草丢弃在大泽深处。
该如何抒发感情陈述内心的真情，我宁愿死也不愿偷活在世间。
只因重重阻碍，令忠臣无路可接近君王。

原文

闻百里^①之为虏兮，伊尹^②烹于庖厨。

吕望^③屠于朝歌兮，宁戚^④歌而饭牛。

不逢汤武与桓缪^⑤兮，世孰云而知之？

吴^⑥信谗^⑦而弗味^⑧兮，子胥^⑨死而后忧。

介子^⑩忠而立枯^⑪兮，文君^⑫寤^⑬而追求。

封介山而为之禁^⑭兮，报大德^⑮之优游^⑯。

思久故^⑰之亲身^⑱兮，因缟素^⑲而哭之。

或忠信而死节兮，或訑谩^⑳而不疑。

弗省察而按实^㉑兮，听谗人之虚词。

芳与泽其杂糅兮，孰申旦^㉒而别之？

何芳草之早殀^㉓兮，微霜^㉔降而下戒。

谅^㉕聪不明^㉖而蔽壅兮，使谗谀而日得^㉗。

注释

①百里：百里奚。于晋虞战争中被晋国抓住，晋献公把他当成女儿陪嫁的奴隶给了秦国。而后逃出秦国到楚国，被楚国守边的人抓到，这时秦穆公才知道他是一个贤能的人，便拿五张羊皮把他赎回，让他做大夫，参与国事，辅佐穆公成就了霸业。

②伊尹：原是有莘氏的陪嫁奴隶，当过厨师，后来任商汤之相，辅助商汤消灭夏桀。

③吕望：本姓姜，即姜尚。他的先祖封邑在吕，因此又姓吕。相传他原本在朝歌做屠夫，老年钓于渭水之滨，周文王识出他是贤人，便重用了他。后辅佐周武王消灭了商。

④宁戚：春秋时期卫国人，贤人。

⑤汤、武、桓、缪：汤，商汤。武，周武王。桓，齐桓公。缪，秦穆公。

⑥吴：指吴王夫差。

⑦信谗：指听信太宰伯嚭的谗言。

⑧弗味：指不能玩味分辨。

⑨子胥：即伍子胥，吴国大将。吴王夫差打败越王勾践后，曾两次兴兵伐齐，伍子胥认定越是吴的心腹之患，应该消灭越，不要伐齐。夫差不从，反而听信太宰伯嚭的谗言，逼他自杀。不久吴国就被越国消灭了。

⑩介子：介子推，春秋时期晋文公的臣子。

⑪立枯：指抱着树立着被烧焦。

⑫文君：晋文公。

⑬寤：醒悟。晋文公做公子时，被父妾骊姬谗毁，流亡在外面十九年，后在随臣的帮助下回晋国即位。随臣介子推不屑与别人争功，独奉母逃隐在绵山中。而后文公想起他的功劳，派人去找他却找不到，命令烧山，期望他能出来。介子推坚决不下山，最终抱着大柳树被烧死。

⑭禁：指封山。

⑮大德：指介子推跟随晋文公流亡的途中，缺少粮食，他割了自己的股肉给文公吃。

⑯优游：形容大德宽广的样子。

⑰久故：指多年的故旧。

⑱亲身：不弃左右的亲近。

⑲缟（gǎo）素：指白色的丧服。

⑳诎谩：欺诈。

㉑按实：证实。

㉒申旦：指明白。

㉓殀：死亡。

㉔微霜：即肃霜，《诗经·七月》："九月肃霜。"

㉕谅：料想。

㉖聪不明：即听不明。

㉗日得：指日益得逞。

译文

听闻百里奚以前当过奴隶，伊尹因善于烹饪做过厨师。

吕望以前在朝歌做屠夫，宁戚夜里唱歌喂牛诉苦。

不逢商汤武王齐桓秦穆，世人还会有谁知道他们的长处？
吴王信谗言不辨好坏，伍子胥死后国家败亡。
介子推忠心耿耿却被烧死，晋文公醒悟时已经难以追悔。
封介山为禁地不准樵猎，以报介子推的大德。
思念多年来亲近的手下，因此穿着丧服去哭祭他。
有的人忠心却守节而死，有的人为人欺诈却被信任。
不根据事实详细调查，只是听奸人说的假话。
芳草与杂草混在一起，谁能清楚地辨认？
为什么芳草总是过早凋谢，寒霜从天而降给以警示。
君王耳目不清被蒙蔽，使小人日渐得势。

原文

自前世之嫉贤兮，谓蕙若①其不可佩。
妒佳冶②之芬芳兮，嫫母③姣而自好。
虽有西施④之美容兮，谗妒人以自代⑤。
愿陈情⑥以白行⑦兮，得罪过之不意⑧。
情冤⑨见之日明兮，如列宿⑩之错置⑪。
乘骐骥而驰骋兮，无辔衔而自载⑫；
乘氾⑬泭⑭以下流兮，无舟楫⑮而自备。
背法度而心治⑯兮，辟⑰与此⑱其无异。
宁溘死而流亡兮，恐祸殃之有再⑲。
不毕辞⑳而赴渊㉑兮，惜壅君之不识㉒。

注释

①蕙若：蕙草与杜若，都属香草。
②佳冶：漂亮。
③嫫（mó）母：相传是黄帝的妃子，相貌极丑。
④西施：春秋时越国的美女。

⑤自代：指自己取而代之。

⑥陈情：叙述心情。

⑦白行：表明作为。

⑧不意：指出于意外。

⑨情冤：指是非曲直。

⑩列宿：列星。

⑪错置：安置，陈列。

⑫自载：自己乘载。

⑬氾（sì）：通"泛"，浮起。

⑭泭：通"桴"，竹木编制的筏子。

⑮楫：桨。

⑯心治：凭主观意见办事。

⑰辟：通"譬"，好像。

⑱此：指乘马无辔衔，氾泭无舟楫。

⑲祸殃之有再：指再发生祸殃。屈原大约死于顷襄王十五六年，到顷襄王二十一年秦兵拔鄢郢，取洞庭五湖及沅湘等地，则屈原的预见得到验证。

⑳不毕辞：指话没说完。

㉑赴渊：指投水。

㉒不识：指不知道。

译文

自古以来忠臣总遭诽谤，还扬言香草不能佩戴在身上。

嫉妒美人的美丽，丑女嫫母搔首弄姿自以为妖媚漂亮。

纵使有西施一样的容貌，谗妒的人也要除掉她。

想陈述心意表明忠心，却被意外降罪难以预料。

我的冤情已日益明朗，如同罗列在天上的星星。

我想驾着骏马纵横驰骋，却没配置骑马的行头；

想乘木筏顺流而下，却没有船桨而要自备。

违背规则只凭意志办事，就与上面的情况没什么区别了。

宁愿马上死去随流水飘逝，只怕祸殃再一次到来。

我的话还没讲完就走向了深渊，可叹昏庸的君主不懂。

赏析

《惜往日》记载了屈原的一些生平史实，在很多学者看来，这首辞是屈原临终前的作品，而临终前的写作，往往从追忆开始。《惜往日》，顾名思义，写的是对往日的追思与叹息。又是以首句来命名篇名，自然全辞都是从追忆开始的。

这篇作品分为四层，内容仍是抒发从追忆当初自己被宠信的时光，到如今流落此地、无以进谏的痛苦。第一层，追怀受到怀王信任时的那些愉快经历。第二层，讲述因为谗人的诋毁而逐渐被君王疏远的过程。第三层，屈原不厌其烦地复述历史上那些被他在辞中一遍遍提到的名字：忠臣明君和佞臣昏君。当后代的读者从这种重复的历史追述中感到厌倦的时候，屈原本人应该也不能忍受自己了。所以，第四层写他只有走向死亡，也必须走向死亡。

橘　颂①

原文

后皇②嘉树，橘徕③服④兮。

受命⑤不迁，生南国兮。

深固难徙，更壹志兮。

绿叶素荣⑥，纷其可喜兮。

曾⑦枝剡棘，圆果抟⑧兮。

青黄⑨杂糅，文章⑩烂⑪兮。

精色⑫内白⑬，类⑭可任兮。

纷缊⑮宜修，姱⑯而不丑兮。

注释

①橘颂：指赞赏橘树。橘树是江南的特产，作者以橘树自喻。对此辞的写作时间，说法很多，从"嗟尔幼志""年岁虽少"等语看，应该是屈原于仕三闾大夫时所写。

②后皇：地与天的代称。后，指后土。皇，指皇天。

③徕（lái）：通"来"。

④服：习惯。

⑤受命：指遵循自然的生命，即禀性。

⑥素荣：白花。

⑦曾：通"层"。

⑧抟：通"团"，用手团物使成圆形。

⑨青黄：指果实颜色。

⑩文章：即文采，指橘子的颜色。

⑪烂：指斑斓。

⑫精色：指鲜明的颜色。

⑬内白：内瓤洁白。

⑭类：似。

⑮纷缊：茂盛的样子。

⑯姱：指美好。

译文

橘啊，你这天地间的佳树，生下来就适应这片水土。

你禀承天命决不迁徙，生长在南方大地啊。

根深蒂固难以迁移，那是由于你专一的意志啊。

绿叶衬着白花，繁茂得让人欢喜啊。

你的枝条层叠棘刺锐利，圆圆的果实非常饱满。

青黄的果实相映成趣，橘子的色彩鲜润绚丽。
雪白的瓤金黄的表皮，真像可担重任的样子。
橘树芳香浓郁修饰得体，天生异常美丽婀娜。

原文

嗟①尔②幼志③，有以异兮。

独立不迁，岂不可喜兮？

深固难徙，廓④其无求⑤兮。

苏世⑥独立，横⑦而不流⑧兮。

闭心⑨自慎⑩，不终失过兮。

秉德⑪无私，参⑫天地兮。

愿岁并⑬谢⑭，与长友兮。

淑⑮离⑯不淫⑰，梗⑱其有理⑲兮。

年岁虽少，可师长兮。

行比伯夷⑳，置㉑以为像㉒兮。

注释

①嗟：感叹词。

②尔：指橘。

③幼志：儿时的志向。

④廓：指心胸开阔超脱。

⑤无求：无所求。

⑥苏世：即醒世。

⑦横：指横绝，意谓特立独行。

⑧不流：指不随波逐流。

⑨闭心：指坚贞自守，不因外力而动摇。

⑩自慎：意同"闭心"。

⑪秉德：指怀德。

⑫参：配合。

⑬并：疑"不"之声误。

⑭谢：辞去。

⑮淑：善。

⑯离：通"丽"。

⑰不淫：指不惑。是说橘美好而不动摇。

⑱梗：耿直，指橘的枝干。

⑲理：指木材的纹理。

⑳伯夷：殷末孤竹君的长子，因为不满周武王伐殷，不食周粟，饿死在首阳山。古时一直把他看成是有清高节操的人物。

㉑置：建立，树立。

㉒像：指榜样。

译文

惊叹你从小志向与众不同。

巍然独立而不变更，怎能不令人欢欣啊？

根深蒂固难以移动，胸襟开阔无所欲求啊。

清醒卓立在人间浊世，决不随波逐流啊。

闭敛心扉保持审慎，始终不犯过错啊。

秉持道德公正无私，和天地同在啊。

愿与岁月一起流逝，和你长久相伴永远为友啊。

心灵美好而不淫乱，坚强正直而有条理啊。

年纪虽小，可为人师啊。

高洁德行有如伯夷，以你为榜样来学习。

赏析

《橘颂》即对橘的颂歌，是屈原自比志节如橘，不可移徙。《橘颂》是我国文学史上第一首文人咏物诗，开后世咏物诗的先河。本篇以细腻生动的笔触从橘树外形开始描绘，全景观照、细节刻画、内外结合、总分交汇，在有限的篇幅内腾挪变化，成功地塑造了橘树的美丽外表。随后由外及里，将橘树绰约风姿比拟为坚守操守、保持公正无私品格的君

子，挖掘其超乎寻常的品性：独立不迁、深固难移、遗世独立、闭心自慎、柔德无私。本篇创设出咏橘述志，描物喻人的圆融诗境。

全辞可以分为三层，第一层写橘树的来历和美丽的外表，第二层写橘树内在的君子精神，第三层表达对橘树的赞美。全辞不仅是赞美橘树，而且是屈原的自况。他尤其称赞的，是独立的君子人格、独立不迁的作风、与天地并列的精神。

悲回风①

原文

悲回风①之摇蕙②兮，心冤结③而内伤。
物④有微而陨性⑤兮，声⑥有隐⑦而先倡⑧。
夫何彭咸⑨之造思⑩兮，暨⑪志介⑫而不忘！
万变⑬其情岂可盖兮，孰虚伪之可长！
鸟兽鸣以号群兮，草苴⑭比⑮而不芳。
鱼葺⑯鳞以自别兮，蛟龙隐其文章。
故荼⑰荠⑱不同亩兮，兰茝幽而独芳。
惟⑲佳人⑳之永都㉑兮，更㉒统世㉓而自贶㉔。
眇远志㉕之所及兮，怜浮云之相羊㉖。
介㉗眇志之所惑兮，窃㉘赋诗之所明㉙。

注释

①回风：旋风。此处指蕙草被旋风吹动而悲伤。文中三次以彭咸自比，表明是临死之前的作品。屈原五月五日跳江，那这篇大概是跳江前一年的秋冬所作。全文没有事实的叙述，都是抒情，而且较多地运用了双声叠韵联绵词，来抒发自己秋冬季节的思想感受。

②蕙：指香草，屈原的自喻。

③冤结：冤枉而郁结。

④物：指蕙。

⑤性：生命，性命。

⑥声：指秋风之声。

⑦隐：指声音低。

⑧先倡：不响亮。

⑨彭咸：殷朝的贤大夫。

⑩造思：追思。

⑪暨：与。

⑫介：靠近。

⑬万变：指自己遭受的苦难。

⑭苴（jū）：枯草。

⑮比：并在一起。

⑯葺（qì）：整理，修饰。

⑰荼：指苦菜。

⑱荠：指甜菜。

⑲惟：思念。

⑳佳人：屈原的自比。

㉑永都：表示永远美好。

㉒更：经历。

㉓统世：世代。统，古人称一个朝代为一统。

㉔贶：通"况"，在此是比的意思。

㉕眇远志：远大的志向。眇，通"渺"，遥远。

㉖相羊：通"徜徉"，漂流不定的样子。

㉗介：疑当训"其"。

㉘窃：指私下，自谦之词。

㉙明：表明。

译文

旋风摇撼可怜的蕙草，我的内心郁结愁思和悲伤。
蕙草微小容易失去性命，秋风声虽然小却最先传扬。

是什么缘故竟使我思念彭咸，他的高尚品德难以遗忘！

情感万变难以掩盖，哪有虚伪的情意可以长久！

鸟兽鸣叫是为了呼唤同伴，香草和枯草不能堆积在一起散发芬芳。

群鱼修饰鳞片彼此炫耀，蛟龙却隐藏美丽的鳞。

因此苦菜甜菜要分开种植，兰茝身处幽静的地方独自散发芳香。

思念圣贤永远那么美好啊，怡然自得经历千秋万代。

细看我想实现的远大志向，可悲得像浮云徜徉无止。

因心志渺小难以理解，私下写出诗赋来表明心态。

原文

惟佳人①之独怀②兮，折若椒③以自处。

曾④歔欷之嗟嗟兮，独隐伏而思虑。

涕泣交而凄凄兮，思不眠以至曙。

终长夜之曼曼兮，掩此哀⑤而不去⑥。

寤⑦从容以周流⑧兮，聊逍遥以自恃⑨。

伤太息之愍怜兮，气於邑⑩而不可止。

纠⑪思心⑫以为纕兮，编愁苦以为膺⑬。

折若木⑭以蔽光兮，随飘风之所仍⑮。

存⑯髣髴⑰而不见兮，心踊跃⑱其若汤⑲。

抚珮⑳祍㉑以案志㉒兮，超㉓惘惘而遂行。

岁曶曶㉔其若颓㉕兮，时㉖亦冉冉㉗而将至。

薠蘅㉘槁而节离兮，芳以㉙歇㉚而不比。

怜思心之不可惩㉛兮，证此言之不可聊。

宁逝死㉜而流亡兮，不忍为此之常愁。

孤子㉝吟而抆泪兮，放子出而不还。

孰能思而不隐兮，照彭咸之所闻。

注释

①佳人：屈原的自称。

②独怀：指心胸开阔。

③若椒：二者都是香草。若，杜若。椒，申椒。

④曾：屡。

⑤掩此哀：指掩此悲。

⑥不去：不可以去怀。

⑦寤：觉醒。

⑧周流：周游。

⑨自恃：指自我依赖。

⑩於邑：呜咽。於，通"呜"。

⑪纥：纠结。

⑫思心：犹指思绪。把思绪结为佩带，指思绪萦绕。

⑬膺：原意是胸，引申为护胸的内衣。比如现在的肚兜或背心。把愁苦织成肚兜，意思是愁苦填胸。

⑭若木：古时神话里的大树，长在太阳落山的地方。

⑮仍：因循。

⑯存：指客观存在的东西。

⑰髣髴：好像，仿佛。

⑱踊跃：跳动。

⑲汤：沸水。

⑳珮：玉佩。

㉑衽（rèn）：衣襟。

㉒案志：指忍耐激愤的心情。

㉓超：怅惘，若有所失。

㉔召召：通"忽忽"。

㉕穨：坠落。

㉖时：指生命的限期。

㉗冉冉：渐渐。

㉘蘅（héng）：香草。

㉙以：通"已"。

㉚歇：消停。

㉛惩：制止。

㉜逝死：死去。

㉝孤子：屈原的自称。

译文

思念古代的圣贤之人，采摘杜若申椒自己安置。

我一次又一次地长叹，虽独处幽隐却引起万千思虑。

我伤心的眼泪不断流淌，思虑难眠直到天亮。

熬过漫漫的黑夜，难以掩住心里的悲伤。

醒后动身四处游荡，暂时畅怀自我逍遥。

满腹的悲愁使我悲叹不已，气郁急促难以顺畅。

将无数的愁思编成佩带，把无限的愁苦编成背囊。

折下嫩木枝来遮住光线，任由旋风把我卷去何方。

仿佛旁边的一切都恍惚不见，我的心像沸水般跳动。

整理衣襟、抚摸玉佩来稳定心志，心里惆怅地走向前方。

岁月匆匆而过，我的一生即将终结。

草枯了、叶凋了、花谢了，芳香散失了。

可怜我的痴心无法改变，证实所说的话是多余的。

宁可忽然死去随水流逝，也不忍为这些事经常忧愁。

像孤儿拭泪呻吟，又像被丢弃的孩子一样无家可归。

谁能忧思焦虑而没有痛苦，真想知道彭咸的处世风度。

原文

登石峦①以远望兮，路眇眇②之默默③。

入景响之无应④兮，闻省⑤想而不可得。

愁郁郁之无快兮，居⑥戚戚而不可解。

心鞿羁⑦而不形⑧兮，气缭转⑨而自缔。

穆⑩眇眇之无垠⑪兮，莽⑫芒芒⑬之无仪⑭。
声⑮有隐⑯而相感兮，物⑰有纯⑱而不可为。
藐⑲蔓蔓之不可量⑳兮，缥㉑绵绵㉒之不可纡㉓。
愁悄悄㉔之常悲兮，翩㉕冥冥㉖之不可娱。
凌㉗大波而流风㉘兮，托㉙彭咸之所居。

注释

①峦：指小而锐峭的山。

②眇眇：辽远的样子。

③默默：沉寂没有声音。

④景响之无应：表明在山野没人迹的地方。景，通"影"。

⑤省：省察。

⑥居：疑为"思"之误。

⑦轨羁：控制马的缰绳，此处引申为所受的约束。

⑧形：一本作"开"。

⑨缭转：缭绕。

⑩穆：静穆。

⑪无垠：没有边际。

⑫莽：指苍茫，野色迷茫。

⑬芒芒：通"茫茫"。

⑭仪：形态。

⑮声：指秋声。

⑯隐：微。

⑰物：指万物。

⑱纯：指物的朴质。

⑲藐：通"邈"，遥远。

⑳不可量：无法预料。

㉑缥：形容高远的样子。

㉒绵绵：指连绵不绝。

㉓纡：通"迂"，弯曲，萦绕。

㉔悄悄：忧愁的模样。

㉕翩：快速地飞。

㉖冥冥：幽暗。

㉗凌：乘。

㉘流风：指顺风而流。

㉙托：依托。

译文

登上山岩向远处眺望，前路渺茫而又寂静。

进入那空旷阴影万籁俱寂的境界，谁也不能无想又无念。

心中的愁思郁结又没有乐趣，思虑难分难解凄凉悲切。

思想被束缚着难以舒展，我的气息忧闷而不畅通。

宇宙渺茫又没有边际，天地宽广无与伦比。

声音听不见却可以感应，纯洁美好之物却无奈陨殁。

漫长遥远的路途没法估量，忧思绵绵不可断绝。

愁思常常伴随着我，神魂飞逝心情才会畅快。

我要乘波涛随风而去，走向彭咸所居的深渊。

原文

上高岩之峭岸兮，处雌蜺①之标颠②。

据青冥③而摅虹兮，遂儵忽④而扪天。

吸湛⑤露之浮源⑥兮，漱⑦凝霜⑧之雰雰⑨。

依风穴⑩以自息⑪兮，忽倾寤⑫以婵媛⑬。

冯⑭昆仑以瞰⑮雾兮，隐⑯岷山⑰以清江⑱。

惮涌湍⑲之礚礚⑳兮，听波声之汹汹。

纷容容㉑之无经㉒兮，罔㉓芒芒之无纪㉔。

轧㉕洋洋㉖之无从㉗兮，驰委移㉘之焉止。

漂㉙翻翻其上下兮，翼㉚遥遥其左右。

氾^③滰滰^③其前后兮，伴^③张弛^④之信期^⑤。
观炎气^⑥之相仍^⑦兮，窥烟液^⑧之所积。
悲霜雪之俱下兮，听潮水之相击。

注释

① 雌蜺：虹的一种，色泽比较淡，又称副虹。

② 标颠：顶点。

③ 青冥：青天。

④ 儵忽：迅速，忽然。

⑤ 湛：浓重，浓厚。

⑥ 浮源：形容露浓重的样子。源，一本作"凉"。

⑦ 漱：漱口。

⑧ 凝霜：指凝结的霜华。

⑨ 雾雾：霜浓重的样子。

⑩ 风穴：古神话里的地名，位于昆仑山。

⑪ 自息：自己休息。

⑫ 倾寤：转身醒来。

⑬ 婵媛：情思缠绵。

⑭ 冯：通"凭"，依傍。

⑮ 瞰：俯视。

⑯ 隐：依凭。

⑰ 岐山：即岷山。

⑱ 清江：指长江。

⑲ 涌湍：急流。

⑳ 礚礚：水石互相冲击的声音。

㉑ 容容：通"溶溶"，纷乱的样子。

㉒ 无经：无经纬的省略，指水势翻腾汹涌。南北为经，东西为纬。

㉓ 罔：通"惘"，迷惑。

㉔ 纪：头绪。

㉕ 轧：倾轧，指水势。

㉖洋洋：水盛大的样子。

㉗无从：指漫无所从。

㉘委移：通"逶迤"，水流弯曲的样子。

㉙漂：讲江水起伏翻滚。

㉚翼：飞动。

㉛氾：通"泛"。

㉜潏：水溢出的样子。

㉝伴：通"判"，判别。

㉞张弛：指涨落。

㉟信期：指潮水的涨退有一定的时间，一天两次涨退。

㊱炎气：指夏季的郁蒸之气。

㊲相仍：指一起降落。

㊳烟液：指地气上升所凝集的水珠。

我登上险峻陡峭的高山巅，身处五彩的虹霓上。

我倚靠苍天舒展彩虹，刹那间抚摸到青天。

我吸着浓厚的甘露感受着凉爽，还含漱飘然降下的冰霜。

我靠在风穴的旁边歇息，突然醒悟后不禁惊惶。

靠着昆仑山俯瞰云雾，倚靠岷山眺望清澈的长江。

滚滚云雾奔涌让人感到胆寒，澎湃的波涛声汹涌震天。

内心烦乱没有条理，心中迷惘不知身处何方。

后浪推着前浪不知从何而来，曲折奔腾又要向何方流淌。

波浪滚滚上下翻卷着，浪涛左右摇晃激荡。

潮水上下翻飞汹涌泛滥，在一定的时间里涨落。

我观察不断变化蒸腾的热气，看到蒸腾的热气积聚成的水滴。

悲叹霜与雪一块降下，听到潮水相互冲击。

原文

借光景①以往来兮，施黄棘②之枉策。

求介子③之所存④兮，见伯夷之放迹。

心调度⑤而弗去⑥兮，刻著志⑦之无适。

曰：吾怨往昔之所冀⑧兮，悼来者之悆⑨悆。

浮江淮而入海兮，从子胥⑩而自适⑪。

望大河⑫之洲渚兮，悲申徒⑬之抗迹⑭。

骤⑮谏君而不听兮，重任石⑯之何益！

心纠结⑰而不解兮，思蹇产⑱而不释。

注释

①光景：指日光月影。

②黄棘：神话里的木名，带刺。

③介子：介子推。

④所存：隐居的遗迹。

⑤调度：思忖，安排。

⑥弗去：指不可去怀。

⑦刻著志：指意志坚定。

⑧冀：希望，期望。

⑨悆：通"惕"，警惕。

⑩子胥：指伍子胥。

⑪自适：指顺随自己的心愿。

⑫大河：黄河。

⑬申徒：申徒狄，殷末贤者，多次进谏，纣王不听，抱石投河自杀。

⑭抗迹：高行。

⑮骤：屡次。

⑯重任石：一作任重石，可从。任，背负。

⑰絓结：打结，此处喻指心中郁结。

⑱蹇产：曲折纠缠。

我乘着日月的光辉往来于天地间，用弯曲的黄棘制作的马鞭驾驭。

找寻介子推的所在地，寻觅古代圣贤伯夷的遗迹。

心中深思不能释怀，约束自己的意志不愿离去。

尾声：我怨恨从前的希望破灭，悼念后来的事情让人忧惧。

愿意随长江和淮河漂流到海，跟随伍子胥了却自己的心愿。

我望见了黄河中的沙洲，为申徒狄高尚的事迹感到悲哀。

多次向君王进谏不被采纳，背负重石投河又有什么益处？

我心中的牵挂没有办法解除，忧思郁结在内心愁思难去。

赏析

《悲回风》当是屈原自沉前不久，因秋夜愁苦不堪，难以入睡，感回风吹起，凋伤万物，抒发兰草独芳，君子遭乱而不变其志的内心愤懑之情。

《悲回风》没有叙事成分，全篇为诗人内心的独白。由诗人见"回风之摇蕙"的观物之感，联想到美好事物因遭受暴力摧残而毁灭，内心感情沉郁，意境迷离，充满了悲伤的气氛和绝望的情绪。

本篇自古以来亦备受称赞，因为全篇几乎没有现实的描述，主要是情绪的抒发和意境的营造。这种发生在近乎梦境之中的深沉、惶惑、孤独、幽怨情绪，自古以来打动了不少读者，也充分表现出作者的心理变化，难怪古今总有学者认为这是绝笔。

卜 居

屈 原

原文

屈原既放，三年①不得复见。

竭知尽忠，而蔽鄣于谗。

心烦虑乱，不知所从。

往见太卜②郑詹尹③曰："余有所疑，愿因先生决之。"

詹尹乃端策④拂龟⑤，曰："君将何以教之？"

注释

①三年：不知具体指什么时候，按照词意来看，大约是楚怀王时屈原谪居汉北后的三年。

②太卜：国家管理卜筮的官。

③郑詹尹：太卜的名字。

④端策：把蓍草摆好。策，指蓍草，用以筮。

⑤拂龟：指擦去龟壳上的尘土，全是卜筮前虔诚的表示。龟，龟甲，用来占卜。

译文

屈原遭到流放，已经三年不能和楚王相见。

他用尽心力效忠君王，可他还是遭到小人的谗言。

他心中烦乱不知该如何是好。

就去拜访太卜郑詹尹，屈原说："我有许多问题想不明白，想请教先生给我决断。"

詹尹赶忙摆好蓍草，拂试灵龟，说："您想要知道哪些方面呢？"

原文

屈原曰："吾宁悃悃款款①朴以忠②乎？

将送往劳来③斯无穷乎？宁诛锄草茅以力耕乎？

将游④大人⑤以成名乎？宁正言不讳以危身乎？

将从俗富贵以媮⑥生乎？宁超然高举⑦以保真⑧乎？

将哫訾⑨栗斯，喔咿儒儿⑩以事妇人⑪乎？宁廉洁正直以自清乎？

将突梯滑稽⑫，如脂如韦⑬，以洁楹⑭乎？

宁昂昂⑮若千里之驹乎？

将氾氾⑯若水中之凫⑰乎，与波上下，偷以全吾躯乎？

宁与骐骥亢轭⑱乎？将随驽马之迹乎？

宁与黄鹄⑲比翼乎？将与鸡鹜⑳争食乎？

此孰吉孰凶？何去何从？

世溷浊而不清，蝉翼为重，千钧㉑为轻；黄钟㉒毁弃，瓦釜雷鸣；谗人高张㉓，贤士无名。吁嗟默默兮，谁知吾之廉贞！"

注释

①悃悃款款：诚实勤恳。

②朴以忠：纯朴耿直。

③送往劳来：指四处周旋，善于应酬。

④游：游说。

⑤大人：一般指有权势地位的人。

⑥媮：乐也，音"俞"。

⑦高举：洁身自爱。

⑧真：通"贞"。

⑨呿（zú）訾（zī）：阿谀奉承。

⑩喔咿儒儿：强装欢笑的样子。

⑪妇人：楚怀王宠爱的妃子郑袖。

⑫突梯滑稽：举止圆滑，口齿伶俐，能够与世俗相合。

⑬如脂如韦：指光滑得像油脂，柔软得像熟牛皮，用来形容善于适应环境。韦，熟牛皮。

⑭楹：指房屋的柱子。

⑮昂昂：气宇轩昂样子。

⑯氾氾：飘浮。

⑰凫：野鸭。

⑱轭（è）：车前套马用的横木。

⑲黄鹄：天鹅。

⑳鹜：鸭。

㉑钧：三十斤为一钧。

㉒黄钟：古乐十二律之一，声调洪亮。

㉓高张：指在朝廷占主要位置。

译文

屈原说："我是应诚实勤恳效忠国家？

还是要油嘴滑舌地周旋于世？是应努力耕作除草助苗？

还是四处奔走游说诸侯以求得名利？应该不怕危及自身大胆直言？

还是要贪图富贵苟且活在世上？是应远走高飞保住性命？

还是阿谀奉承屈己从俗，奴颜婢膝一样取媚妇人？

应该廉正清白于世？还是圆滑随俗没有骨气，

像油脂滑腻熟牛皮般柔软？应该昂首挺胸如矫健的千里驹？

还是像水中的野鸭浮游不定，随波逐流苟且保全身躯？

应与骏马齐驱奔驰？还是要跟随劣马的步伐？

应与黄鹄一起展翅飞翔？还是与鸡鸭为争抢食物而斗气？

这到底是哪个吉利哪样凶险？哪样可以做哪样不可以做？

这个社会真是污浊不清，千钧之物反而被说成比薄薄的蝉翼还轻；青铜制的音色洪亮的黄钟却被销毁抛弃，鄙俗的瓦锅声音反被当成乐器响如雷鸣；谗佞小人嚣张跋扈，贤能之人却声名埋没。我叹息着只能不说话，谁能知道我的廉洁坚贞？"

原文

詹尹乃释策而谢，曰："夫尺有所短，寸有所长①；物有所不足，智有所不明；数②有所不逮③，神有所不通。用君之心，行君之意，龟策诚不能知此事。"

注释

①尺有所短，寸有所长：指尺虽然比寸长，可在特定情况下反而不如寸产生的作用；寸虽然比尺短，可在某些情况下比尺更能派上用场。比喻事物各有长处与短处。

②数：卦数。

③逮：到。

译文

詹尹放下蓍草抱歉地说："测量物体的尺度也不一定准确，万物都会有不足之处，聪明的人也会有不明理之时，卦数也不一定什么都能算出来，神灵的法力有时也会不灵验。按您自己的意愿去做事，龟壳蓍草实在不能预测此事。"

王逸认为本篇是屈原之作。后人持作者非屈原的说法比较流行，不过还是不能成为定论。所以，关于《卜居》的作者，至今还是悬而未决的问题。

本篇题名的意思是通过占卜来决定个人在现实生活中应该采取什么样的居处方式。它以问对体的形式进行阐述，行文错落有致，逐步阐明作者的人生态度，表达了愤世嫉俗的感情取向，表现了屈原坚忍不拔、顽强斗争的高尚品质和意志。本篇以叙事为主，文体风格更贴近汉赋。

这篇辞赋在文学史上地位特殊，这种骈散结合的文体对后世影响颇大。从文学体裁演变的角度上看，本篇采用主客问答的形式，用骈偶和散行句结合，用韵也较自由，已经在一定程度上脱离楚辞体，而开了汉代散体赋的先河。本篇的修辞也颇有特色，其中有些句子成为脍炙人口的名言警句。

渔 父

屈 原

原文

屈原既放，游于江①潭，

行吟泽畔，颜色憔悴，形容枯槁。

渔父见而问之曰："子非三闾大夫②与？何故至于斯？"

注释

①江：此处指沅江。

②三闾大夫：官名，管理楚国屈、景、昭三姓宗族谱牒等事的主要人物。屈原曾担任这一职位。

译文

屈原已经遭到放逐，他来到沅江边游荡，

他沿着江岸边走边吟唱，他的面色憔悴精神不振，

他衣裳单薄骨瘦如柴。渔翁见到屈原便问他："您不是三闾大夫吗？为什么会落魄到这种地步？"

原文

屈原曰："举世皆浊我独清，

众人皆醉我独醒，是以见放。"

渔父曰："圣人不凝滞于物①，

而能与世推移②。

世人皆浊，何不淈其泥而扬其波③？

众人皆醉，何不餔④其糟⑤而歠⑥其醨⑦？

何故深思⑧高举，自令放为⑨？"

屈原曰："吾闻之：新沐⑩者必弹冠⑪，

新浴者必振衣⑫。

安能以身之察察⑬，受物之汶汶⑭者乎？

宁赴湘流，葬于江鱼之腹中。

安能以皓皓之白⑮，而蒙世俗之尘埃乎？"

注释

①不凝滞于物：对客观存在的事物没有刻板的看法。

②与世推移：随俗从流。

③淈其泥而扬其波：同流合污。淈，混浊。

④餔：吃。

⑤糟：酒滓。

⑥歠：通"辍"，饮。

⑦醨：通"离"，薄酒。

⑧深思：指担心君王和人民，即"独醒"。

⑨自令放为：为何自己遭到放逐。

⑩沐：指洗头发。

⑪弹冠：把帽子上的灰尘去掉。

⑫振衣：抖掉衣服上的灰尘。

⑬察察：洁白的样子。

⑭汶汶：玷辱。

⑮皓皓之白：比喻人品的高洁。

译文

屈原说道:"整个世道都是污浊的,只有我是清白的,

众人都喝醉了,只有我是清醒的,因此被放逐。"

渔翁听后劝他说:"圣人不拘泥于任何事情,

而且能跟随世道的变化。

既然世上的人全都肮脏,您为何不推波助澜把泥水弄得更污浊?

既然世上每个人都喝醉了,您为何不跟着吃酒糟喝薄酒?

为什么您偏偏忧国忧民行为超俗与众不同,以至于自己遭到放逐的

下场?"

屈原说:"我听说过这样的话:新沐者必弹冠,

新浴者必振衣。

谁又能让自己洁白的身体蒙受尘垢的污染呢?

我宁愿跳进那长流的江水,葬身在江鱼腹中。

怎能让纯洁的品德去蒙受世俗尘垢的污染呢?"

原文

渔父莞尔①而笑,鼓枻②而去。

歌曰:"沧浪③之水清兮,可以濯吾缨④;

沧浪之水浊兮,可以濯吾足。"

遂去,不复与言。

注释

①莞尔:微笑的样子。

②枻:楫,划桨泛舟。

③沧浪:水名。蒋骥《山带阁注楚辞》云:"武陵龙阳,有沧山、

浪山及沧浪之水。"

④缨:拴帽子的带子。

译文

渔翁听完后微微一笑，拍打着船桨离屈原而去。

嘴里唱道："沧浪江水清又清，可用来洗洗我的头巾；

沧浪江水浊又浊，可用来洗洗我的双脚。"

于是渔父离开，不再与屈原说话。

赏析

王逸认为《渔父》是屈原所作，但在具体解释时前后有所矛盾，所以怀疑者亦不少。

战国时期楚国有许多关于隐士的传说，渔父即其中一位。全篇以屈原和渔父的问答为主要内容，渔父在交谈中流露出相当多的以宣扬退隐自全为基调的道家思想，而屈原在"举世皆浊""众人皆醉"的困顿处境中，依然坚持着"独清""独醒"的处世态度，而且表示"宁赴湘流，葬于江鱼之腹"，也不能同流合污，显示了纯洁高尚的精神品格。

九 辩

宋 玉

原文

悲哉秋之为气也！萧瑟兮草木摇落而变衰，

憭慄①兮若②在远行，登山临水兮送将归，

泬寥③兮天高而气清，寂寥④兮收潦⑤而水清，

憯⑥悽增欷⑦兮薄寒之中人，怆怳⑧圹恨兮，去故而就新，

坎廪⑨兮贫士失职⑩而志不平，

廓落⑪兮羁旅而无友生⑫。惆怅兮而私自怜。

燕翩翩其辞归兮，蝉寂漠而无声。

雁廱廱⑬而南游兮，鹍鸡啁哳⑭而悲鸣。

独申旦⑮而不寐兮，哀蟋蟀之宵征。

时亹亹⑯而过中兮，蹇淹留⑰而无成。

注释

①慄（lì）：指凄凉。

②若：语助词。

③泬（xuè）寥：指空旷清朗的样子。

④寂（jì）寥（liáo）：清澄平静的样子。

⑤收潦：指雨水退尽。潦，通"老"，指下雨后地面上的积水。

⑥憯：感伤。

⑦歔：感叹。

⑧怆（chuàng）怳（huǎng）：指失意的模样。

⑨廪：通"凛"，一本作"壤"。坎壤，即坎坷，指所遭遇的不顺利。

⑩失职：指削职被贬之事。

⑪廓落：指孤寂。

⑫友生：交心的朋友。

⑬廱（yōng）廱：雁鸣叫之声。

⑭啁（zhāo）哳（zhā）：指声音繁细的样子。

⑮申旦：从黑到明，通宵。

⑯霭（wěi）霭：形容迅速的样子。

⑰淹留：久留。

译文

让人悲伤啊秋天的气氛！草木在秋风里凋落，

凄凉的心就像要背井离乡，又像登山临水送别故人，

万里无云的天空秋高气爽，雨停水退清澈平静，

微寒袭人使人更加伤感，离乡背井心中怅然若失，坎坷中贫士被贬心中不悦，

孤独地漂流在外乡没有知己。惆怅啊我独自哀怜。

燕子翩翩飞回南方，寒蝉整日寂寞不出声响。

大雁鸣叫朝南飞翔，鹍鸡不住地啾啾令人心伤。

我独自通宵达旦难以入睡，怎堪听蟋蟀整夜地哀鸣。

时光飞逝转眼已人过中年，我还艰难地久留他乡一事无成。

原文

悲忧穷戚①兮独处廓②，有美一人兮心不绎③。

去乡离家④兮徕远客，超⑤逍遥兮今焉薄⑥？

专思君⑦兮不可化，君不知兮可奈何！

蓄怨兮积思，心烦憺⑧兮忘食事⑨。

愿一见兮道余意，君之心兮与余异。

车既驾兮朅⑩而归，不得见兮心伤悲。

倚结轸⑪兮长太息，涕潺湲兮下沾轼⑫。

忼慨⑬绝兮不得，中瞀乱兮迷惑。

私自怜兮何极，心怦怦⑭兮谅⑮直。

①穷戚：指处境穷苦。

②廓：孤寂，空虚。

③绎：通"怿"，喜欢，高兴。

④去乡离家：指离开郢都。

⑤超：远。

⑥薄：通"泊"，停息。

⑦君：指楚王。

⑧憺：指火烧。

⑨食事：吃东西的事。

⑩朅：离开。

⑪结轸：古时候车厢的前、
左、右三面，拿木条筑成的方
格，形似窗棂。

⑫轼：指古时车前用来做扶
手的横木。

⑬慨：慷慨，激愤。

⑭怦怦：忠贞的样子。

⑮谅：固执己见，坚持成见。

译文

悲愁困顿独处辽阔大地，有位美人心里痛苦。

远离故土异地为客，漂泊不定的生活如今留在了哪里？

一心想念君王忠贞不渝，君王不知道又能有什么办法！
怨恨哀愁积满心中，内心烦闷焦虑寝食难安。
但愿能见一面君王诉说衷肠，君王心里想的却和我不同。
驾马车出去了可还得回来，不能见到君王我心里悲泣。
只好依靠着车厢长叹不已，泪滴涟涟沾满了车板。
实在做不到与君王决绝，脑中一片烦乱让我心惑神迷。
独自悲伤此情什么时候才会终结，内心忠贞坚定不移。

原文

皇天平分四时兮，窃独悲此廪①秋。
白露既下百草兮，奄②离披此梧楸③。
去白日之昭昭兮，袭④长夜之悠悠。
离芳蔼之方壮⑤兮，余萎⑥约而悲愁。
秋既先戒以白露兮，冬又申之以严霜。
收恢台⑦之孟夏兮，然欲傺而沉藏。
叶菸邑⑧而无色兮，枝烦挐⑨而交横；
颜淫溢⑩而将罢⑪兮，柯彷佛而萎黄；
萷⑫櫹椮之可哀兮，形销铄而瘀伤。

惟其^⑬纷糅^⑭而将落兮，恨其失时^⑮而无当。

擥^⑯骈^⑰辔而下节兮，聊逍遥以相佯。

岁忽忽而遒^⑱尽兮，恐余寿之弗将。

悼余生之不时兮，逢此世之俇攘^⑲。

澹^⑳容与^㉑而独倚兮，蟋蟀鸣此西堂。

心怵惕^㉒而震荡兮，何所忧之多方^㉓！

卬明月而太息兮，步列星而极明。

注释

①廪：一本作"凛"，寒冷。

②奄：指遽，快速。

③梧楸：梧桐与楸树，都是早凋谢的树木。

④袭：指入。

⑤方壮：指正当壮年。

⑥萎：疾病贫困。

⑦恢台：繁盛与宽广的样子。

⑧菸（yū）邑：淡漠的样子。

⑨烦挐：纷乱。

⑩淫溢：浸渍。

⑪罢：通"疲"，指凋落。

⑫翦：通"梢"，指树梢。

⑬其：指草木。

⑭纷糅：混杂，指败叶衰草相混。

⑮失时：过了时令的季节。

⑯擥：通"揽"，持。

⑰骈：指在两头拉车的马。古时一车三马或四马，中间的称服，两头的称骈，也称骖。

⑱遒：迫近。

⑲俇（kuāng）攘：纷乱不安的样子。

⑳澹：指水波舒缓样子。

㉑容与：闲散自得的模样。

㉒怵惕：指惊慌。

㉓方：指端。

译文

上天将一年平分为四季，我独自悲伤这秋季。

白露已降在百草之上，枯黄的树叶飘离梧桐的枝上。

离开了明亮充足的夏日，步入了漫长的黑夜中。

百花盛开的季节已经过去，枯木衰草让人感到悲伤。

白露先降告诉秋天就要来临，严霜又来告知寒冬将降。

夏日的繁茂景象被秋冬一扫而过，勃勃的生机也被遮盖住了。

这时的叶子显得黯淡无光，枝条纷乱交叉杂乱无章；

色泽黯淡将要萎谢，树木和树干的颜色枯黄衰败；

光秃秃的树枝让人悲哀，枝丫病恹恹的真让人忧心。

想到衰草落叶相杂将要飘落，怅恨好时光已经失去。

抓住马缰绳放下马鞭缓慢而行，百无聊赖地暂且慢慢游荡。

岁月易逝转眼已到岁暮，恐怕我的寿命不会长久。

痛惜自己生不逢时，碰上这乱世令人沮丧。

独自徘徊无奈地依靠栏杆，愁听西堂蟋蟀的鸣叫。

我内心惊惧大受震动，为何百般忧愁缠绕不休！

仰望明月长长叹息，在星光下踌躇直到天亮。

原文

窃悲夫蕙华①之曾敷兮，纷旖旎乎都房。

何曾华之无实②兮，从风雨而飞飏！

以为君独服此蕙兮，羌无以异于众芳③。

闵④奇思⑤之不通⑥兮，将去君而高翔。

心闵怜之惨悽兮，愿一见而有明。

重无怨⑦而生离兮，中结轸⑧而增伤。

岂不郁陶⑨而思君兮？君之门以九重⑩。

猛犬狺狺而迎吠兮，关梁闭而不通。

皇天淫溢⑪而秋霖兮，后土何时而得漧⑫！

块⑬独守此无泽兮，仰浮云而永叹。

注释

①蕙华：指蕙草的花。

②曾华之无实：只开花不结果。比喻君王把他看成有虚表但没实际才能的人。

③众芳：指其他人。

④闵：忧伤。

⑤奇思：焦虑。

⑥不通：不能通达于君王。

⑦无怨：深念自己没罪却和君王分离。

⑧结轸（zhěn）：郁结忧伤。

⑨郁陶：忧思蓄积满腔。

⑩九重：根据朱熹《楚辞集注》，天子的门有九重，即关门、远郊门、近郊门、城门、皋门、库门、雉门、应门、路门。

⑪淫溢：用来形容过度，此指秋雨连绵不绝。

⑫漧（gān）：同"乾"，干燥。

⑬块：孤寂的样子。

译文

我悲叹蕙花也曾开放过，千娇百媚开满了宫殿。

为什么花朵累累却都没结果，随着风雨四处飘扬？

我以为君王独爱佩戴蕙花，哪能知道在他眼中蕙花与众花没什么不同。

哀悯我的心思无人能理解，我将离开君王远走他乡。

内心如此悲凉凄惨，期望能见一面君王倾诉衷肠。

感念自己无罪却被放逐，内心郁结沉痛更加悲伤。

哪能不思念君王而忧思郁积？君王的大门有九重关防。
猛犬守门对着来人狂叫，门关与桥梁都闭塞不畅。
上天降下绵绵的秋雨，地上几时才会干燥！
孑然一身在这荒芜沼泽，仰望阴云蔽日叹息深长。

原文

何时俗之工巧兮，背绳墨①而改错！
却骐骥而不乘兮，策驽骀而取路。
当世岂无骐骥兮，诚莫之能善御。
见执辔者非其人兮，故駶②跳而远去。
凫③雁皆唼④夫梁⑤藻⑥兮，凤愈飘翔而高举。
圜⑦凿⑧而方枘⑨兮，吾固知其鉏铻⑩而难入。
众鸟皆有所登栖兮，凤独遑遑而无所集。
愿衔⑪枚⑫而无言兮，尝被君之渥洽⑬。
太公九十乃显荣兮，诚未遇其匹合。
谓骐骥兮安归？谓凤皇兮安栖？
变古易俗兮世衰，今之相者⑭兮举肥⑮。
骐骥伏匿而不见兮，凤皇高飞而不下。
鸟兽⑯犹知怀德⑰兮，何云贤士之不处⑱？
骥不骤进而求服⑲兮，凤亦不贪馁⑳而妄食。
君弃远而不察兮，虽愿忠其焉得？
欲寂漠而绝端㉑兮，窃不敢忘初之厚德。
独悲愁其伤人兮，冯郁郁其何极！

注释

①绳墨：指法度。
②駶：通"巨"，跳跃。

③凫：野鸭。

④唼：通"歃"，象声词，水鸟或鱼类吃东西时发出的声音。

⑤粱：指小米。

⑥藻：水草。

⑦圜：通"圆"。

⑧凿：指榫眼。

⑨枘：榫头。

⑩钮铻：格格不入。

⑪衔：指含。

⑫枚：像筷子一样的木杆。

⑬渥（wò）洽：指大的恩泽。

⑭相者：指相马的人。

⑮举肥：推举肥马。

⑯鸟兽：指凤凰与骐骥。

⑰怀德：想念有德者。

⑱处：留下。

⑲服：驾车。

⑳馁：饲养。

㉑绝端：断绝头绪。

译文

为什么世上的风气善于取巧，改变良好的措施违背正确的道路！

放弃骏马不愿骑乘，竟然非要骑乘劣马。

当今世上难道缺少骏马？实在是没有人善于驾驭它。

看到驾驭的人不合适，骏马就会蹦跳着远远逃跑。

大雁野鸭都争抢着吃食物，凤凰却越飞越高远远离去。

圆孔配上方榫，不相合难以容纳我早就知道。

众鸟都有自己休息的窝，唯独凤凰难找安身的地方。

我本想遇事闭口不言，但曾经接受君王的恩惠怎能不说。

姜太公九十岁才显荣耀，真的是之前没遇到圣明的君王。

骏马的归宿到底在哪里？凤凰究竟应当在哪里栖居？

改变古风旧俗世道败坏，相马人只爱肥腴的马。

骏马只能隐藏起来让人看不见，凤凰高高飞翔不愿下来休息。

鸟兽都知道要爱慕有德的人，为什么要怪贤士不肯留于仕途？

骏马不急于让人使用，凤凰不贪饲养乱吃食物。

君王远弃贤士不能分辨是非，贤士虽然想尽忠又怎能如意？

要默默与君王断绝寂寞隐退，私下却不敢忘记君王的深恩。

独自悲愁令人感伤，悲愤满腔何时才是终极！

原文

霜露惨悽而交下①兮，心尚幸②其弗济③。

霰④雪雰糅其增加兮，乃知遭命之将至。

愿徼幸⑤而有待⑥兮，泊莽莽与野草同死。

愿自往而径游⑦兮，路壅绝而不通。

欲循道而平驱兮，又未知其所从。

然中路而迷惑兮，自压桉⑧而学诵。

性愚陋以褊浅兮，信未达乎从容。

窃美申包胥⑨之气盛⑩兮，恐时世之不固。

何时俗之工巧兮？灭规矩而改凿。

独耿介⑪而不随⑫兮，愿慕先圣之遗教。

处浊世而显荣兮，非余心之所乐。

与其无义而有名兮，宁穷处而守高⑬。

食不媮⑭而为⑮饱兮，衣不苟而为温。

窃慕诗人⑯之遗风兮，愿托志乎素餐⑰。

蹇充倔⑱而无端⑲兮，泊莽莽而无垠。

无衣裘以御冬兮，恐溘死不得见乎阳春。

注释

①霜露惨悽而交下：以喻自己遭受群小的排挤与打击。

②夆：同"幸"，希望。

③济：成功。

④霰（xiàn）：雪珠。

⑤徼幸：即侥幸。

⑥有待：指期待楚王的觉醒。

⑦自往而径游：经小路去进谏楚王。往，是枉字之误或假借。

⑧压：克制。

⑨申包胥：春秋时楚大夫。吴伐楚，占郢都，楚昭王逃到异乡。申包胥到秦求救，在秦国的大殿里哭了七天七夜。秦哀公被感动，出兵击败了吴国，收复了楚国的领地。

⑩气盛：指这种爱国的心志。

⑪耿介：光明正大。

⑫随：随应时俗。

⑬守高：保持清高。

⑭媮：指苟且。

⑮为：通"求"。

⑯诗人：指《诗经·魏风·伐檀》的作者。

⑰素餐：指白吃饭。餐，熟的食物。闻一多《楚辞校补》："餐当为飧。《说文》餐重文作湌，和飧形声接近，故相涉而误。"

⑱充倔：没有边际。倔，没有边缘的样子。

⑲无端：没有涯际。

译文

凛冽的霜露一起袭来，心中还希望它们不能逞凶。

雪珠雪花纷杂越下越大，才知道悲惨的命运将来到。

怀着侥幸的心理有所期待啊，在荒原和野草一同死亡。

想径自前行畅游一番，可道路堵塞难以走通。

想沿着大道平稳前行，但怎样去做却又不清楚。

行至半路就觉得迷惑不解，只好自我压抑去作歌吟诵。
秉性愚笨无知且浅薄狭隘，实在不知道如何行事。
我暗自赞美申包胥的气概，但是恐怕时代与那时不一样了。
如今的世人喜欢投机取巧，改变正常的措施废除前人的规矩。
我一身正气不与世俗同流合污，愿尊崇先人的教诲。
在污浊的社会显名荣耀，这些不是我心中愿意跟从的。
与其没有道义而徒有虚名，宁可安于贫困保持高节。
不苟且取食求得饱腹，不苟且穿衣求得暖身。
暗暗仰慕诗人的风格，在粗茶淡饭中磨砺志节。
我心中充满无限委屈，流浪在荒郊原野没有边际。
没有棉皮袄来抵御寒冬，恐怕会突然死去见不到春天。

原文

靓①杪秋之遥夜②兮，心缭悷而有哀。
春秋③逴逴④而日高兮，然惆怅而自悲。
四时递来而卒岁兮，阴阳⑤不可与俪偕⑥。
白日晼晚⑦其将入兮，明月销铄而减毁。
岁忽忽而遒尽兮，老冉冉而愈弛⑧。
心摇悦⑨而日幸⑩兮，然怊怅⑪而无冀⑫。
中憯恻之悽怆兮，长太息而增欷。
年洋洋⑬以日往兮，老嵺⑭廓⑮而无处。
事⑯壹壹⑰而觊⑱进兮，蹇淹留而踌躇。

注释

①靓：平和。
②遥夜：指长夜。
③春秋：年纪。
④逴（chuō）逴：越走越远。

⑤阴阳：春夏为阳，秋冬为阴。
⑥俪偕：犹言相存。
⑦晚：指日落黄昏的样子，喻年老者。
⑧弛：同“弛”，松散。
⑨悦：“忱”字的误字。
⑩日𢖿：指每天希望。𢖿，同“幸”。
⑪怊怅：通“阔怅”。
⑫无冀：同上句“日𢖿”相对成文，没有希望。
⑬洋洋：宽广无际的样子。
⑭嵺：一本作“摩”，通“寥”。
⑮廓：空旷。
⑯事：国事。
⑰亹亹：勤勉的样子。
⑱觊：通“冀”，希望。

译文

在寂静的暮秋长夜，我心中萦绕着绵绵哀绪。
岁月匆匆，年岁渐老，惆怅的心中充满失望。
四季交替已近岁暮，人不能跟时光同在。
太阳昏暗即将西下，圆圆的月亮也销蚀缺损。
岁月流逝一年将尽，自己慢慢衰老精力不济。
心绪难定每天怀揣侥幸心理，但总失去希望充满忧虑。
我的心中哀痛凄然欲绝，我长长叹息不断涕零。
岁月匆匆一日日流逝，老来无处安身备感空虚。
时世日日变化还希望勤勉进取，但停滞不前犹豫彷徨。

原文

何氾[①]滥之浮云兮，猋[②]壅蔽此明月！
忠昭昭而愿见兮，然露[③]曀[④]而莫达。
愿皓日之显行兮，云蒙蒙而蔽之。

窃不自聊而愿忠兮，或⑤黙⑥点⑦而污之。

尧舜之抗行兮，瞭冥冥而薄天。

何险巇之嫉妒兮，被以不慈之伪名？

彼日月之照明兮，尚黯⑧黮而有瑕。

何况一国之事兮，亦多端⑨而胶加⑩。

被荷裯⑪之晏晏⑫兮，然潢洋而不可带。

既骄美而伐武兮，负左右之耿介。

憎愠忳之修美兮，好夫人之慷慨。

众蹀蹀而日进兮，美超远而逾迈。

农夫辍耕而容与兮，恐田野之芜秽。

事绵绵⑬而多私⑭兮，窃悼⑮后之危败。

世雷同⑯而炫曜⑰兮，何毁誉之昧昧！

今修饰而窥镜⑱兮，后尚可以窜藏⑲。

愿寄言夫流星⑳兮，羌儵忽㉑而难当。

卒壅蔽此浮云兮，下暗漠而无光。

注释

① 氾：通"泛"，泛滥。此处形容浮云的腾涌翻滚。

② 猋：犬奔的样子，引申为快速的样子。

③ 雺：乌云蔽日。

④ 曀：指阴暗。

⑤ 或：有人。

⑥ 黙：通"胆"。

⑦ 点：侮辱。

⑧ 黯：黯淡。

⑨ 多端：指头绪多。

⑩ 胶加：纠缠不休。

⑪ 荷裯：拿荷叶做的短衣。

⑫晏晏：温柔的样子。

⑬绵绵：相继不断。

⑭多私：指奸臣徇私舞弊。

⑮悼：恐惧。

⑯雷同：雷一发声，山谷回应，因此称雷同。在此比喻群小唱和，众口一词。

⑰炫曜：夸耀，形容奸臣互相吹捧。

⑱修饰而窥镜：指奸臣矫饰以欺蒙君主。

⑲窜藏：隐藏。

⑳寄言夫流星：托流星给楚王带消息。

㉑忽：指往来迅速的样子。

译 文

为何浮云漫布层层涌现，明月很快被遮蔽！

我忠心耿耿希望奉献，可阴云遮日难达君王面前。

祈愿太阳能光明照耀，云雾蒙蒙却遮住了它的笑脸。

我不自量只想忠心于君王，竟有人污蔑我的心愿。

高尚品行的尧舜远远超越世俗，他们的崇高人格与上天相接。

为什么尧舜遭受奸臣的嫉妒，使他们蒙受冤名难以洗清？

那日夜照耀的太阳与月亮，尚且有时出现黑斑和阴影。

更何况一个国家的大小事物，更是头绪纷繁错杂万千。

披着荷叶短衣轻柔艳丽，但因为太宽太松不能系腰带。

君王夸耀武功骄傲自满，认为上下的臣子都耿直。

他憎恨忠诚之士的美德，却喜欢那些伪装的慷慨之士。

小人四处奔走日益腾达，贤人引身自退远远跑开。

农夫停止耕作闲散自在，怕是田野变得荒芜生产被破坏。

国事琐碎又被私欲危害，暗自悲痛国家必将衰亡。

世人都相同地自我夸耀，诋毁和赞誉混杂嘈乱！

如今要打扮就要照镜子，以后还可藏身将祸患避开。

愿托流星帮我表明心意，它飞得太快难以遇上。

明月终究被这片浮云挡住，大地昏暗不见光彩叫人悲哀。

原文

尧舜皆有所举任①兮，故高枕而自适。

谅无怨于天下兮，心焉取此怵惕？

桀②骐骥之浏浏兮，驭安用夫强策？

谅城郭之不足恃兮，虽重介③之何益？

遭翼翼而无终兮，忳④惕惕⑤而愁约⑥。

生天地之苦过兮，功不成而无效。

愿沉滞而不见⑦兮，尚欲布名⑧乎天下。

然潢洋而不遇兮，直怐愗⑨而自苦。

莽洋洋而无极兮，忽翱翔之焉薄？

国有骥而不知桀兮，焉皇皇而更索？

宁戚讴于车下兮，桓公闻而知之。

无伯乐之善相兮，今谁使乎誉之。

罔⑩流涕以聊虑⑪兮，惟著意而得之⑫。

纷纯纯之愿忠兮，妒被离而鄣之。

愿赐不肖⑬之躯而别离兮，放游志乎云中。

桀精气之抟抟⑭兮，鹜⑮诸神之湛湛。

骖⑯白霓⑰之习习兮，历群灵之丰丰⑱。

左朱雀⑲之茇茇兮，右苍龙⑳之躣躣㉑。

属雷师之阗阗兮，通飞廉之衙衙。

前轻辌之锵锵兮，后辎桀㉒之从从。

载云旗之委蛇兮，扈屯骑之容容。

计专专之不可化兮，愿遂推而为臧。

赖皇天之厚德兮，还及君之无恙。

注释

①举任：指举贤能的人。

②椉：同"乘"。

③介：甲。

④忳：通"屯"，忧愁的样子。

⑤慴慴：烦闷。

⑥愁约：被愁闷束缚。

⑦见：通"现"。

⑧布名：流名。

⑨怐（kòu）愗（mào）：愚钝。

⑩罔：通"惘"，迷惘。

⑪聊虑：表达自己的思虑。

⑫得之：体察自己的忠心。

⑬不肖：不成材。

⑭抟抟：指集聚成团。

⑮骛：驰逐。

⑯骖：驾。

⑰白霓：没有颜色的虹。

⑱丰丰：指众多的样子。

⑲朱雀：指南方的神。

⑳苍龙：指东方的神。

㉑躋躋：通"瞿瞿"，走路的样子。

㉒辎（zī）椉：指重车。

译文

尧舜能够任用贤能的人，因此从容安逸高枕无忧。

当然不会受天下人埋怨，他们心中哪里会有这种恐慌？

驾着骏马畅快地驰骋，驾驭马何必用粗重的马鞭？

纵有里城和外城也不足依靠，虽然有坚甲利兵又有什么益处？

我一向谨慎可结果还是不好，忧郁愁思无法摆脱。

生于天地间如同过客，功业没有成功终生蹉跎。

想要埋没于人群无所表现，又想在世间扬名取荣。

还是一无所遇没有着落，想扬名天下真是愚昧自找苦痛。

渺茫一片的原野没有尽头，在哪里停留啊我四处漂流！

国有骏马却不去乘驾，为什么匆忙要另外求索？

喂牛时宁戚在马车下唱歌，齐桓公一听就知他是人才。

没有伯乐相马的能耐，如今又能让谁来评判好马？

怅惘流泪姑且让我思索，我想求访贤人才能得到贤人。

满怀热忱愿效忠于君国的很多，偏被小人嫉妒阻挠。

就让不成才的我离开，我要在云天里神游。

乘着日月阴阳的一团精气，我去追随一群群神灵。

驾起白虹高飞，游历了群神各种各样的宫殿。

朱雀在左面翩翩飞翔，苍龙在右面奔行翻腾。

咚咚敲鼓的雷师跟在后面，习习的风神在前面开路。

轻便的卧车铃声锵锵在前面先行，随后有大车纷纷紧跟。

载着舒卷飘扬的云旗，集聚众多的车骑蜂拥跟随。

我忠贞不渝的心不容改变，愿行善建功推行良策。

仰仗深厚恩德的上天，保佑君王吉祥如意。

  此篇为战国时期楚国大夫宋玉所作。"九辩"原为古代乐章的名称，宋玉则借此抒发感慨，创作了自叙性的长篇抒情诗。它在风格上模仿了屈原的《离骚》，是屈原作品之外公认的楚辞最成功之作，为宋玉的代表作。在思想性方面此篇逊于《离骚》，但在艺术表现形式上却有所发展：在行文句法的运用方面，更显灵活自由，尤其是对自然景物的描写，达到了相当高的水准。自此而始，《九辩》中"悲秋"的题旨便成为宋玉的作品风格与个性代表，对后代影响颇深。

  本篇的内容大抵就是悲秋和伤怀。作为中国文学史上第一篇专门、彻底的悲秋抒情之作，《九辩》对后代的影响非常大。而悲秋更成了中国历代文人反复吟咏的主题。宋玉在诗中所表达的感伤以及他使用的文辞，也成为文学史上永恒的美。

七 谏

东方朔

初 放

原文

平生于国兮，长①于原壄。
言语讷涩兮，又无强辅②。
浅智褊③能兮，闻见又寡。
数言便事④兮，见怨门下⑤。
王不察其长利⑥兮，卒见弃乎原壄。
伏念思过⑦兮，无可改者。
群众⑧成朋兮，上⑨浸以惑。
巧佞在前⑩兮，贤者灭息。
尧舜圣已没兮，孰为忠直？
高山崔巍兮，水流汤汤。
死日将至兮，与麋鹿同坑。
块兮鞠，当道宿。
举世皆然兮，余将谁告？
斥逐鸿鹄兮，近习鸱枭。

斩伐橘柚兮，列树苦桃。

便娟之修竹兮，寄生乎江潭。

上葳蕤^⑪而防露兮，下泠泠^⑫而来风。

孰知其不合兮，若竹柏之异心。

往者不可及兮，来者不可待。

悠悠苍天兮，莫我振理。

窃怨君之不寤兮，吾独死而后已。

注释

①长：长时间生活在原野上。

②强辅：有势力的朋党。

③褊（biǎn）：通"扁"。

④便事：对国家有利的事。

⑤门下：指和君王亲近的人。

⑥长利：指所讲的忠言可以利民。

⑦思过：自省。

⑧群众：指奸佞之人众多。

⑨上：指国君。

⑩在前：指在君王之前。

⑪葳（wēi）蕤（ruí）：草木花叶盛茂的样子。

⑫泠泠：凉爽。

译文

屈原我从小就生活在国都，如今长大了却居住在原野。

不善言辞口齿笨拙的我，又没有有势力的朋友帮忙。

能力微薄才智疏浅的我，却又没有长处孤陋寡闻。

屡次进谏有利于国家的事，却惹怒了君王手下的亲信。

君王也不明察我的好意，听信谗言把我放逐。

对于自己的行为我暗自反省，我还是觉得自己没有要改正的错误。

结党营私的奸诈群小们，无时不在蛊惑着君王。

佞臣投机取巧进出君王之前，忠直贤臣有话难以说出。

早已找不到尧舜这样的贤君了，又为谁忠诚耿耿地服务呢？

巍峨耸立的崇山峻岭，流水浩浩荡荡东流不止。

我已衰老死期就要临近了，只能在荒野与禽兽为伍。

孤寂的我独自在道上露宿。

整个社会都是这样污浊，又能向谁倾诉我的衷情？

天鹅和鸿雁被他们赶走了，却亲近保护着恶禽鸥枭。

甜甜的橘柚被他们砍掉，四处栽种了苦桃这种树木。

婆娑摇摆的美竹，只能独处在江边泽畔。

树上茂盛的叶片能让他御寒，下边有阵阵清风送出凉爽。

谁知道我和君王不合，就像竹子与柏树的心不齐。

我追赶不上以前的圣君，而以后的明主我也等不到。

遥远没有边际的苍天啊，我的冤屈你为何不帮我申。

我怨恨至今都不醒悟的君王，唯有独抱一颗忠心一死了结。

赏 析

《初放》，顾名思义，写的是屈原刚被放逐之事，并写了屈原为何被放逐。

这首辞的抒情亦不脱代屈原立言的格套，写了屈原被流放的原因，即小人当道，君王被蒙蔽。辞的语言虽然没有先秦楚辞那般古朴，但在平易之中显出汉代楚辞的那种优美。

沉 江

惟往古之得失①兮，览私②微之所伤。

尧舜圣而慈仁兮，后世称而弗忘。

齐桓失于专任兮，夷吾③忠而名彰。

晋献惑于姬姬④兮，申生⑤孝而被殃。

偃王行其仁义兮，荆文⑥寤而徐亡。

纣暴虐以失位兮，周得佐乎吕望。

修⑦往古以行恩兮，封比干之丘垄⑧。

贤俊慕而自附⑨兮，日浸淫而合同⑩。

明法令而修理⑪兮，兰芷⑫幽而有芳。

注释

①得失：指在管理国家上的得与失。

②私：亲近。

③夷吾：管仲的名字。

④晋献、姬姬：晋献，即晋献公。姬姬，晋献公的爱妃。

⑤申生：晋献公的长子。

⑥荆文：指楚文王。

⑦修：学习，遵循。

⑧丘垄：指坟墓。

⑨自附：指自己来归附。

⑩合同：合为一体。

⑪修理：在这指理顺朝政。

⑫兰芷（zhǐ）：比喻隐居之士。

译文

我考虑着古往今来的兴衰，观察君王亲近奸臣的危害。
对待百姓仁慈的圣君尧舜，后代赞赏他们永不忘怀。
齐桓公因为专制性而失了性命，管仲却忠心耿耿名声显赫。
晋献公被爱妃骊姬迷惑，申生因孝顺而遭受祸殃。
徐偃王行仁义却不备武装，楚文王发现后把徐国消灭了。
殷纣王残暴因此失去了地位，周王有贤臣吕望因此得天下。
武王效仿先人施行恩惠，大力表彰比干并封赐灵墓。
贤能俊杰纷纷羡慕投奔，有才能的人日渐增多，上下齐心协力。
制定治国的良策法令严谨，暗处的兰芷也散发出芳香。

原文

苦众人之妒予兮，箕子寤而佯狂。
不顾地①以贪名兮，心怫郁②而内伤。
联蕙芷以为佩兮，过鲍肆③而失香。
正臣端其操行兮，反离谤而见攘。
世俗更而变化兮，伯夷饿于首阳④。
独廉洁而不容兮，叔齐久而逾明。
浮云陈而蔽晦兮，使日月乎无光。
忠臣贞而欲谏兮，谗谀毁而在旁。
秋草荣其将实兮，微霜下而夜降。
商风⑤肃而害生兮，百草育而不长。
众并谐⑥以妒贤兮，孤圣特⑦而易伤。
怀计谋而不见用兮，岩穴处而隐藏。
成功隳而不卒兮，子胥死而不葬。
世从俗而变化⑧兮，随风靡⑨而成行。
信直⑩退而毁败兮，虚伪进而得当⑪。

追悔过之无及兮，岂尽忠而有功。

废制度而不用兮，务行私而去公⑫。

终不变而死节兮，惜年齿之未央。

将方舟而下流兮，冀幸君之发矇⑬。

痛忠言之逆耳兮，恨申子之沉江。

愿悉心之所闻兮，遭值君之不聪。

不开寤而难道兮，不别横之与纵⑭。

听奸臣之浮说⑮兮，绝国家之久长。

灭规矩而不用兮，背绳墨之正方。

离忧患而乃寤兮，若纵火于秋蓬。

业失之而不救兮，尚何论乎祸凶？

彼离畔而朋党兮，独行之士其何望？

日渐染而不自知兮，秋毫⑯微哉而变容。

众轻积而折轴兮，原咎杂而累重。

赴湘沅之流澌⑰兮，恐逐波而复东。

怀沙砾而自沉兮，不忍见君之蔽壅。

注释

①不顾地：不思念楚国那个地方。

②怫郁：心情不愉快。

③鲍肆：指卖鲍鱼的处所。肆，贸易市集。

④首阳：山名，在今山西省永济市南，传说伯夷、叔齐饿死在此处。

⑤商风：指西风。

⑥谐：和谐。

⑦孤、特：指孤立无援。

⑧从俗而变化：指从俗变心。

⑨风靡：随风倾倒。

⑩信直：忠诚正直的臣子。

⑪当：显要的职位。

⑫行私而去公：徇私背离了公正。

⑬曚：愚昧无知。

⑭横、纵：织布的经纬线。纬是横线，经是纵线。

⑮浮说：虚假的话。

⑯秋毫：指鸟兽的毛，秋季生长，细而末尖，称秋毫。

⑰流渐：指流水。

译文

妒忌我的奸臣令人烦恼，因为及时觉悟箕子就装疯卖傻了。

思念家乡却不贪求名利，我内心悲伤且胸中烦闷。

结成佩带的蕙茝芳香弥漫，经过鲍鱼之肆失去了芳香。

忠贤臣子端正了自己的品行，却受到诽谤遭到流放。

时代在变化社会在更替，宁愿守节效仿饿死在首阳的伯夷。

他们的独行廉洁不容于世，叔齐的名声随着时间推移越来越响。

层层乌云遮蔽了太阳月亮，让明亮的日月失去了光芒。

想要劝告他坚贞的忠臣，却被佞臣谗言诽谤。

百草的花都要在秋天结果，霜露在寒冷的夜里悄悄降下。

西风急疾地摧残着生物，使得百草凋枯难以存活。

奸党勾结起来残害忠良，孤寂的贤能人才更易受伤。

我身怀良策不被重用，只能栖身隐藏在岩洞里。

伍子胥功成却不得善终，被逼死尸体却弃而不葬。

众人从俗变化随波逐流，蔚然成风不讲立场。

忠直诚信的人身退名毁，谗佞虚伪的人却身显名扬。

国家灭亡的时候追悔莫及，这时尽忠的人怎算有功。

废弃先王法制不用，毫不为公反而一心追求私利。

我始终不改变守着清白而死，叹惜我还年轻不愿意就这么死亡。

乘着方舟的我将随江而下，盼君王不再迷茫快点醒悟。

哀痛忠直之言总是忤逆君耳，抱怨伍子胥因忠被沉江。

想告诉君王事情的全部真相，可惜碰上君王昏愦暗弱。

难以向昏庸的君王讲述，连横与合纵的重要策略都不得其详。
君王喜好听虚浮奸臣的假话，国家的命运难以长久。
放弃先王的法律而不实施，违背正确的原则和前进的方向。
只有遭受到危亡才会觉醒，犹如秋蒿草已被大火烧掉。
君王既然失道难保自身，还谈什么国家吉祥安康？
聚集结党营私的谗佞小人，忠臣对这个国家还有何指望？
君王日益受小人蒙蔽而不自知，秋毫虽然渺小但也会改变样子。
多载轻物的车子也会断轴，小错累积多了就会铸成大错。
我要投进那湘江沉水中去，唯恐随波逐流又会向东。
还是怀抱着石头投江，不愿意看到君王的昏庸糊涂。

《沉江》是对屈原投江自尽之前的悲愤之情和复杂心理的想象与描摹。文章首先列举大量史实说明国家兴衰的关键是国君的贤明善任，亲贤臣、远小人。接着写屈原临死时的复杂心理，他"终不变而死节兮，惜年齿之未央"，他既忠君又怨恨君王不悟，最后还是"怀沙砾而自沉兮，不忍见君之蔽壅"。

对历史典故运用频繁，可以说全篇都在引用历史人物，从尧、舜、齐桓公、晋献公等一直列举到伍子胥，而感人的语词并不多。这是因为东方朔写此篇的目的主要在于讽谏和抒发自己的感情，并不是为真正模仿屈原口吻。

怨　世

原文

世沉淖①而难论兮，俗岭峨而崭嵯②。
清泠泠而歼灭兮，溷③湛湛④而日多。
枭鸮既以成群兮，玄鹤⑤弭翼⑥而屏移。

蓬艾亲入御于床第⑦兮，马兰⑧踸踔⑨而日加。
弃捐药芷与杜衡兮，余奈世之不知芳何。
何周道之平易兮，然芜秽而险戏⑩。
高阳无故而委尘⑪兮，唐虞⑫点灼而毁议。
谁使正其真是兮，虽有八师而不可为。

注释

①沉淖：没落。

②岑嵯：高低不平的样子。

③溷（hùn）：通"混"，混乱。

④湛湛：浓重的样子。

⑤玄鹤：一种神鸟。

⑥弭翼：收起羽翼。

⑦第（zǐ）：竹子编的床席。

⑧马兰：恶草。

⑨踸（chěn）踔（chuō）：恶草疯长的样子。

⑩险戏：阴险崎岖。

⑪无故而委尘：指平白无故被诬蔑。

⑫唐虞：尧舜。

译文

难以诉说社会的腐败与落魄，毁誉世俗高下距离太远。
纯真洁白的东西已没有了，逐渐增多的是龌龊和肮脏。
猫头鹰已经成群结队，黑鹤被迫收敛两翅退缩。
受到欢迎的蒿艾铺满了床，越长越多的恶草马兰繁茂。
白芷杜衡香草被他们抛弃，世上的人不知何为香草？
为何大道平坦宽阔，现在却已经破败荒芜。
无故受到诬蔑的古帝高阳，遭受谗言诽谤的圣君尧舜。
他们的是非能让谁来评判，就是有八师也难评断。

原文

皇天①保其高兮，后土②持其久。

服清白以逍遥兮，偏与乎玄英异色。

西施媞媞③而不得见兮，嫫母④勃屑而日侍。

桂蠹不知所淹留兮，蓼虫⑤不知徙乎葵菜。

处浛浛之浊世兮，今安所达乎吾志？

意有所载⑥而远逝兮，固非众人之所识。

骐骥踌躇于弊辇⑦兮，遇孙阳⑧而得代。

吕望穷困而不聊生兮，遭周文而舒志。

宁戚⑨饭牛而商歌兮，桓公闻而弗置。

路室女之方桑兮，孔子过之以自侍。

注释

①皇天：对天的尊言。

②后土：对地的尊言。

③媞（tí）媞：美好的样子。

④嫫母：古时相传的丑女。

⑤蓼（liǎo）虫：吃蓼的虫子。

⑥意有所载：指胸怀大志。

⑦弊辇：战败的车子。

⑧孙阳：春秋时善相马的伯乐。

⑨宁戚：春秋时卫国贤者。

译文

上天永远保持高高在上，大地日久天长永存浓厚。

我的品行高洁无拘无束，那污浊的黑色我偏不喜爱。

西施漂亮却受到排挤，丑陋的妃子却得到宠爱。

蠹虫不满足停留在桂树上，蓼虫不吃甜菜只知吃苦菜。

我活在这混乱污浊的世上，现在怎么能实现我的理想？

我要怀揣远大的抱负远走高飞，这本就不是小人们所能理解的。

骏马拉着破车踌躇不往前行，只有碰到伯乐才能解脱。

贫困时的吕望无以求生，遇到文王才施展雄才大略。

宁戚在夜里喂牛时唱着悲歌，齐桓公听到后如贵宾相待。

旅社的姑娘恰好在采桑，孔子路过她的身边时也会很有礼貌。

原文

吾独乖剌而无当兮，心悼怵①而耄思。

思比干之恲恲兮，哀子胥之慎事。

悲楚人之和氏兮，献宝玉以为石。

遇厉武之不察兮，羌两足以毕斲。

小人之居势②兮，视忠正之何若？

改前圣之法度兮，喜啜嚅而妄作。

亲谗谀而疏贤圣兮，讼谓闾娵为丑恶。

愉近习③而蔽远兮，孰知察其黑白？

卒不得效其心容兮，安眇眇④而无所归薄。

专精爽以自明兮，晦冥冥⑤而壅蔽。

年既已过太半兮，然垮坷⑥而留滞。

欲高飞而远集兮，恐离罔而灭败。

独冤抑而无极兮，伤精神而寿夭⑦。

皇天既不纯命兮，余生终无所依。

愿自沉于江流兮，绝⑧横流而径逝。

宁为江海之泥涂兮，安能久见此浊世？

注释

①悼（dào）怵（chù）：悲伤慎惕。

②居势：居高临下。

③近习：帝王的亲信。

④眇眇：渺茫的样子。

⑤冥冥：昏昧。

⑥埳（kǎn）坷：即"坎坷"，不顺利，不得志。

⑦寿夭：早死短命。

⑧绝：自绝。

译文

我不容于世独与时相违，我的心中凄惨心烦意乱。

怀念忠心耿耿的比干，哀痛尽心侍君的子胥。

悲痛遭遇悲哀的楚人卞和，贡献的宝玉却被认为是石头。

碰到不加明察的厉王和武王，身受残害两脚都被砍掉了。

得势后身居高位的奸臣们，又是如何对待忠臣们的？

改变前代圣贤的法度，喜爱胡来妄作的阴谋诡计。

君王亲近小人却疏远忠臣，美女间嫉却被说成是丑女。

君王排斥忠臣却宠爱奸臣，他们是黑是白有谁能清楚。

我一直不能为君王尽忠尽职，我的前途渺茫归宿在哪里。

自己光明磊落忠心可照日月，社会黑暗混浊君王受蒙蔽。

现在的我已是年过半百，却毫无建树终不得志。

我想远走高飞离开家乡，又怕身败名毁遭受惩罚。

遭受冤屈压抑无穷无尽，我的精神被摧残寿命被减损。

既然上天这样变化无常，我终其一生都没有依靠。

宁可投身到那江流中去，我要自绝于流水漂向远方。

宁可成为江海里的泥沙，怎可长久地活在污浊的世上？

中华国学经典

赏析

　　《怨世》，写屈原被放逐以后对楚国黑暗世道的不满和怨恨。诗中罗列社会人事、花鸟禽兽、神仙传说等多种意象，哀叹楚王的昏庸，痛斥小人的谗佞，怨恨社会风俗的败坏。感情激烈，对比鲜明，振聋发聩。本篇的语言明显比上一篇要深奥一些，增加了全文的悲伤情绪。

怨　　思

原文

贤士穷而隐处兮，廉方正而不容。
子胥谏而靡躯①兮，比干忠而剖心。
子推自割而饮②君兮，德日忘而怨深。
行明白③而曰黑兮，荆棘④聚而成林。
江离⑤弃于穷巷兮，蒺藜⑥蔓乎东厢。
贤者蔽而不见兮，谗谀进而相朋。
枭鸮并进而俱鸣⑦兮，凤凰飞而高翔⑧。
愿壹往而径逝兮，道壅绝而不通。

注释

①靡躯：遭到杀害。
②饮（sì）：即"食"。这里指介子推自割股肉以为君食。

③行明白：指自己的操行清白。

④荆棘：喻指谗佞之辈。

⑤江离：香草名，指贤良之士。

⑥蒺藜：恶草名，刺多，喻指谗佞之人。

⑦枭鸮并进而俱鸣：指奸佞者一起议论。

⑧凤凰飞而高翔：指贤智之人皆高飞隐藏。

译文

贤良的人身处困境而离世隐居，廉洁正直的人世上难容。

子胥规劝吴王却被杀害，比干忠心耿耿却被剖心。

子推割下腿肉救活君王，恩德逐渐被忘反而怨恨加深。

品行清廉却被诬蔑对君王不忠，荆棘丛生甚至变成了树林。

香草江离被抛在陋巷，宫殿华堂到处长满刺丛恶草。

贤臣难见君王受到排斥，奸臣结为朋党受到重用。

猫头鹰成群飞进来鸣叫，凤凰只能向上高高飞翔离开。

我只想见一见君王就离开，但是道路已被阻隔不通。

赏析

《怨思》排比罗列大量历史事实，说明国君重视人才选贤授能的重要，讽喻楚王忠奸不分，贤愚不辨，所以必然导致国家的衰败。集中抒发了对国事、朝政的怨及对小人的恨。

自　悲

居愁懃其谁告兮，独永思而忧悲。

内自省①而不惭②兮，操③愈坚而不衰。

隐三年④而无决⑤兮，岁忽忽其若颓。

怜余身不足以卒意⑥兮，冀一见⑦而复归。

哀人事之不幸兮，属天命而委之咸池。

身被疾而不闲⑧兮，心沸热其若汤⑨。

冰炭不可以相并⑩兮，吾固知乎命之不长。

哀独苦死之无乐⑪兮，惜予年之未央⑫。

悲不反余之所居兮，恨离予之故乡。

鸟兽惊而失群兮，犹高飞而哀鸣。

狐死必首丘兮，夫人孰能不反其真情？

故人疏而日忘兮，新人近而俞⑬好。

莫能行于杳冥兮，孰能施于无报⑭？

注释

①自省：省察自己的行为。

②不惭：指无愧于心。

③操：秉持。

④隐三年：指处在山泽间已经三年了。

⑤无决：没有君王召唤回来的指令。

⑥卒意：即尽意，指实现自己的梦想。

⑦一见：指一见于君。

⑧不闲：不闭着。

⑨汤：开水。

⑩冰炭不可以相并：以喻忠佞不可以并处。

⑪哀独苦死之无乐：指孤苦无乐而死之可哀。

⑫未央：指未尽。

⑬俞：通"愈"。

⑭施于无报：施恩不图报。

译文

身居山泽的忧愁向谁去说，独自深思时内心无限悲伤。

反思自己的品行问心无愧，我的意志坚定且信心十足。

被流放三年音信全无，岁月如水很快就流逝了。

可惜我的一生最终不能得志，期望重返家乡再见一次君王。

悲哀我总是遭受不幸，只能靠天命把自己托付给天神。

身患疾病不能痊愈，内心焦急得如同沸腾的热汤。

不能把冰和炭放在一块，本来就知道我的寿命不会久长。

孤苦无乐而死让人感到悲哀，叹惜我还这么年轻就要离开人世。

悲痛不能返回我的家乡，怨恨让我离开了自己的家乡。

受惊离群的鸟兽如果失散，还会高高翱翔哀鸣自己的悲伤。

将死的狐狸头还朝着故丘，人老将死时谁不思念自己的家乡。

被疏远的旧人渐渐被淡忘了，新人渐渐得到亲近越来越好。

谁会默默无闻去做好事，谁会不要酬报地去施舍别人？

原文

苦众人之皆然①兮，乘回风而远游。

凌恒山其若陋兮，聊愉娱以忘忧。

悲虚言之无实兮，苦众口之铄金②。

过故乡而一顾兮，泣歔欷而沾衿。

厌白玉以为面兮，怀琬琰③以为心。

邪气入而感内兮，施玉色而外淫。

何青云之流澜④兮，微霜降之蒙蒙⑤。

徐风至而徘徊⑥兮，疾风过之汤汤⑦。

闻南藩⑧乐而欲往兮，至会稽而且止。

见韩众⑨而宿之兮，问天道之所在。

借浮云以送予兮，载雌霓⑩而为旌。

驾青龙以驰骛兮，班衍衍⑪之冥冥。

忽容容⑫其安之兮，超慌忽⑬其焉如？

苦众人之难信兮，愿离群而远举。

登峦山而远望兮，好桂树之冬荣。

观天火之炎炀兮，听大壑⑭之波声。

引八维⑮以自道兮，含沆瀣⑯以长生。

居不乐以时思兮，食草木之秋实。

饮菌若之朝露兮，构桂木而为室。

杂橘柚以为囿兮，列⑰新夷与椒桢。

鹍鹤孤而夜号兮，哀居者⑱之诚贞。

注释

①众人之皆然：所有人都追求名利。

②众口之铄金：喻指人言可畏。

③琬琰：美玉。

④流澜：遍布。

⑤蒙蒙：形容霜之微。

⑥徘徊：形容风之徐。

⑦汤汤：形容风之疾。

⑧南藩：指南方的边地。

⑨韩众：仙人的名字。

⑩雌霓：也称雌，虹的一种，色泽较淡，又称副虹。

⑪班衍衍：行貌。

⑫容容：起伏流动的样子。

⑬慌忽：不真切。

⑭大壑：大海。

⑮八维：指东、西、南、北四方，东南、西南、东北、西北四隅，并称八维。

⑯沆（hàng）瀣（xiè）：露气。

⑰列：按顺序栽培。

⑱居者：隐居在山泽的人，指屈原。

译文

苦恼世人都追求名利，我只能乘着旋风外出远游。

登临恒山时感觉它太渺小，在这里我暂时娱乐忘记忧愁。

没有根据的假话让人感到可悲，众人之口都能将金子熔解。

路过家乡时我回头望望，伤心的眼泪把衣服都沾湿了。

我的品行如同白玉一样纯洁，我的内心如同琬琰美玉。

虽然邪气侵入体内，玉的本色不变外表却放光。

为什么天上的乌云会波澜翻卷，微霜正在迷迷蒙蒙下降。

吹过的轻风让我徘徊飘荡，异常迅猛的疾风阵阵吹过。

听说南国非常好令我向往，来到会稽山停下稍微歇息。

看到仙人韩众在此便停下来留宿，我向他请教天道在何方。

凭借着浮云送我去远游，车上飘扬着彩虹做的旗帜。

乘着青龙的车向前驰骋，我的车快速地朝远方奔去。

快速飞奔的青龙不知要去哪里，路途迷茫遥远知向何方。

难以相信世人的痛苦，宁可远走他乡离开他们。

登上小小的山冈向远处眺望，惊喜冬天里的桂树却开花了。

看见炽盛异常的火灾从天而降，俯听汹涌激荡的大海涛声。

我揽持着八维引导着自己，为求长生来喝这夜露。

我经常忧思居处不愉快，秋天草木结的果实是我的食物。

饮用菌若上清晨的露水，我的居室是用桂木建造的。

我把橘和柚种在园圃里，还栽种着花椒、辛夷和女贞子。

孤苦的鸟儿和白鹤在夜里悲啼，哀痛忠心耿耿却隐居的人。

赏 析

《自悲》抒发了屈原去国和恋国的内心矛盾冲突。本篇首先写诗人被流放以后对故乡和国君的思念之情，虽然流放三年，却仍然心系怀王"冀一见而复归"，想念故乡"狐死必首丘"。接着写诗人去国远游，凌恒山、至会稽、见韩众、问天道。这种远游是诗人对现实的否定，对自我的超越，是内心矛盾的反映。当然，本辞所表达的更多的是东方朔的情绪而非屈原的。

哀 命

原文

哀时命之不合①兮，伤楚国之多忧。
内怀情之洁白兮，遭乱世而离尤②。
恶耿介③之直行兮，世溷浊而不知④。
何君臣之相失兮，上沅湘⑤而分离。
测⑥汨罗之湘水兮，知时固而不反⑦。
伤离散之交乱⑧兮，遂侧身而既远。
处玄舍之幽门兮，穴岩石而窟伏。
从水蛟而为徒兮，与神龙乎休息。
何山石之崭岩⑨兮，灵魂屈而偃蹇⑩。
含素水而蒙深兮，日眇眇⑪而既远。
哀形体之离解⑫兮，神罔两而无舍⑬。
惟椒兰之不反兮，魂迷惑而不知路。
愿无过之设行⑭兮，虽灭没⑮之自乐。
痛楚国之流亡兮，哀灵修⑯之过到。
固时俗之溷浊兮，志督迷而不知路。

念私门之正匠兮，遥涉江而远去。
念女媭之婵媛⑰兮，涕泣流乎於悒。
我决死而不生兮，虽重追⑱吾何及。
戏疾濑⑲之素水兮，望高山之寋产。
哀高丘之赤岸兮，遂没身而不反。

注释

①时命之不合：指生的不是时候。
②离尤：指遭受罪孽。
③耿介：正大光明。
④世溷浊而不知：谓时世昏暗不分善恶。
⑤上沅湘：指逆沅湘而上。
⑥测：测量流入湘江的汨罗的深度，即身体沉入江中。
⑦固而不反：指坚绝不回来。
⑧交乱：相互怨恨。
⑨崭岩：艰险。
⑩偃蹇：困顿。
⑪眇眇：遥远的样子。
⑫离解：懈怠。
⑬舍：止。
⑭设行：指依照自己的心意做事。
⑮灭没：指身败名灭。
⑯灵修：此处指怀王。
⑰婵媛：眷恋、眷顾。
⑱重追：多次追思。
⑲濑：湍急的水。

译文

可叹我生的真不是时候，楚国总是多难多忧让人悲伤。
我的内心情感纯洁无瑕，却碰到混乱的世道遭受忧患。

他们对光明正大的行为很仇恨，世道黑暗不懂得善恶美丑。

为什么圣君贤臣要分开，我逆沅湘而上和君王分手。

我准备沉身于流入湘江的汨罗中，知道世道的丑恶便绝不回头。

悲伤君臣离散百姓互相怨恨，赶快远走离开令心中感到恐惧不安的地方。

我身处岩室的暗门，在岩石洞穴之中隐居着。

我跟水中的蛟龙生活在一起，我跟随神龙一起休息活动。

山石那么险峻巍峨，我的灵魂压抑困顿难行。

我喝着无尽洁净的清泉，太阳隐微渐渐远去。

悲痛我的身体已筋疲力尽，我精神恍惚灵魂无所依附。

一想到椒兰不和我回去，我的魂魄就被迷惑而不知路径。

我坚持自己的品行终无过错，就算身败名裂我也心甘情愿。

悲伤楚国就要消亡，哀伤君王昏庸积重难返。

这个世道本来就这样混乱，内心迷茫的我不知道出路。

想到都用私心治国的群臣，我便有渡过长江朝远方走去的打算。

想到对我关切爱护的女媭，不禁叹息悲伤涕泪横流。

我下定决心求死而不愿求生，纵使再三追怀我也要这样。

我游玩于清水急流之中，仰望着险峻崎岖的高山。

悲痛楚国高丘的赤岸，我准备投身到江中不愿返回。

赏▶析

《哀命》哀叹楚国的多灾多难和自己的生不逢时。诗人痛恨群小谗佞误国，哀怨楚王的过错。虽被放逐，仍然洁身自好，绝不与世俗同流合污。最后决定投身汨罗，以死对黑暗现实做最坚决的抗争。

谬 谏

原文

怨灵修之浩荡①兮，夫何执操之不固②。

悲太山之为隍兮，孰江河之可涸。

愿承闲而效志兮，恐犯忌而干讳。

卒抚情以寂寞兮，然怊怅③而自悲。

玉与石其同匮④兮，贯鱼眼与珠玑⑤。

驽⑥骏杂而不分兮，服罢牛而骖骥。

年⑦滔滔而自远兮，寿⑧冉冉而愈衰。

心悇憛⑨而烦冤兮，蹇超摇而无冀。

注释

①浩荡：水奔流的盛貌，此喻怀王的恣意妄为。

②执操之不固：指经常改变心意。

③怊怅：伤感失意。

④匮：通"柜"。

⑤珠玑：圆为珠，不圆为玑。

⑥驽（nú）：钝马。

⑦年：岁月。

⑧寿：寿命。

⑨悇（tú）憛（tán）：忧愁不安的样子。

译文

怨恨君王反复无常，为何他的意志会变化无常。

多么悲哀泰山将变为池塘，不知哪条江河会枯竭！

原准备趁君王闲暇时进献忠言，又怕得罪君王犯忌讳。

最终压制情感闭口不说，但内心自恨伤悲而懊恼。

石块和美玉放在同一个匣子里，宝珠和鱼眼看成一样的珍贵。

劣马和骏马夹杂在一起不分好坏，疲惫的牛驾车骏马在旁边跟随。

岁月流逝越走越远，年岁已老一天不如一天。

我满腔的烦闷忧愁难解，心里总不安定而前途更是无望。

原文

固时俗之工巧①兮，灭规矩②而改错。

却骐骥而不乘兮，策驽骀③而取路。

当世岂无骐骥兮，诚无王良④之善驭。

见执辔者非其人兮，故骍跳而远去。

不量凿而正枘兮，恐矩矱⑤之不同。

不论世⑥而高举⑦兮，恐操行之不调⑧。

弧⑨弓弛⑩而不张兮，孰云知其所至？

无倾危⑪之患难兮，焉知贤士之所死⑫？

俗推佞而进富兮，节行⑬张而不著⑭。

贤良蔽而不群⑮兮，朋曹比而党誉。

邪说饰而多曲⑯兮，正法弧而不公⑰。

直士隐而避匿兮，谗谀登乎明堂。

弃彭咸之娱乐兮，灭巧倕⑱之绳墨。

菎蕗⑲杂于廳⑳蒸㉑兮，机蓬矢㉒以射革㉓。

驾蹇驴而无策兮，又何路之能极？

以直针而为钓兮，又何鱼之能得？

伯牙㉔之绝弦兮，无锺子期而听之。

和抱璞而泣血兮，安得良工而剖之？

注释

①工巧：指善于投机取巧。

②规矩：原指测量的工具，此处指法度。

③驽骀（tái）：不好的马，喻指蠢材。

④王良：春秋时善御马的人。

⑤矩矱（huò）：指规则法度，引申为尺寸。

⑥论世：指察看世道。

⑦高举：指崇尚优良品质。

⑧操行之不调：指操守品行和世俗不协调。

⑨弧：指木弓。

⑩弛：指解。

⑪倾危：指国家衰亡。

⑫贤士之所死：即贤士为国家的危难而死。

⑬节行：良好的节操与品质。

⑭张而不著：谓节行高者没得到地位。

⑮蔽而不群：被排挤而孤立。

⑯饰而多曲：粉饰邪说并非正理。

⑰弧而不公：枉曲正当之法不公平。弧，枉。

⑱巧倕：传说中的巧匠。

⑲菎蕗：一种香草。

⑳麤：指麻秸。

㉑蒸：指细小的木柴。

㉒蓬矢：拿蓬蒿做成的箭。

㉓革：皮革，此处指犀牛皮做成的盾。

㉔伯牙：春秋时期人，擅长音律。

译文

世俗之人原本就善于取巧，把法度废弃后又把良策改变了。

千里马闲置着不去乘驾，却驾着劣马上路缓慢前行。

现如今真的没有千里马吗？实在是没有王良善于驾驶啊。

骏马看到驾车的不是好手，就要连蹦带跳地向远处逃去。

无需度量凿孔就能把木柄装进去，就是担心尺寸的大小不会相符。

不了解世风却去推崇美德，恐怕节操品行不能与众人相合。

还没有拉开松弛的强弓，有谁能说清它有多大的力量？

国家还没有出现灾难危险，如何能知道贤士会不惜生死。

世俗把奸佞富贵之人当成贤人，良好品行的人得不到重视。

贤良孤立无助遭到排斥，奸佞拉成党派互相推举。

歪曲之说多经巧饰，违背正确的法度还是不公。

忠诚的人已经避世隐居，善于吹捧的群小挤进朝中。

彭咸正直廉洁的行为被丢弃，废除巧倕的绳墨不用。

将香草混在麻秆中一起燃烧，拿草箭射皮革。

驾驭跛脚的毛驴又没有鞭子，又怎能到达目的地？

用直的针当钓鱼的鱼钩，怎么能钩得到大鱼呢？

伯牙不再拨弄琴弦，原因是失去了知音钟子期。

怀抱璞玉的卞和血泪尽出，从哪才能得到良匠可以雕琢宝玉？

原文

同音者相和兮，同类者相似。

飞鸟号其群①兮，鹿鸣求其友。

故叩宫而宫应兮，弹角而角动。

虎啸而谷风至兮，龙举而景云往。

音声②之相和兮，言物类③之相感也。

夫方圆之异形④兮，势不可以相错⑤。

列子⑥隐身而穷处兮，世莫可以寄托。

众鸟皆有行列兮，凤独翔翔而无所薄。

经浊世而不得志兮，愿侧身岩穴而自托⑦。

欲阖⑧口而无言兮，尝被君之厚德。

独便悁⑨而怀毒兮，愁郁郁之焉极。

念三年之积思兮，愿壹见而陈词。
不及君而骋说^⑩兮，世孰可为明之^⑪。
身寝^⑫疾而日愁兮，情沉抑^⑬而不扬。
众人莫可与论道^⑭兮，悲精神之不通。

注释

①群：朋辈为群。

②音声：指鸟兽的啼叫声。

③物类：指龙虎。

④方圆之异形：方和圆形状不一。

⑤相错：交错混杂。

⑥列子：战国时郑人。

⑦岩穴而自托：指隐居在岩洞作为自己的托身。

⑧阖：闭。

⑨便悁：忧愁。

⑩骋说：尽情发挥自己的想法。

⑪孰可为明之：向谁去说。

⑫寝：卧。

⑬沉抑：沉重压抑。

⑭论道：讨论治国之道。

译文

音调一样相互呼应和谐，同类事物的性质彼此相同。
飞鸟鸣叫是在召唤群体，麋鹿鸣叫是在寻求自己的伴侣。
叩击宫器则宫调响应，弹奏角调则角音和鸣。
山谷卷起大风猛虎在咆哮，神龙飞到天上和彩云相随。
声和音相互对立而和谐，证明万物同类互相感应。
方和圆的形状不同，不能错杂在一起混同一形。
列子避世隐居处境艰难，因为社会不能依托寄命。
天上的群鸟都是结队成群，无所依凭的凤凰独自飞翔。

处身浊世的我非常不得志，宁可远远逃避隐居在岩洞。

我想对国家的事闭口不提，可曾受到君王的深厚恩德。

我独自感到忧愁心怀怨恨，我何时才能了结无限的愁情。

思念君王三年积聚忧思，期望见到君王后向他诉说。

我没碰上能尽情直言的贤君，世道黑暗又能向谁去诉说。

我终日疾病缠身忧愁烦闷，我感情压抑内心难以表达。

没人能够和我谈论这些道理，悲哀的是我的想法君王难以明白。

赏 析

《谬谏》劝谏国君应当明辨忠奸，亲贤者，远佞臣，绝不能鱼目混珠，玉石不分，祸国殃民；同时抒写了屈原怀才不遇的悲愤。诗中也表达了东方朔希冀汉武帝重用的愿望。

乱 曰①

原文

乱曰：鸾皇孔凤日以远兮，畜凫②驾鹅。

鸡鹜满堂坛兮，鼁黾③游乎华池。

要袅奔亡兮，腾驾橐驼④。

铅刀⑤进御兮，遥弃太阿。

拔搴玄芝兮，列树芋荷⑥。

橘柚萎枯兮，苦李旖旎⑦。

甂瓯登於明堂兮，周鼎⑧潜乎深渊。

自古而固然兮，吾又何怨乎今之人！

注释

①乱曰：《七谏》全篇结束后，此章别为一篇。

②凫：野鸭。

③鸡、鹜、鼃、黾：喻指谗谀的人。鼃，青蛙。黾，蛙类的一种。

④橐（tuó）驼：骆驼。

⑤铅刀：喻指才力微薄之臣。

⑥芋荷：指芋头与莲花。

⑦旖旎：枝叶茂盛的样子。

⑧周鼎：指周朝传国的九鼎，沦于泗水之渊。

译文

结束曲：孔雀和鸾凤日渐远去，人们都饲养着野鹅和野鸭。

笨鸭和呆鸡挤满了宫殿庭院，华丽的池中游荡着青蛙。

骏马只有奔命逃亡，骆驼却驾着车在道上驰骋。

用钝拙的铅刀进献君王，锋利的太阿剑却被抛弃。

玄芝和神草已被拔除干净，到处栽种的是山芋和莲花。

那柚树与橘树逐渐枯萎凋谢，苦李却枝叶茂盛。

陶罐与瓦盆摆放在华丽的殿堂，周朝的宝鼎丢进了深渊的水底。

自古就是如此颠倒是非，我对如今的人有多少怨气！

赏析

这几句辞是全篇的尾声，起着总结全篇的作用，描写的全都是贤人不得重用，而恶人、小人、无能之辈却登堂入室，扬扬得意。因此，这也揭示了全篇的主旨：劝谏君王任贤用能。

九 叹

刘 向

逢 纷

原文

伊^①伯庸^②之末胄^③兮，谅^④皇^⑤直之屈原。

云^⑥余肇祖^⑦于高阳^⑧兮，惟楚怀之婵连^⑨。

原^⑩生受命于贞节^⑪兮，鸿永路^⑫有嘉名。

齐名字于天地兮，并光明于列星。

吸精粹^⑬而吐氛浊^⑭兮，横邪世而不取容。

行叩诚^⑮而不阿^⑯兮，遂见排^⑰而逢谗^⑱。

后^⑲听虚^⑳而黜实^㉑兮，不吾理而顺情。

肠愤悁^㉒而含怒兮，志迁蹇^㉓而左倾^㉔。

心悇憛^㉕其不我与^㉖兮，躬速速^㉗其不吾亲。

辞^㉘灵修^㉙而陨志^㉚兮，吟泽畔之江滨。

椒桂^㉛罗^㉜以颠覆^㉝兮，有竭信而归诚。

谗夫蔼蔼^㉞而漫著^㉟兮，曷其不舒^㊱予情。

始结言^㊲于庙堂兮，信中途而叛之。

怀兰蕙与衡芷兮，行中壄^㊳而散之。

声哀哀而怀高丘㊴兮，心愁愁而思旧邦。
愿承闲㊵而自恃㊶兮，径㊷淫曀㊸而道壅。
颜黴黧㊹以沮败㊺兮，精越裂㊻而衰耄㊼。
裳襜襜㊽而含风兮，衣纳纳㊾而掩㊿露。
赴江湘之湍流兮，顺波凑(51)而下降。
徐徘徊于山阿兮，飘风(52)来之汹汹(53)。
驰余车兮玄石(54)，步余马兮洞庭。
平明(55)发兮苍梧(56)，夕投宿兮石城(57)。
芙蓉盖而蔆(58)华车兮，紫贝阙(59)而玉堂。
薜荔饰而陆离(60)荐兮，鱼鳞衣而白蜺裳。
登逢龙(61)而下陨兮，违故都之漫漫。
思南郢(62)之旧俗兮，肠一夕而九运。
扬流波之潢潢(63)兮，体溶溶(64)而东回。
心怊怅(65)以永思兮，意晻晻(66)而日颓。
白露纷以涂涂(67)兮，秋风浏(68)以萧萧(69)。
身永流而不还兮，魂长逝而常愁。
叹曰：譬彼流水，纷扬磕(70)兮。
波逢汹涌，濆(71)滂沛(72)兮。
揄扬(73)涤荡，漂流陨往(74)，触崟石(75)兮。
龙邛(76)脟圈(77)，缭戾宛转，阻相薄兮。
遭纷逢凶，蹇离尤兮。
垂文(78)扬采，遗(79)将来兮。

注释

①伊：语气助词。

②伯庸：即见于《世本》和《史记·楚世家》的句亶王熊伯庸，是熊渠的长子，屈氏受姓之祖。

③末胄：后裔，子孙。

④谅：信，确实。

⑤皇：美好。

⑥云：语气助词。

⑦肇（zhào）祖：始祖。

⑧高阳：五帝中颛顼帝的别号。

⑨婵连：族亲相连。屈原与楚王同姓，同为颛顼高阳氏的后裔。

⑩原：屈原。

⑪贞节：坚贞的德操。贞，正。节，节操。

⑫鸿永路：前途远大。

⑬精粹：天地间的精华。

⑭氛浊：恶浊污秽之气。

⑮叩诚：真诚，忠诚。

⑯阿（ē）：曲从，讨好，迎合。

⑰见排：被排挤。见，被。

⑱逢谗：遭受诽谤。

⑲后：君王。

⑳听虚：听信谎话、空话。虚，空话，谎话。

㉑黜实：贬斥说实话的人。

㉒愤悁（yuān）：愤恨。

㉓迁蹇：委曲的样子，这里指心思展转不定。

㉔左倾：意志颓丧不振。左，卑，下。倾，倒塌，破灭。

㉕惝（tǎng）慌：恍惚，失意，忧伤。

㉖与：亲近，信任。读如《诗经·小雅·谷风》"维予与女"之
"与"。

㉗速速：不亲近的样子。

㉘辞：辞别，告别。

㉙灵修：楚怀王。

㉚陨志：失意。

㉛椒桂：椒与桂，皆为香木。这里比喻贤人。

㉜罗："罹"的假借字，遭遇。

㉝颠覆：跌倒，败坏。这里指厄运。

㉞蔼蔼：众多。

㉟漫著：打击别人，抬高自己。漫，玷污。著，夸耀。

㊱舒：展开，伸展。引申为抒发、表明。

㊲结言：用言辞约好。

㊳中壄：荒野中。壄，同“野”。

㊴高丘：高山，这里比喻楚国都城和朝廷。

㊵承闲：趁空闲的时候。

㊶自恃：自信有尽忠的机会。

㊷径：小道。

㊸浮曀（yì）：暗昧，昏暗不明。

㊹黴（méi）黧（lí）：形容脸色黑。

㊺沮败：败坏，挫败。这里形容气色差。

㊻精越裂：精神上灰心失意。

㊼衰耄（mào）：衰老。耄，年老。

㊽襜（chān）襜：衣服迎风飘动的样子。

㊾纳纳：衣服被濡湿的样子。

㊿掩：遍及，尽。

(51)波凑：聚集的波涛。凑，聚集。

(52)飘风：旋风。

(53)汹汹：形容声势浩大的样子。

(54)玄石：山名。王逸《楚辞章句》：“玄石，山名。”

(55)平明：天刚亮的时候。

(56)苍梧：山名，即九嶷山，位于今湖南宁远境内。

(57)石城：山名。

(58)蔆（líng）：通“菱”，一种生水中、浮水面、夏日开花的水生植物。

(59)阙：皇宫前面两边的楼台，中间有道路。

(60)陆离：王逸《楚辞章句》认为：“陆离，美玉也。”一作香草解。

(61)逢龙：山名。

(62)南郢：即郢都。

㊻潢（huàng）潢：水深而广。

㊽溶溶：波浪翻滚。

㊾怊怅：惆怅。

㊿晻（yǎn）晻：抑郁愁苦。

67涂涂：浓厚的样子。

68浏：形容风很快吹过。

69萧萧：风声。

70礚（kē）：水石撞击声。

71渍（pēn）：水波涌起。

72滂沛：形容水势浩大，波澜壮阔。

73揄扬：挥扬，扬起。

74陨往：指波浪起伏向前。陨，下落。往，前往，前行。

75崟（yín）石：尖锐、锐利的石头。

76龙邛（qióng）：水波互相撞击的样子。

77胪（luán）圈：与下文"缭戾"义同，纠结缠绕的样子，这里
形容流水回旋搏击。

78垂文：流传文章。与"扬采"互文见义。

79遗（wèi）：赠与，给与。

译文

伯庸的后代子孙啊，就是我正直诚信的屈原。

我的始祖是古帝高阳啊，楚怀王与我同根相连。

屈原我秉承坚贞的节操降生啊，希望有远大的前途被赐予美好的姓名。

我的名字与天地相齐啊，光辉灿烂如同群星。

我吸取天地之间的精华吐出污浊之气啊，虽身处邪恶之世却不混同俗流。

我行为忠诚刚直不阿啊，于是遭到排挤和诽谤。

君王听信谗佞贬斥忠臣啊，不理睬我反顺从邪恶奸佞。

我满腔怨愤怒火中烧啊，意志颓丧精神不振。

心神恍惚君王不与我同心，苦恼君王对我不亲近。

我告别君王怅然若失啊，低吟悲歌在泽畔水滨。

椒桂即使遭遇厄运啊，还是竭尽忠信诚挚。

众多谗人纷纷抬高自己贬低别人啊，为什么不让我表明心志？

当初我们曾在庙堂约好，如今却听信谗言中途背弃前言。

怀抱兰蕙衡芷啊，只好将它们抛散在荒野中。

我叹息悲鸣怀念朝廷啊，心中忧愁思念郢都。

我想等待时机为国尽忠啊，怎奈前途昏暗道路阻塞。

我面目黧黑气色差啊，精神失意日渐衰老。

阵阵寒风吹动着我的衣裳，露水沾湿了我的上衣。

在湘水急流中航行啊，波涛滚滚顺流而下。

我慢步徘徊在山谷，迅猛旋风来势汹汹。

驾起我的车啊向玄石山奔驰，来到洞庭边暂作休息。

天刚亮时从苍梧山出发，傍晚时我在石城投宿。

荷花作盖菱花作车，紫贝砌楼台白玉铺堂厅。

薜荔作装饰香草作卧席，上衣像鱼鳞一样美丽啊裙裳非常洁白。

登上逢龙山向下俯瞰，离开故国道路多么漫长。

想起郢都的风物习俗啊，一夜之间九转愁肠。

江水深广扬起波浪啊，浪涛汹涌将我送到东方。

内心惆怅止不住的思念啊，精神抑郁一天天地颓唐。

霜露纷纷落了茫茫一片，秋风急吹萧萧作响。

身随江水长流不还啊，我的灵魂远去常常忧愁。

尾声：就像流水一样，浪花撞击巨石四处飞溅。

风卷大波浪翻滚，水波涌起波澜壮阔。

水花飞溅水流激荡，向前方奔腾而去，猛烈撞击在尖锐的山石上。

洪流回旋搏击，盘旋缠绕，水流终究被阻挡啊。

遇到祸患灾殃，遭受到诽谤。

挥笔写下美丽篇章，留给后人体会我的思虑。

赏析

"逢纷"意为遭逢纷乱浊世。本篇开篇模拟《离骚》开头一段的笔调，追溯屈原高贵的出身，赞扬其美好的名字和德行，突显了他极高的自我期许和崇高的自我人格。屈原虽然胸怀大志，却生于浊世，为昏君、佞臣、庸众所不容，以致遭到贬黜而壮志难酬。于是他在怅然失意

中华国学经典

中，或江畔行吟，或驾车远行。但无论如何却逃不过这一切，因为其思念故乡之情始终没有消失，让他变得更加苦闷、伤感、失落，以至于形容枯槁、衣衫褴褛、内心惆怅不已。

离　世

原文

灵怀①其不吾知兮，灵怀其不吾闻。

就②灵怀之皇祖兮，愬③灵怀之鬼神。

灵怀曾不吾与④兮，即⑤听夫人之谀辞。

余辞上参⑥于天墬⑦兮，旁引之于四时。

指日月使延⑧照⑨兮，抚⑩招摇⑪以质正⑫。

立师旷⑬俾⑭端词兮，命咎繇⑮使并听。

兆⑯出名曰正则兮，卦⑰发字曰灵均。

余幼既有此鸿节⑱兮，长愈固而弥纯。

不从俗而诐行⑲兮，直躬指⑳而信㉑志。

不枉绳以追曲兮，屈情素㉒以从事。

端余行其如玉兮，述㉓皇舆㉔之踵迹㉕。

群阿容以晦光㉖兮，皇舆覆以幽辟。

舆中途以回畔㉗兮，驷马惊而横犇。

执组者㉘不能制兮，必折轭㉙而摧辕㉚。

断镰㉛衔以驰骛㉜兮，暮去次㉝而敢㉞止。

路荡荡㉟其无人兮，遂不御㊱乎千里。

身衡陷㊲而下沉兮，不可获而复登㊳。

不顾身之卑贱兮，惜皇舆之不兴。

出国门而端指㊴兮，冀壹㊵寤㊶而锡㊷还。

哀仆夫之坎毒㊸兮，屡离忧而逢患。

九年之中不吾反兮，思彭咸之水游。

惜师延^㊹之浮渚^㊺兮，赴汨罗之长流。

遵江曲^㊻之逶移^㊼兮，触石碕^㊽而衡游。

波沣沣^㊾而扬浇^㊿兮，顺长濑⁵¹之浊流⁵²。

凌⁵³黄沱⁵⁴而下低兮，思还流而复反。

玄⁵⁵舆驰而并集兮，身容与而日远。

棹⁵⁶舟杭⁵⁷以横沥⁵⁸兮，溢⁵⁹湘流而南极。

立江界⁶⁰而长吟兮，愁哀哀而累息⁶¹。

情慌忽⁶²以忘归兮，神浮游以高厉⁶³。

心蛩蛩⁶⁴而怀顾兮，魂眷眷⁶⁵而独逝。

叹曰：余思旧邦，心依违⁶⁶兮。

日暮黄昏，羌幽悲兮。

去郢东迁，余谁慕兮？

谗夫党旅⁶⁷，其以兹故兮。

河水淫淫⁶⁸，情所愿兮。

顾瞻郢路，终不返兮。

注释

①灵怀：指楚怀王。因屈原《离骚》中称楚怀王为"灵修"，所以刘向称楚怀王为"灵怀"。

②就：趋向。

③愬（sù）：同"诉"，诉说，告诉。

④与：任用。

⑤即：就，接近，靠近。

⑥参：合，配合。

⑦天墬（dì）：天地。墬，同"地"。

⑧延：长期，永远。

⑨照：察知，知晓。

⑩抚：握持。

⑪招摇：北斗星的第七星摇光。这里借指北斗星。

⑫质正：评断是非。

⑬师旷：春秋晋国乐师，善于辨音。

⑭俾（bǐ）：使。

⑮咎繇：即皋陶，舜之贤臣。咎，通"皋"。

⑯兆：指古人占卜吉凶时烧灼甲骨所呈现的裂纹。

⑰卦：《周易》中一套有象征意义的符号。以阳爻、阴爻相配合，每卦三爻，组成八卦（即经卦），象征天地间八种基本事物及其阴阳刚柔诸性。

⑱鸿节：美好的节操。节，节操。

⑲诐（bì）行：偏邪不正的行为。诐，即"颇"，偏颇，不正。

⑳指：意旨，心志。

㉑信：表明。

㉒情素：亦作"情愫"。本指真情，本心。这里指志向。王逸《楚辞章句》作"素志"解。

㉓述：遵循，依照。

㉔皇舆：君王乘坐的高大车子，多借指王朝或国君。

㉕踵迹：足迹，比喻前人的事业。

㉖晦光：蒙蔽光明，比喻蒙惑君王。

㉗回畔：走回头路，即反悔。

㉘执组者：指驾驶车马的人。

㉙轭（è）：驾车时套在牛马脖子上的曲木。

㉚辕（yuán）：车前驾牲口用的两根直木。压在车轴上，伸出车舆的前端。

㉛镳（biāo）：马嚼子。

㉜骛：驰，乱跑。

㉝次：止宿，停留。

㉞敢：不敢，岂敢。

㉟路荡荡：空阔广大的样子。

㊱御：息止，阻止。

㊲衡陷：横陷。衡，横，意外。陷，陷害。

㊳登：加封，升任，得到任用。

㊳端指：笔直向前。

㊵壹：一旦，一经。

㊶寤：通"悟"，醒悟。

㊷锡：古通"赐"，赐予。

㊸坎毒：愤恨。

㊹师延：商纣王时期的乐师。武王起兵，纣王自焚于鹿台，师延惧祸东逃，后投濮水自杀。

㊺浮渚：浮在水边，谓投水自尽。渚，水中小块陆地。

㊻江曲：江水曲折处。

㊼逶移：同"逶迤"，曲折绵延。

㊽石碕：亦作"石圻"。曲折的石岸。

㊾沣沣：波浪声。

㊿扬浇：水流回旋。浇，《章句》："回波为浇也。"

51濑：流得很急的水。

52浊流：浑浊的水流。

53凌：乘。

54黄沱（tuó）：古代长江的别称。

55玄：本指玄酒，古代祭祀时当酒用的清水。这里是水的意思。

56棹（zhào）：船桨。

57舟杭：同"舟航"，指船只。

58沥（lì）：渡水。

59淕（jì）：同"济"，渡水。

60界：边，同"介"。

61累息：长叹。

62慌忽：亦作"慌惚"，迷茫，不明白，不清楚。

63高厉：上升，高高腾起。厉，在这里是飞扬的意思。

64蛩（qióng）蛩：忧虑。

65眷眷：形容恋恋不舍、频频回首的样子。

66依违：迟疑。

67旅：众人。这里指党人。

68淫淫：形容水流动的样子。

译文

怀王不知道我的清白啊，怀王不了解我的忠诚。

我要向怀王的先祖，向那些神灵诉说苦闷。

怀王不信任我啊，却听信小人的谗言。

我说的话可以上合天地啊，也能够在四时得到验证。

让日月永远知道我啊，让北斗七星为我评出是非。

我的话可请师旷来考察啊，可令皋陶一起来听。

炙龟求得我的名叫正则啊，卜卦得到我的字是灵均。

我小的时候就有好的操行，长大后更加坚定纯正。

从不随波逐流行为不端啊，立身正直心志鲜明。

决不违反正道追求邪曲啊，委屈自己的意志苟合求容。

端正我的行为纯洁如玉啊，遵循先王治国的正道传统。

众小人阿谀蒙蔽君王啊，使朝廷更加昏暗衰败。

车前进一半突然走回头路啊，四匹马受惊狂奔驰骋。

驾车的人不能控制啊，必然轭辕毁损。

嚼子断折马儿乱跑，傍晚经过旅舍也不敢停止。

宽阔的大道空无一人啊，脱缰的野马千里奔行。

我横遭陷害而陷入困境，不能重获信任而再被任用。

我不顾自身的卑微啊，只是叹惜楚国不能强盛。

我离开郢都一直向前行进，希望君王一朝醒悟召我回朝廷。

仆夫为我愤愤不平啊，可怜我屡受迫害遭逢祸患。

被放逐九年不让我回国都，想起彭咸投水自尽。

痛惜师延投濮水自杀，我将投身汨罗洪流。

沿着曲折江水蜿蜒前进啊，碰到曲折的石岸转而横走。

波声隆隆回波浪卷啊，顺水驶向浅滩的浊流。

乘着长江顺流而下啊，多想逆流而上返回去。

水车飞驰齐肩并进啊，从容而去越走越远。

划船横渡长江，渡过湘水驶向南方。

我站在江岸高歌长吟啊，心中愁苦止不住声声叹息。

神情迷茫忘了归路，精神浮游高高飞扬。
心里忧虑思念君王，灵魂不舍只能独自远游。
尾声：我思念故国啊，心中犹豫迟疑。
太阳落山暮色苍茫，心中一片忧伤。
离开郢都被放逐东方，谁值得我念念不忘啊？
谗人朋党众多，我才会遭受祸患啊。
河水滔滔东流，我愿像它那样无虑无忧。
回首郢都漫漫长路，我最终也不能踏上归途啊。

赏 析

《离世》起笔以五个"灵怀"连贯而下，营造了一种飞流直下的行文气势，以急切的呼告，将心中对"亲小人、远贤臣"的楚怀王的满腔愤懑抒发得淋漓尽致。作者在文中首先援引天地、四时、日月、招摇、师旷、咎繇等，来证明屈原的忠贞和正直；继而叙及"余幼既有此鸿节，长愈固而弥纯"，然而举世混浊唯我独清、为世俗所不容的事实；最后写屈原遭放逐被迫离开郢都，一路南下经过汨罗、沅湘的行程和沿途上的所思所想，倾诉了屈原忠不见用的苦闷以及放逐多年仍深怀对祖国的眷恋和对国事的忧患。

怨 思

原文

惟郁郁之忧毒①兮，志坎壈②而不违。
身憔悴而考旦③兮，日黄昏而长悲。
闵空宇④之孤子兮，哀枯杨之冤鸹⑤。
孤雌⑥吟于高墉⑦兮，鸣鸠栖于桑榆。
玄蝯⑧失于潜林⑨兮，独偏弃⑩而远放。
征夫⑪劳于周行⑫兮，处妇⑬愤而长望。
申诚信而罔违兮，情素洁于纽⑭帛。

光明齐于日月兮，文采耀[15]于玉石。

伤压次[16]而不发兮，思沉抑而不扬。

芳懿懿[17]而终败兮，名靡散[18]而不彰。

背[19]玉门以奔骛[20]兮，蹇[21]离尤而干诟[22]。

若龙逢[23]之沉首[24]兮，王子比干之逢醢[25]。

念社稷之几危[26]兮，反为雠[27]而见怨。

思国家之离沮[28]兮，躬获愆而结难。

若青蝇[29]之伪[30]质兮，晋骊姬[31]之反情[32]。

恐登阶之逢殆兮，故退伏于末[33]庭。

孽臣之号眺[34]兮，本朝芜而不治。

犯颜色[35]而触谏兮，反蒙辜[36]而被疑。

菀[37]蘼芜[38]与菌若[39]兮，渐藁本[40]于洿渎[41]。

淹芳芷于腐井兮，弃鸡骇[42]于筐簏[43]。

执棠豀[44]以刜[45]蓬兮，秉干将[46]以割肉。

筐[47]泽泻[48]以豹鞟[49]兮，破荆和[50]以继筑[51]。

时溷浊[52]犹未清兮，世殽乱犹未察。

欲容与以俟时兮，惧年岁之既晏。

顾屈节以从流兮，心鞏鞏[53]而不夷[54]。

宁浮沉而驰骋兮，下江湘以邅迴[55]。

叹曰：山中槛槛[56]，余伤怀兮。

征夫皇皇[57]，其孰依兮。

经营[58]原野，杳冥冥兮。

乘骐骋骥，舒吾情兮。

归骸旧邦，莫谁语兮。

长辞远逝，乘湘去兮。

注释

①忧毒：忧愁病苦。

②坎壈（lǎn）：不平，比喻遭遇不顺利。

③考旦：直到天亮。考，至，到。

④空宇：幽寂的居室。

⑤冤鸰（chú）：烦冤、冤屈的雏鸟。鸰，同"雏"，幼鸟。

⑥孤雌：失偶的雌鸟。

⑦墉（yōng）：城墙。

⑧玄蝯（yuán）：亦作"玄猿"。黑色猿猴。

⑨潜林：深林。

⑩偏弃：被放逐于偏远之地。

⑪征夫：远行的人。

⑫周行：大路，大道

⑬处妇：指待在家中的妇女，指征夫之妻。处，居处，在家。

⑭纽：缠结，束，系。

⑮燿：同"耀"。

⑯压次：指因受压抑而心境失常。

⑰懿懿：芳香。

⑱靡散：消灭，消散。

⑲背：离开。

⑳犇（bēn）弩：奔驰。

㉑謇：句首语气助词。

㉒干诟：自取其辱。干，求，求取。

㉓龙逢（páng）：也作"龙逄"，即关龙逢。夏末的贤臣，因劝谏夏桀而被杀，后用为忠臣之代称。

㉔沉首：被杀害的意思。

㉕醢（hǎi）：古代的一种酷刑，把人杀死后剁成肉酱。

㉖几危：危险。几，也是危的意思。

㉗雠：亦作"仇"，是仇视、仇恨的意思。

㉘离沮：遭到破坏。

㉙青蝇：比喻谗佞小人。

㉚伪：改变，变化。

㉛骊姬：原是骊戎首领的女儿，后被俘虏成为晋献公的妃子，进谗言杀太子申生。

㉜反情：颠倒是非，违反人情。这里指骊姬乱晋之事。

㉝末：远。

㉞号咷（táo）：喧哗，呼喊。这里指谗人在朝堂上大声喧哗。

㉟颜色：眉眼之间的气色、容色。这里指君王的脸色。颜，指两眉之间，俗称印堂。

㊱辜：罪过，罪责。

㊲菀（yùn）：通"蕴"。蕴积，郁结。

㊳蘼（mí）芜：一种植物的名称。芎䓖的苗，叶有香气。

㊴菌若：一种植物的名称。

㊵藁（gǎo）本：香草名。多年生草本植物。叶呈羽状，夏开白花，果实有锐棱，根紫色，可入药。

㊶洿（wū）渎（dú）：小水沟。

㊷鸡骇（hài）：一种犀牛的名称，这里指犀角名。

㊸筐簏（lù）：盛物的竹器。方为筐，高为簏。

㊹棠谿（xī）：亦作"棠溪"。古代一种产于棠溪的名贵的宝剑，故称。

㊺刜（fú）：击，砍。

㊻干将：古剑名，代指宝剑。

㊼筐：盛满，装满。

㊽泽泻：多年生草本植物。叶椭圆形，开白色小花。块茎可入药，为利尿剂。

㊾豹鞟（kuò）：豹皮制成的革。

㊿荆和：指楚国的和氏璧。

(51)筑：捣物的棒槌。

(52)溷（hùn）浊：混浊。

(53)鞏（gǒng）鞏：忧惧。

(54)不夷：不快，不安。夷，快乐。

㊟遭廻：辗转，徘徊。

㊙槛（jiàn）槛：车行驶中发出的声音。

㊗皇皇：同"惶惶"，恐惧不安的样子。

㊘经营：周旋往来。

译文

我的心中忧伤愁苦啊，命运坎坷却不改初衷。

忧愁不安直到天亮啊，从清晨到傍晚难排悲伤。

怜悯独处空室的孤儿啊，哀伤小鸟栖息在老树枯杨。

失偶的雌鸟高墙悲鸣啊，啼叫的斑鸠栖息于榆桑。

黑猿消失在又密又深的丛林，独自被放逐到很远的地方。

远行的人在大道上奔波不息啊，思妇在家中翘首远望。

我一再重申不会违背诚信，我的感情就如束帛纯洁无伤。

美德与日月齐辉啊，文采比美玉还要闪亮。

可惜身遭压迫不能振发啊，情思遭抑制不能高扬。

芬芳的鲜花最终也要凋谢啊，身败名灭无从彰显。

离开宫阙奔驰而去啊，是因为获罪自取祸殃。

就像关龙逢劝谏夏桀反被斩首啊，比干劝谏纣王惨遭杀戮。

担心国运危在旦夕啊，反与小人结仇遭恨怨。

我忧虑国家将要遭受祸患，反获罪而遭受灾难。

小人就像青蝇一样颠倒黑白，又像晋国骊姬挑拨亲情进谗言。

怕接近君王遭逢祸患啊，所以只好在远处退身隐世。

佞臣贼子大声喧哗啊，国家混乱命运危殆。

我不惜触犯君王忠言直谏啊，反蒙罪过受到猜忌。

蘼芜茵若胡乱堆积啊，藁本被浸在小水沟里。

芳香的白芷被沤在臭水井啊，珍贵的犀角被丢进竹器。

用棠溪利剑去割蓬蒿野草啊，持干将宝剑当作刀割肉。

豹皮口袋装满恶草啊，用大杵打烂玉璧。

时世混浊是非不分啊，世道混乱好坏不明。

我想悠闲自得等待时机啊，又担心年纪已老等不及。

想改变节操随波逐流啊，心中又忧惧很不愿意。

宁愿到沅水之上浮游驰骋啊，进长江入湘水徘徊嬉游。

尾声：山里车声阵阵啊，我心情苦闷又悲伤。

征夫惴惴心不安，他去哪里寻找依靠啊。

在原野上周旋往来，杳无人迹草木莽莽。

骑上骏马尽情驰骋，使我的心情舒畅啊。

死后尸骨想葬在故乡，此情此语该向谁倾诉啊？

永别楚国从此远去，顺着湘水漂流远方。

析

　　《怨思》是《九叹》的第三篇，是为屈原抒发忠不见用、横遭排挤打击的心中怨愤和惆怅之情的作品。文章开篇便点出自己心情忧闷、愁怨。而受低落情绪的影响，眼中所见无不带有忧伤色彩，如"孤子""冤鸹""孤雌""鸣鸠""玄蝯""征夫""处妇"等。之后便叙及自己心境愁苦的缘由，由于现实中命运坎坷，便将视线转移到历史，思索关龙逢、比干、骊姬的往事，不禁感慨古往今来是非不分、黑白颠倒是一样的，最后以比喻手法继续陈说价值标准完全颠覆的社会现实。既然生逢如此混乱的社会，那么是"容与以俟时"，还是"屈节以从流"？若是等待时机，积极进取，又"惧年岁之既晏"，若是改变节操，同流合污，则又"心鞿羁而不夷"。既然二者皆不可行，那么只有"浮沉而驰骋""下江湘以遁迴""长辞远逝"了。

远　逝

原文

志隐隐①而郁怫兮，愁独哀而冤结②。

肠纷纭以缭转兮，涕渐渐③其若屑。

情慨慨而长怀④兮，信⑤上皇⑥而质正⑦。

合五岳⑧与八灵⑨兮，讯九魁⑩与六神⑪。

指列宿以白⑫情兮，诉五帝⑬以置词。
北斗为我折中兮，太一⑭为余听之。
云服⑮阴阳之正道兮，御⑯后土之中和⑰。
佩苍龙之蚴虬⑱兮，带隐⑲虹之逶蛇⑳。
曳㉑彗星之晧旰㉒兮，抚朱爵㉓与鹔鸡㉔。
游清灵㉕之飒戾㉖兮，服云衣㉗之披披㉘。
杖玉华㉙与朱旗兮，垂明月之玄珠㉚。
举霓旌㉛之蝉翳㉜兮，建黄纁㉝之总旄。
躬纯粹而罔愆㉞兮，承皇考㉟之妙仪㊱。
惜往事之不合兮，横汨罗而下沥㊲。
棼隆㊳波而南渡兮，逐江湘之顺流。
赴阳侯㊴之潢洋㊵兮，下石濑㊶而登洲㊷。
陵㊸魁堆㊹以蔽视兮，云冥冥㊺而暗前。
山峻高以无垠兮，遂曾闳㊻而迫身。
雪雰雰㊼而薄木兮，云霏霏㊽而陨集㊾。
阜隘狭而幽险兮，石嵾嵯㊿以翳[51]日。
悲故乡而发忿兮，去余邦之弥久。
背龙门[52]而入河[53]兮，登大坟[54]而望夏首[55]。
横舟航而溢[56]湘兮，耳聊啾[57]而憯慌[58]。
波淫淫[59]而周流兮，鸿溶[60]溢而滔荡[61]。
路曼曼其无端兮，周容容[62]而无识。
引日月以指极[63]兮，少须臾而释思。
水波远以冥冥兮，眇[64]不睹其东西。
顺风波以南北兮，雾宵晦[65]以纷纷。
日杳杳[66]以西颓[67]兮，路长远而窘迫。
欲酌醴以娱忧兮，蹇[68]骚骚[69]而不释。
叹曰：飘风蓬龙[70]，埃坲坲[71]兮。

ㄞ⁷²木摇落，时槁悴⁷³兮。

遭倾⁷⁴遇祸，不可救兮。

长吟永欷⁷⁵，涕究究⁷⁶兮。

舒情陈诗，冀以自免兮。

颓流⁷⁷下陨，身日远兮。

注释

①隐隐：忧愁。

②冤结：忧思郁结。

③渐渐：形容眼泪流淌的样子。

④长怀：遐想，悠思。

⑤信：通"申"，申明，申诉。

⑥上皇：东皇太一，古代传说中的天神。

⑦质正：求人评定是非公道。

⑧五岳：我国五大名山的总称。古书中记述略有不同，一般指东岳泰山、西岳华山、南岳衡山、北岳恒山、中岳嵩山。

⑨八灵：八方之神。

⑩九魖（qí）：北斗九星。魖，星名。

⑪六神：六宗之神。

⑫白：表明，诉说。

⑬五帝：五方之帝。分别为东方太皞、南方炎帝、西方少昊、北方颛顼、中央黄帝。

⑭太一：亦作"太乙"。星名，即帝星，又名北极二。因离北极星最近，故隋唐以前文献多把它当作北极星。

⑮服：实行，施行。

⑯御：使用，应用。

⑰中和：中庸之道的主要内涵。

⑱蚴虬（qiú）：形容蛟龙屈折行动的样子。

⑲隐：长，大。

⑳逶蛇（yí）：即"逶迤"，形容长虹蜿蜒曲折、延续不断的样子。

㉑曳：牵引，拖。

㉒晧（hào）旰（hàn）：明亮。

㉓朱爵（què）：即朱雀。爵，通"雀"，古代传说中的一种祥瑞神鸟。

㉔鵕（jùn）鸃（yí）：神俊之鸟。

㉕清灵：天庭。

㉖飒戾：凉爽的样子。

㉗云衣：指云气。

㉘披披：飘动的样子。

㉙玉华："华"字一本作"策"，当从之。玉策即玉制的鞭子或佩以玉饰的鞭子。

㉚明月之玄珠：即明月珠，又叫夜明珠。可以在夜间发光，因珠光晶莹似月光，故名。

㉛霓旌：相传仙人以云霞为旗帜。

㉜蒂（dì）翳（yì）：隐蔽。

㉝黄纁（xūn）：赤黄色。

㉞愆（qiān）：罪过，过失。

㉟皇考：这里指先祖。

㊱妙仪：美好的法则，高妙的法度。

㊲沥（lì）：渡水。

㊳隆：盛大。

㊴阳侯：古代神话传说中的波涛之神。

㊵潢洋：水深而广大。

㊶石濑：水为石所激形成的急流。

㊷洲：水中的陆地。

㊸陵：大土山。

㊹魁堆：高大。

㊺冥冥：不明亮。

㊻曾闳（hóng）：高大。

㊼雰（fēn）雰：雪花飘落的样子。

㊽霏霏：这里形容云雾浓重的样子。

㊽陨集：向下汇集，下落聚集。此指浓云低垂。

㊾崟嵯：同"参差"，不齐。

㊿翳（yì）：遮蔽。

51龙门：古楚国郢都东门。

52河：水道的通称，这里当指长江与沅湘，因为从上下文意来看，这段文字显然脱胎于《九章·哀郢》与《涉江》，且前后文已明确提到"江湘""龙门""夏首""湘"等地名。

53坟：水中高地。

54夏首：夏水的起点。

55洤："济"的古字。

56聊啾：耳鸣。

57愑慌：忧愁失意。

58淫淫：远远离去。

59鸿溶：形容水势盛大的样子。

60滔荡：形容广大浩茫的样子。

61容容：纷乱，动荡。

62极：北极星。

63眇（miǎo）：同"渺"，高远。

64宵晦：天色昏暗，就像晚上一样。宵，晚上。晦，昏暗。

65杳杳：昏暗。

66颓：坠落，即日落西山之义。

67蹇：不顺利。

68骚骚：愁绪满怀。

69蓬龙：形容风转动、旋转的样子。

70坲（fú）坲：尘埃扬起的样子。

71屮："草"的古字。

72槁悴：枯槁，憔悴。

73倾：危，倾覆。

74歆：哭泣时抽噎、哽咽，引申为悲叹声。

75究究：形容泪流不止的样子。

76颓流：水势下流。颓，有下落、下降义，故水流向下亦曰颓。

译文

心中忧伤郁闷不快啊，独自哀伤忧思郁结。

愁肠百转心乱如麻啊，眼泪一直流个不停。

感慨叹息长久遐想啊，想向上皇申诉评判是非公道。

聚合五岳八方的神灵，询问九星六宗众神灵。

指着二十八宿表白心意啊，向五方之帝倾诉陈词。

北斗星为我调节啊，太一星听我讼辩。

群神劝我实行正义之道啊，坚持如大地一般的中和真谛。

行为要像苍龙一样能屈能伸，意志要像长虹一样连绵云际。

牵引天上明亮彗星啊，抚摩神鸟朱雀与鹓鸡。

遨游在清凉的高空啊，身披长长的五彩云衣。

手持玉鞭和红色战旗啊，身佩光彩熠熠的明月珠。

举起云霓旗遮蔽天日啊，树起赤黄大旗。

我品行纯正没有瑕疵啊，我继承了先祖的美好风仪。

痛惜以前与君王政见不合啊，只好横渡汨罗江随流飘荡。

乘着滚滚波涛向南行进啊，顺着长江湘水追波逐浪。

奔向深远广阔的波涛之乡啊，穿过急流登上岛屿。

高耸的大山挡住我的视线啊，乌云层层天也变得昏暗。

群山高峻连绵不断啊，山势峥嵘直逼面前。

大雪纷纷扬扬飘落树上啊，乌云浓重汇聚低垂。

山高谷狭幽深险峻啊，山石参差遮住阳光。

思念故国心中充满忧怨啊，离开故土已很久。

走出郢都东门进入大河啊，登上高地眺望夏水的源头。

掉转船头横渡湘水啊，耳边轰鸣精神恍惚忧伤。

波涛滚滚回旋奔腾啊，水势汹涌浩浩荡荡。

道路漫长没有尽头啊，四周一片纷乱难以辨识。

依靠日月北极来指引啊，暂时解除心中忧思。

流水深广没有边际啊，一片浩渺不能辨别方向。

我乘风破浪走南闯北啊，大雾弥漫天色也昏暗了。

太阳渐渐向西坠落啊，路途迢迢忧心难舒。

想自斟自饮借酒消愁啊，但心中的忧愁还是难以消除。

尾声：旋风呼啸旋转空中，带起漫天飞扬的尘土。

花草树木随风飘落，这时都已经枯萎了。

我遭受危难祸患，已经无法挽救啊。

悲吟长叹，不断哭泣泪流不止啊。

舒展情绪写作诗歌，希望免除灾祸忧愁。

我顺流水而下遭到放逐，离故国越来越远难以回头。

赏析

同《怨思》一样，《远逝》也是以愁怀起笔。开篇点出"愁"意之后，立即笔锋一转开始谈及消愁、解愁的话题。全篇叙写了屈原空怀理想和德才，却不被楚王信任，遭到去国离家、放逐江南的悲惨命运。在内容安排上，作者模仿《惜诵》的笔法，召集了"上皇""五岳""八灵""九魁""六神""列宿""五帝""北斗""太一"等众多神灵，向他们表白自己的心意，让他们为自己排遣忧思。神灵们教之以神仙之道，教其羽化登仙，远走高飞。

惜　贤

原文

览屈氏之《离骚》兮，心哀哀而怫郁①。

声嗷嗷以寂寥兮，顾仆夫之憔悴。

拨②谄谀而匡邪兮，切③溷涩④之流俗。

荡渨涹⑤之奸咎兮，夷蠢蠢⑥之溷浊。

怀芬香而挟蕙兮，佩江蓠⑦之斐斐⑧。

握申椒与杜若兮，冠浮云⑨之峨峨。

登长陵⑩而四望兮，览芷圃之蠡蠡⑪。

游兰皋与蕙林兮，睨⑫玉石之嵯嵯⑬。

扬精华以眩燿兮，芳郁渥而纯美。
结桂树之旖旎兮，纫荃蕙与辛夷。
芳若兹而不御^⑭兮，捐^⑮林薄^⑯而菀^⑰死。
驱子侨^⑱之犇走兮，申徒狄^⑲之赴渊。
若由夷^⑳之纯美兮，介子推之隐山。
晋申生之离殃兮，荆和氏之泣血。
吴申胥之抉眼兮，王子比干之横废^㉑。
欲卑身^㉒而下体^㉓兮，心隐恻^㉔而不置^㉕。
方圜殊而不合兮，钩绳用而异态。
欲俟时于须臾兮，日阴曀^㉖其将暮。
时迟迟^㉗其日进兮，年忽忽^㉘而日度^㉙。
妄周容^㉚而入世兮，内距闭^㉛而不开。
俟时风之清激兮，愈氛雾其如塺^㉜。
进雄鸠之耿耿^㉝兮，谗介介^㉞而蔽之。
默^㉟顺风以偃仰^㊱兮，尚由由^㊲而进之。
心忼慨^㊳以冤结兮，情舛错^㊴以曼^㊵忧。
搴薜荔于山野兮，采捻支^㊶于中洲。
望高丘而叹涕兮，悲吸吸^㊷而长怀。
孰契契^㊸而委栋兮，日晻晻^㊹而下颓。
叹曰：江湘油油^㊺，长流汩^㊻兮。
挑揄^㊼扬汰^㊽，荡迅疾兮。
忧心展转，愁怫郁兮。
冤结未舒，长隐^㊾忿兮。
丁^㊿时逢殃，可奈何⁵¹兮。
劳心⁵²悁悁⁵³，涕滂沱兮。

注释

①怫（fú）郁：心情不舒畅的样子。

②拨：治理，整顿。

③切：涤荡清洗。

④淟（tiǎn）涊（niǎn）：污浊，卑污。

⑤溾（wēi）湮（wō）：污浊。

⑥蠢蠢：扰动不安。含贬义。

⑦江蓠：也作"江离"，一种香草，又名"蘼芜"。

⑧斐斐：香气浓郁。一本作"菲菲"。

⑨浮云：冠名，也比喻冠高。

⑩长陵：高大的山。

⑪蠡蠡：犹"历历"，行列分明。

⑫睠：回头看。

⑬嵾嵯：即"参差"，不整齐。

⑭御：用。

⑮捐：放弃，舍弃。

⑯林薄：交错丛生的草木。

⑰菀（yùn）：堆积，积聚。

⑱子侨：即王子侨，也作"王子乔"，古代神话传说中的仙人。

⑲申徒狄：商朝贤人，因不满纣王暴虐，投水自尽。

⑳由夷：许由、伯夷二人，二人为古代义士的表率。许由，相传尧时隐士。伯夷，商朝孤竹君幼子，后隐居，不食周粟而死。

㉑横废：突然遭到意外祸殃。这里指比干遭纣王剖心酷刑。横有突然、意外、不测义。

㉒卑身：犹言低身、屈身、伏身。

㉓下体：卑躬屈腰。下，此处作降低、放低解。

㉔隐恻：内心深处感到痛苦。

㉕置：废弃，舍弃。

㉖阴曀（yì）：云气掩映日光，天气阴晦。

㉗迟迟：形容行走缓慢。

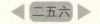

㉘忽忽：时光快速飞逝的样子。
㉙度：这里指时光流逝。
㉚周容：谄媚逢迎，取好于人。
㉛距闭：距，通“拒”。指拒而不纳。
㉜塺（méi）：尘土。
㉝耿耿：诚信守节。
㉞介介：分隔，离间。
㉟默：寂静无声，默然不语。
㊱偃仰：或俯或仰，与世浮沉。
㊲由由：迟疑，犹豫。
㊳怐（kuǎng）悢（lǎng）：失意怅惘。
㊴舛错：错乱。舛，相违背。
㊵曼：长，远。
㊶揜（yān）支：香草名。
㊷吸吸：呼吸急促，这里形容悲叹不已。
㊸契契：忧愁的样子。
㊹晻（yǎn）晻：日光渐暗的样子。
㊺油油：形容水流动的样子。
㊻汩（gǔ）：形容水流很快。
㊼挑揄：搅动，这里指水流激扬。
㊽汰：水波。
㊾隐：伤痛。
㊿丁：当，遭逢。
(51)柰何：同“奈何”。如何，怎样。
(52)劳心：忧心。
(53)悁（yuān）悁：忧闷的样子。

译文

读完屈原的《离骚》啊，我满腔伤悲心情不畅快。
对着空旷的原野大声呼叫啊，看见仆人也憔悴伤怀。
要整顿谗人纠正邪恶啊，要消灭这世上污浊的流俗。

要扫荡污秽以除谗佞啊，要消灭扰动不安的混乱行为。

怀抱的蕙草芳香馥郁啊，身佩的江离芳香浓郁。

手握申椒和杜若啊，头戴浮云高冠。

登上高山四面眺望啊，看见花圃香芷行列分明。

在长满兰草的水边和蕙林游玩啊，回头看见玉石林千姿百态。

枝枝精粹如玉光彩夺目，散发出醉人的浓香纯洁美好。

系结柔美的桂树枝条啊，再连缀上荃草香蕙和辛夷。

如此芳香的花草没人使用啊，被抛弃在丛林堆里枯萎。

我想跟随王子侨远游啊，又仰慕申徒狄投江洁身自好。

要像许由、伯夷纯洁高尚啊，要效仿介子推隐居深山。

可怜晋国申生遭受灾难啊，可叹楚国卞和抱玉泣血。

吴国子胥被挖去双眼啊，殷朝比干横遭剖心之祸。

想卑躬屈节同流合污啊，但心中隐痛不愿这样做。

方和圆的形状本就不同啊，钩绳曲直有别而用处不同。

想暂时等待美好时光啊，但天色阴晦残阳即将西落。

时间慢慢地一天天过去了，岁月却快速地一天天逝去。

想谄媚阿谀苟合于世啊，内心却拒绝接受这样做。

等待世风清明激发人心啊，可雾气愈来愈浓如尘蔽空。

想如雄鸠进献诚信啊，却被谗人离间百般阻挠。

想保持沉默与世浮沉啊，心中却犹豫不决不肯这样做。

心中失意怅惘悲愤郁结啊，心绪繁乱忧思深长。

在荒山野岭采摘薜荔啊，在水中小洲采集揵支。

遥遥远望高山叹息流泪啊，止不住的悲泣长思难忘。

谁能忧国忧民奉献自己啊，日光渐暗太阳慢慢西沉。

尾声：江湘之水滚滚而来，不停向东奔流啊。

水流激荡搅动扬起水浪，快速向前奔流而去。

辗转反侧忧愁难眠啊，心中无比愁苦悲痛啊。

怨恨郁结无法舒展，心中常怀悲愤痛苦啊。

生不逢时遭遇灾殃，命运如此无可奈何啊。

心中忧愁无比悲伤，眼泪滚滚洒落如雨啊。

《惜贤》与其他八篇有所不同，本篇以"览屈氏之《离骚》兮"起笔，可见不是为屈原代言的文体，而是由作者直接出面，表达读《离骚》后的感想。在内容安排上，本篇是作者模仿屈原以香草自饰来表达其高洁人格的理想篇什。其中，作者一一举出屈原作品中所推崇的子侨、申徒狄、许由、伯夷、介子推等历史人物来表达敬仰之情。然后，笔锋一转，又举出屈原作品中提到的忠贞但有悲惨遭遇的申生、和氏、申胥、比干等历史人物来表达自己对历史和现实的困惑。作者通过本篇表达了对屈原空怀一片忠心而惨遭打击、谗毁的愤慨和惋惜。

忧 苦

原文

悲余心之悁悁兮，哀故邦之逢殃。
辞九年而不复兮，独荧荧①而南行。
思余俗之流风兮，心纷错②而不受。
遵椒莽以呼风兮，步从容于山廋③。
巡④陆夷之曲衍⑤兮，幽空虚以寂寞。
倚石岩以流涕兮，忧憔悴而无乐。
登巑岏⑥以长企⑦兮，望南郢而窥⑧之。
山修远其辽辽⑨兮，涂漫漫其无时。
听玄鹤之晨鸣兮，于高冈之峨峨。
独愤积而哀娱兮，翔江洲而安歌。
三鸟⑩飞以自南兮，览其志而欲北。
愿寄言于三鸟兮，去飘疾⑪而不可得。
欲迁志而改操兮，心纷结⑫其未离。

外彷徨而游览兮，内恻隐⑬而含哀。

聊须臾⑭以时忘兮，心渐渐其烦错⑮。

愿假簧⑯以舒忧兮，志纡郁⑰其难释。

叹《离骚》以扬意兮，犹未殚于《九章》。

长嘘吸⑱以於悒⑲兮，涕横集而成行。

伤明珠之赴泥兮，鱼眼玑⑳之坚藏。

同驽骡㉑与椉驵㉒兮，杂班驳与阘茸㉓。

葛藟㉔蔂㉕于桂树兮，鸱鸮㉖集于木兰。

偓促㉗谈于廊庙兮，律魁㉘放乎山间。

恶虞氏之箫《韶》㉙兮，好遗风之《激楚》㉚。

潜周鼎于江淮兮，爨土鬵于中宇㉛。

且人心之持旧兮，而不可保长。

遭彼南道兮，征夫宵行。

思念郢路兮，还顾睠睠㉜。

涕流交集兮，泣下涟涟㉝。

叹曰：登山长望，中心悲兮。菀㉞彼青青，泣如颓兮。

留思北顾，涕渐渐㉟兮。

折锐摧㊱矜㊲，凝泛滥㊳兮。

念我茕茕，魂谁求兮？

仆夫慌悴㊴，散若流兮。

注释

①茕茕：形容孤独无依无靠。

②纷错：形容内心烦乱。

③廋（sōu）：山崖弯曲之处。

④巡：行走。

⑤曲衍：曲折的湖泽。

⑥巑（cuán）岏（wán）：高峻的山峰。

⑦企：踮起脚。

⑧窥：泛指观看。

⑨辽辽：形容遥远。

⑩三鸟：古代神话中西王母身边的三只青鸟，后泛指使者。

⑪飘疾：疾速。

⑫纷结：这里形容心思纷乱郁结。

⑬恻隐：悲痛，痛苦。

⑭须臾：优游自得。

⑮烦错：烦乱，烦闷。

⑯簧：用金属或其他材料制成的乐器里的发声薄片。亦指簧片振动发出的声音。这里代指一种乐器。

⑰纡郁：形容愁思郁结难解的样子。

⑱嘘唏：啼泣的样子。

⑲於悒：呜咽。

⑳玑（jī）：不圆的珠子。一说小珠。

㉑驽骡：驽，劣马骡。《说文·马部》："骡，驴父马母。"古人因其非驴非马，故视为贱种，而与驽马同称。

㉒驵（zǔ）：骏马。

㉓阘（tà）茸（róng）：庸碌低劣，指地位卑微或品格卑鄙的人。

㉔葛藟（lěi）：植物名。又称"千岁藟"。落叶木质藤本。

㉕藟（lěi）：一种像葛的蔓生植物。这里指像藟一样缠绕。

㉖鸱（chī）鸮（xiāo）：亦作"鸱枭"。鸟名，俗称猫头鹰，常用以比喻贪恶之人。

㉗偓（wò）促：器量狭窄。

㉘律魁：高大。这里代指贤王。

㉙《韶》：亦称《大韶》《韶箾》《箾韶》《箫韶》《韶虞》《昭虞》《招》。六舞之一。由九段组成，即所谓"箫韶九成"。相传为舜时代的乐舞，周代在祭祀四方时演奏。

㉚《激楚》：乐曲名。这里指民间俗乐，与上文《韶》等雅乐相对而言。

㉛中宇：堂屋。

㉜睠（juàn）睠：形容依恋不舍的样子。

㉝涟涟：泪流不止的样子。

㉞菀（yù）：茂盛。

㉟渐渐：形容眼泪往下流的样子。

㊱摧：挫伤。

㊲矜：庄重，严肃。

㊳泛滥：沉浮。

㊴慌悴：憔悴。

译文

可怜我心中忧苦悲伤啊，哀叹国家遭遇祸患。

离开郢都九年却不能回去啊，孤独一人流浪南方。

想到楚国的污浊世风啊，内心烦乱无法接受。

沿着山野徐行迎风呼唤啊，在山崖弯曲的地方我慢步行走。

在高山平地曲泽间巡行啊，四周一片空虚寂寞无声。

倚靠岩石痛哭流涕啊，身心憔悴没有欢乐。

登上高高山顶久立长望啊，眺望郢都盼视家乡。

山路漫长非常遥远啊，道路漫漫没有尽头。

耳听神鸟玄鹤引颈晨鸣啊，看见它站在那巍峨的山冈上。

孤愤郁积苦中作乐啊，来到江中小洲尽情歌唱。

三只青鸟从南方翩翩而来，观察它们想要飞往北方。

想请它们为我捎信啊，它们飞得太快我追赶不上。

想改变志向放弃节操啊，可心乱如麻不愿这样做。

表面安逸自在徘徊游荡啊，内心悲痛满怀哀伤。

姑且追求片刻的欢乐来忘记痛苦啊，可心绪烦乱逐渐堵满心房。

想要借助乐器排解忧愁啊，可心中愁思百结无法弭释。

吟诵《离骚》抒发情怀啊，心中忧苦难尽诉于《九章》。

我止不住抽泣声声悲啼啊，涕泗横流热泪成行。

伤心明珠被丢进泥里啊，把鱼眼当作宝珠来珍藏。

劣骡骏马被同等看待啊，杂色劣马大受欣赏。

恶草葛藟围绕桂树生长啊，猫头鹰聚集在木兰树上。

卑鄙小人在朝堂高谈阔论啊，高士贤良被放逐山野蛮荒。

虞舜《箫韶》之乐遭人厌恶啊，民间《激楚》那样的俗乐却备受欣赏。

传国宝鼎沉入江淮啊，反把土锅摆在殿堂上。

人心虽怀有淳朴之风啊，可是世风却难保长久。

把车马转向南方前进啊，就像征夫昼夜辛苦不停奔忙。

思念郢都的道路啊，一步三回首难舍难忘。

禁不住涕泪满面啊，顺着脸颊滚滚流淌。

尾声：登上高山眺望远方，心中非常悲伤啊。看那草木茂盛一片青翠，泪如流水滚滚不断啊。

怀念故国向北顾盼，悲从中来泪如雨下。

锐气意志受到摧折，不愿与世浮沉啊。

想到自己孤单一人，灵魂向谁寻求啊？

我的仆人愁苦憔悴，离散如同流水一样啊。

赏析

　　本篇和《怨思》《远逝》一样，都是从悲忧愁苦入手，抒写屈原被放逐异乡时的凄苦心情。本篇可分为三部分：首先，描写屈原放逐在外、游荡于荒野之中，以凄寒清冷的自然景物衬托屈原憔悴、孤独的身影；之后，从外部环境描写转向内心状态刻画，描写屈原内心愁思百结却无法弭释；最后，以比喻手法揭露了黑白颠倒的社会现实，表达了自己对此的强烈不满，同时也表达了其对故国家乡的无限眷恋和强烈的去国之恨。

愍命

原文

昔皇考之嘉志[1]兮，喜登能[2]而亮贤[3]。
情纯洁而罔薉[4]兮，姿盛质[5]而无愆。
放佞人与谄谀兮，斥谗夫与便嬖[6]。
亲忠正之悃诚[7]兮，招贞良与明智。
心溶溶其不可量兮，情澹澹[8]其若渊。
回邪[9]辟而不能入兮，诚愿藏而不可迁。
逐下袟[10]于后堂兮，迎宓妃[11]于伊雒[12]。
刜[13]谗贼于中廇[14]兮，选吕管[15]于榛薄[16]。
丛林之下无怨士兮，江河之畔无隐夫。
三苗之徒以放逐兮，伊皋[17]之伦以充庐[18]。
今反表以为里兮，颠裳以为衣。
戚[19]宋万[20]于两楹[21]兮，废周邵[22]于遐夷[23]。
却骐骥以转运[24]兮，腾驴骡以驰逐。
蔡女[25]黜而出帷兮，戎妇入而綵[26]绣服。
庆忌[27]囚于阱室[28]兮，陈不占[29]战而赴围。
破伯牙之号钟[30]兮，挟人筝[31]而弹纬。
藏瑉石[32]于金匮[33]兮，捐赤瑾[34]于中庭。
韩信蒙于介胄兮，行夫[35]将[36]而攻城。
莞[37]芎[38]弃于泽洲兮，瓟[39]蠡蠹[40]于筐簏。
麒麟奔于九皋[41]兮，熊罴[42]群而逸囿[43]。
折芳枝与琼华[44]兮，树[45]枳棘[46]与薪柴。
掘荃蕙与射干[47]兮，耘[48]藜[49]藿[50]与蘘荷[51]。

惜今世其何殊兮，远近思而不同。

或沉沦其无所达兮，或清激其无所通。

哀余生之不当兮，独蒙毒52而逢尤。

虽謇謇53以申志兮，君乖差54而屏之。

诚惜芳之菲菲兮，反以兹为腐也。

怀椒聊55之菉菉56兮，乃逢纷57以罹诟也。

叹曰：嘉皇既殁，终不返兮。

山中幽险，郢路远兮。

谗人诐诐58，孰可愬59兮。

征夫罔极，谁可语兮。

行吟累欷，声喟喟60兮。

怀忧含戚，何侘傺61兮。

注 释

①嘉志：美好的志向。嘉，善。

②登能：进用有才能的人。

③亮贤：选择贤人。

④罔蒇（huì）：不肮脏。蒇，同"秽"。

⑤姿盛质：即姿质盛，天生的才能丰富。姿，通"资"。

⑥便嬖（bì）：君王左右受宠幸的小臣。

⑦悃（kǔn）诚：诚恳之心。

⑧澹澹：恬静，安静。

⑨回邪：不正，邪僻。

⑩下袟（zhì）：宫中等级不高的姬妾宫人。

⑪宓（fú）妃：传说是伏羲的女儿，因溺死洛水而成为洛水女神。

⑫伊雒（luò）：亦作"伊洛"。伊水与洛水皆在河南西部，两水在洛阳附近汇流，注入黄河。

⑬刜（fú）：击，砍。

⑭中霤（liù）：亦作"中霤""中溜"，室的中央。

⑮吕管：吕尚与管仲的并称。

⑯榛薄：丛杂的草木。这里引申为山野僻乡。

⑰伊皋：伊尹和皋陶。这里喻指良臣贤相。

⑱庐：本义指临时居住的房屋。

⑲戚：亲近，亲密。

⑳宋万：指春秋时宋国的南宫万，是宋湣公时的逆臣。

㉑两楹（yíng）：殿堂中间，是殿堂中最尊贵的位置。楹，堂屋前部的柱子。

㉒周邵：亦作"周召"。周成王时共同辅政的周公旦和召公奭的并称。两人皆以美政闻名。

㉓退夷：指边远少数民族地区。夷，本指东方少数民族。后泛指少数民族。本篇意义则更为宽泛，指边远地区少数民族。

㉔转运：运输。

㉕蔡女：蔡国的女子，是贤德的代名词。

㉖綵（cǎi）：彩色的丝织品。

㉗庆忌：春秋时吴王僚的儿子，以勇武著称。吴王僚死后，庆忌逃亡魏国，后被吴王阖闾（即公子光）遣要离刺死。

㉘阱（jǐng）室：地牢。

㉙陈不占：春秋时齐国臣子，有义而无勇。据刘向《新序·义勇》记载，陈不占听说崔杼要杀齐庄公，准备去救，但十分紧张，吃饭时掉落了饭勺，上车时抓不到扶手。到了现场，听到战斗的声音，被吓死。

㉚号钟：古琴名，伯牙弹奏的琴。

㉛人筝：小筝。徐仁甫《楚辞别解》："疑'人'为'小'字之误。"

㉜瑉（mín）石：瑉，一作"珉"，似玉的美石。

㉝匮（guì）：后多作"柜"，古代一种铜制的柜子，用于收藏文献或文物。

㉞赤瑾（jǐn）：一种赤色的美玉。

㉟行夫：士兵。

㊱将（jiāng）：率领，带领。

㊲莞（guān）：俗名水葱，席子草。亦指用莞草织的席子。

㊳芎（xiōng）：芎䓖。植物名。叶似芹，秋开白花，有香气。

㊴瓟（páo）蠡（lì）：瓟，即匏，今称葫芦。蠡，瓢勺，一种舀水的器具。

㊵蠹（dù）："囊"的误字，盛装的意思。

㊶九皋：曲折的沼泽。

㊷熊罴（pí）：熊和罴，皆猛兽，这里比喻贪残之人。

㊸逸囿：禽兽在苑囿奔跑。逸，奔跑。

㊹琼华：玉花。

㊺树：种植。

㊻枳（zhǐ）棘：枳木和棘木，均为多刺的树，因而被视为恶木。常用以比喻恶人或小人。

㊼射（yè）干：一种香草，多年生草本，叶剑形，排成两行。

㊽耘：培土，除草。

㊾藜（lí）：亦称灰藋、灰菜。一年生草本植物。

㊿藿：豆类植物的叶子。

(51)蘘（ráng）荷：一名蘘草。亦名覆葅、蓄葙。多年生草本植物，夏季开花，白色或淡黄色。

(52)蒙毒：蒙受苦难。

(53)謇謇：忠正敢言。

(54)乖差：违异，抵触。

(55)椒聊：即椒。聊，语气助词。

(56)蔎（shè）蔎：形容芳香气味弥漫。

(57)逢纷：遭遇乱世。

(58)諓（jiàn）諓：巧言善辩，花言巧语。这里引申为进谗言的意思。

(59)愬：同"诉"，诉说。

(60)喟（kuì）喟：叹息声。

(61)侘傺（chì）：形容失意的样子。

译文

从前我的先祖志向美好啊，喜欢推举俊才和贤能。

性情纯正没有污秽啊，天生才能出众没有过失。

放逐奸佞与逢迎的小人啊，斥退谀夫和嬖爱近臣。

亲近忠正诚恳的贤士啊，招纳贤良和明智之人。

心胸宽广不可度量啊，性情恬静有如深渊。

邪僻的言行难以侵入啊，永远保持真心不改变。

驱逐乱政贱妾进冷宫啊，迎接贤女宓妃到洛水边。

把奸谀小人赶出朝廷啊，从民间起用吕尚管仲。

让山野之中没有怨恨的高士啊，使江边泽畔没有隐居的贤人。

把三苗之类的奸佞小人通通放逐，让伊尹皋陶这样的贤臣充满朝廷。

当今之世把外表当作内心啊，把下裳当作上衣。

逆臣南宫万居尊受宠啊，周公邵公却被放逐到边远之地。

让千里马去拉车负重啊，却乘驾驴骡飞奔驰骋。

蔡国贤女被贬斥出帷帐啊，反让戎狄丑妇穿锦绣衣服。

勇士庆忌被关押在地牢里啊，懦夫陈不占却领兵去解围。

打破伯牙的号钟琴啊，却弹奏拨弄小筝。

劣质的玉石被珍藏在金柜之中，上等的美玉却被抛弃在庭院中。

猛将韩信披甲充当小卒啊，行伍懦夫却率兵攻城。

香草莞芎被丢弃在水泽之中啊，葫芦瓜瓢却被收藏在筐篓里。

麒麟在水泊大泽中奔窜啊，熊罴成群在苑囿中奔跑。

折断芳枝和玉花啊，种植枳棘和柴火。

挖掉荃蕙和射干这样的香草，栽种藜藿和蘘荷。

痛惜今世与往昔多么悬殊啊，想到古今之人如此不同。

有的人沉沦世俗不能显达啊，有的人清廉奋发却不能亨通。

可怜我生不逢时啊，独自蒙受苦难遭受祸患。

虽然忠正敢言表明心志啊，但与君心相违遭排斥。

痛惜这浓浓芳馨啊，被君王认为是恶臭腐败的东西。

怀揣椒聊香气四溢啊，却因生逢乱世而遭人妒忌。

尾声：明君已经逝去，一去不回返啊。

深山之中幽暗险峻，回郢都的道路遥远漫长。

谗谀小人花言巧语，我能对谁诉说呢。

放逐远行没有尽头，我又能向谁倾诉呢。

边走边吟边长叹，悲伤叹息不断。

满怀忧愁暗含悲伤，多么惆怅失意啊。

赏析

《愍命》以屈原的口吻，叙写了屈原生不逢时、命运乖蹇、不为世俗所容的不幸遭遇，表达了屈原对清明之世的向往和对黑白颠倒、贤愚不分的社会现实的强烈不满。同时，也表达了作者对屈原的不幸命运的深切同情。全篇共分为两部分，第一部分追忆当年"皇考"在位时的清明政治，第二部分叙写当今混乱的政坛，两者形成强烈对比，突出了当今社会风气的恶浊，同时也运用了大量表现政治清浊的语典、事典等，可见当时流行散体大赋对其的影响。

思 古

原文

冥冥深林兮，树木郁郁。

山参差以嶻岩①兮，阜杳杳②以蔽日。

悲余心之悁悁③兮，目眇眇而遗泣④。

风骚屑⑤以摇木兮，云吸吸⑥以湫戾⑦。

悲余生之无欢兮，愁倥偬⑧于山陆。

旦徘徊于长阪⑨兮，夕仿偟⑩而独宿。

发披披⑪以鬤鬤⑫兮，躬劬劳⑬而瘏悴⑭。

魂佺佺⑮而南行兮，泣沾襟而濡袂。

心婵媛⑯而无告兮，口噤⑰闭而不言。

违郢都之旧间⑱兮，回湘沅而远迁。

念余邦之横陷兮，宗鬼神⑲之无次。

闵先嗣之中绝兮，心惶惑而自悲。

聊浮游于山陕⑳兮，步周流于江畔。

临深水而长啸兮，且倘佯而泛观。

兴《离骚》之微文㉑兮，冀灵修之壹悟。

还余车于南郢兮，复往轨于初古㉒。

道修远其难迁兮，伤余心之不能已。

背三五㉓之典刑兮，绝《洪范》㉔之辟纪㉕。

播㉖规矩以背度兮，错㉗权衡而任意。

操绳墨而放弃兮，倾容幸㉘而侍侧。

甘棠枯于丰草兮，藜棘树于中庭。

西施斥于北宫㉙兮，仳催㉚倚于弥楹。

乌获㉛戚而骖乘兮，燕公㉜操于马圉㉝。

蒯聩登于清府㉞兮，咎繇㉟弃而在壄㊱。

盖见兹以永叹兮，欲登阶而狐疑。

窠㊲白水㊳而高骛㊴兮，因徙弛㊵而长词㊶。

叹曰：倘佯垆阪㊷，沼㊸水深兮。

容与汉渚，涕淫淫兮。

钟牙㊹已死，谁为声兮？

纤阿㊺不御，焉舒情兮？

曾㊻哀凄欷，心离离㊼兮。

还顾高丘，泣如洒兮。

注释

①嶄岩：险峻的样子。嶄，通"巉"。

②杳杳：幽暗。

③悁（yuān）悁：形容忧伤、悲伤。

④遗泣：落泪。

⑤骚屑：风声。

⑥吸吸：形容云浮动或移动的样子。

⑦湫（jiū）戾：卷曲的样子。

⑧倥（kōng）偬（zǒng）：困苦窘迫。

⑨长阪：亦作"长坂"，高坡。

⑩仿偟：同"彷徨"。

⑪披（pī）披：头发散乱。

⑫鬤（ráng）鬤：头发纷乱。

⑬劬（qú）劳：劳累，劳苦。

⑭瘏（tú）悴：疲劳憔悴。瘏，疲病，困乏。

⑮俇（guàng）俇：惶恐、心神不定的样子。

⑯婵媛：牵引，情思牵萦。

⑰噤（jìn）：闭口，不言。

⑱闾：乡里。

⑲宗鬼神：宗族祖先的鬼神。王逸《楚辞章句》作"宗族先祖鬼神"解。

⑳陜（xiá）：同"峡"，峡谷。

㉑微文：隐寓讽喻的文辞。

㉒初古：前代。王逸《楚辞章句》作"古始"解。

㉓三五：三皇和五帝。

㉔《洪范》：《尚书》篇名，旧说为箕子作，以此向周武王陈述"天地之大法"，近人疑为战国时人伪托。洪，大。范，法，规范。

㉕辟纪：法纪。辟，法度。纪，纲领，法度。

㉖播：舍弃，背弃。

㉗错：违背，背离。

㉘容幸：通过逢迎来讨人喜欢，王逸《楚辞章句》解作"容身谗谀之人"。

㉙北宫：侧室，偏居。

㉚仳（pí）傀（huī）：古代丑女名。

㉛乌获：战国时秦国的力士。一说可能为更古之力士。后被用于力士的泛称。

㉜燕公：周代燕国的始祖召公。封于燕，故称燕公，也称邵公、召康公。

㉝圉（yǔ）：原指养马，这里指养马的地方。

㉞清府：即清庙，古代帝王的宗庙。

㉟咎繇：即皋陶。

㊱壄：同"野"。

㊲椉：同"乘"。

㊳白水：神话中水名。

㊴骛：驰骋。

㊵徙弛：退却。

㊶长词：指长久告别，即永别。王逸《章句》："因徙弛却退而长诀也。"词，同"辞"。

㊷倘佯：又作"徜徉"，徘徊，游荡。

㊸沼：水池。

㊹钟牙：指钟子期和伯牙，春秋时人，精于音律。

㊺纤阿：神话中为月神驾车的人。

㊻曾：重累，增加。

㊼离离：形容悲痛、忧伤的样子。

译文

阴暗幽深的山林啊，树木繁茂葱葱郁郁。

峰峦起伏山势险峻啊，山岭遮蔽了太阳天色昏暗。

可怜我心中无限愁苦啊，纵目向远处望去泪流不止。

秋风作响摇动草木啊，浓云团团翻滚飘浮。

可怜我的一生没有欢乐啊，困苦窘迫久居在深山野岭。

白天我在长坡游荡啊，夜晚徘徊独宿孤眠。

头发散乱蓬蓬松松啊，身体劳累疲惫憔悴。

神魂不定匆匆南行啊，泪落衣襟而沾湿衣袖。

心中牵挂故乡却无处诉说啊，只好噤声闭口不语。

离开郢都我的故国啊，经过湘江沅水继续远行。

想到故国横遭祸殃啊，宗庙无人祭祀香火断。

可惜先人的事业就此中断啊，内心惶恐不安暗自悲伤。

暂且在山峡行走闲逛啊，再来到江边四处游荡。

面临深渊放声长啸啊，姑且徘徊徜徉纵日游观。

创作《离骚》这样隐喻的文辞啊，希望君王能够一朝醒悟。

召还我的车驾回郢都啊，遵循前代君王的纲纪。

路途遥远难以返还啊，可怜我一片思君之心不断。

违背三皇五帝的旧法啊，背弃《洪范》中的法纪。

抛弃圆规矩尺而违背法度啊，丢开杆秤随意估量。

执行法纪的人遭到放逐啊，阿谀谗谄小人陪侍在君前。

棠梨枯死野草茂盛啊，庭院中种满了蒺藜荆棘。

美女西施被贬入侧室啊，丑妇伩催却近侍君王。

乌获得宠与君王同车共乘啊，贤臣燕公执役操劳在马房。

武夫蒯瞆能够进入宗庙啊，贤明皋陶却被弃逐荒野山间。

见到此情此景我长久叹息啊，想要进宫劝谏却又迟疑不决。

还是乘浮白水远走高飞吧，趁此退却与浊世永别。

尾声：在黑黄土坡上游荡，池水幽深啊。

在汉水边徘徊，涕泪涟涟。

钟子期俞伯牙已死，没有知音弹琴给谁听啊？

月御纤阿不驾车马，骏马怎么会发挥力量啊？

我无限哀伤感觉凄惨，心肠痛断啊。

回头遥望楚国高山，泪如雨下啊。

赏析

　　《思古》是《九叹》组诗中写得最为悲苦的一篇，主要描写的是屈原被放逐后的孤苦无依的悲苦情景，行走江湖，无人理解，孤苦而无所适从。作者将自然环境设定在一个幽暗凄清的森林里：一个形单影只、憔悴孤苦的老人，徘徊在空旷的山野中。首先想到了自己的不幸遭遇——遭到放逐，离开故国郢都，流落到沅湘蛮荒之地。虽然如此，但

他仍然心系多灾多难的祖国，他幻想着君王能够幡然醒悟召他回去，然而，时俗黑白颠倒，传统价值标准也已被彻底颠覆，世俗社会没人能够理解自己，他只得恨世道的不公，痛惜自己报国无门，只有"檠白水而高骛兮，因徒弛而长词"，从此归隐了。

远　游

原文

悲余性之不可改兮，屡惩艾而不违①。
服觉皓②以殊俗兮，貌揭揭③以巍巍。
譬若王侨之乘云兮，载赤霄而凌太清④。
欲与天地参寿⑤兮，与日月而比荣。
登崑岑⑥而北首兮，悉灵圉⑦而来谒。
选鬼神于太阴⑧兮，登阆阖⑨于玄阙。
回朕车俾⑩西引兮，褰⑪虹旗于玉门。
驰六龙于三危⑫兮，朝⑬西灵于九滨。
结余轸⑭于西山兮，横飞谷⑮以南征。
绝⑯都广⑰以直指兮，历祝融于朱冥⑱。
枉玉衡⑲于炎火⑳兮，委两馆于咸唐㉑。
贯颒濛以东揭㉒兮，维六龙于扶桑㉓。
周流览于四海兮，志升降以高驰。
征九神于回极兮，建虹采以招指。
驾鸾凤以上游兮，从玄鹤与鹪明㉔。
孔鸟㉕飞而送迎兮，腾群鹤于瑶光㉖。
排帝宫与罗圃㉗兮，升县圃㉘以眩灭㉙。
结琼枝以杂佩兮，立长庚㉚以继日。

凌惊雷以轶③骇电兮，缀鬼谷②于北辰。

鞭风伯使先驱兮，囚灵玄③于虞渊④。

溯高风以低徊兮，览周流于朔方。

就颛顼而敶⑤词兮，考③玄冥于空桑③。

旋车逝③于崇山兮，奏虞舜于苍梧③。

澄④杨舟④于会稽兮，就申胥于五湖④。

见南郢之流风④兮，殒余躬于沅湘。

望旧邦之黯黮兮，时溷浊其犹未央。

怀兰茝之芬芳兮，妒被离而折之。

张绛帷以襜襜④兮，风邑邑④而蔽之。

日暾暾④其西舍④兮，阳焱焱④而复顾。

聊假日以须臾兮，何骚骚④而自故⑤？

叹曰：譬彼蛟龙，乘云浮兮。

泛淫⑤涌溶⑤，纷若雾兮。

潺湲辚辚⑤，雷动电发，驭⑤高举兮。

升虚⑤凌冥⑤，沛⑤浊浮清，入帝宫兮。

摇翘⑤奋⑤羽，驰风骋雨，游无穷兮。

注释

①迻（yí）：同"移"，移易，变易。

②觉晧：觉，有明的意思。晧，也是明的意思。

③揭揭：长，高。

④太清：天空。

⑤参寿：同寿。参，齐，等同。

⑥崑岑：即昆仑山。

⑦灵圉（yǔ）：神仙的名号。

⑧太阴：极盛的阴气。

⑨阊阖：传说中的天门。

⑩俾（bǐ）：使。

⑪搴（qiān）：提起，举起。

⑫三危：古代西部边疆的一座山。

⑬朝：通"召"，召集。

⑭轸（zhěn）：古代车厢底部四周的横木，这里指车子。

⑮飞谷：飞泉谷，古代神话中位于昆仑山西南。

⑯绝：穿越，渡过。

⑰都广：古代神话传说中的地名。

⑱朱冥：指南方。朱为赤色，古代南方尚赤，故称朱冥。

⑲玉衡：车前辕的横木的美称，这里代指车子。

⑳炎火：神话中地名。

㉑咸唐：即咸池，神话传说中的日浴之处。

㉒揭（qiè）：离去。

㉓扶桑：古代神话中生长在东方日出处的大树。

㉔鷣明：亦作"鷣鹏"。传说中的神鸟，凤凰之类。

㉕孔鸟：即孔雀。

㉖瑶光：北斗七星的第七星名。

㉗罗圃：古代神话传说中的天上园林。

㉘县圃：传说中神仙的居处，在昆仑山顶。后来泛指仙境。

㉙眩灭：眼睛昏花，看不清楚。

㉚长庚：亦作"长赓""长更"。古代指傍晚出现在西方天空的金星，亦名太白星，启明星。

㉛轶：后车超前车，引申为超过。

㉜鬼谷：当从一本作"百鬼"，众多鬼怪的意思。北辰：北极星。

㉝灵玄：即玄灵，也叫玄帝、黑帝，是神话中的北方之帝。

㉞虞渊：亦称"虞泉"，传说为日没的地方。

㉟陈：通"陈"，陈述，倾诉。

㊱考：稽考，询问。

㊲空桑：传说中的山名。产琴瑟之材。

㊳逝：往。

㊴苍梧：山名，即九嶷山。

㊵澨：古“济”字。
㊶杨舟：杨木制成的船。
㊷五湖：大约即今太湖。
㊸流风：指当时流行的风俗。
㊹襜（chān）襜：形容色彩鲜明。
㊺邑邑：微弱的样子。
㊻暾（tūn）暾：本义是初升的太阳。这里当是用来形容日光。
㊼舍：休息。
㊽焱（yàn）焱：同“炎炎”，光彩闪耀的样子。焱，火花，火焰。
㊾骚骚：忧愁痛苦。
㊿自故：依然如故。
(51)泛淫：浮游不定的样子。
(52)澒（hòng）溶：深广。这里用来形容云层的广阔深厚。
(53)轇（jiāo）轕：交错，杂乱。一作“胶葛”。
(54)驭（sà）：马快跑，引申为迅疾。
(55)虚：太虚，太空。
(56)冥：高远的天空。
(57)沛：通“抻”，排除。
(58)翘：本指鸟尾上的长羽，这里指龙尾。
(59)奋：振羽展翅。

译文

悲叹我的本性无法改变啊，虽屡遭打击也坚守不移。
服饰明亮与世不同啊，形象高大顶天立地。
愿像仙人王侨乘云驾雾啊，乘着红云飞上天际。
愿与天地同寿长命无期啊，与日月同辉光耀四方。
登上昆仑向着北方啊，众多仙人齐来拜见迎接。
从极盛的阴气中挑选鬼神啊，和我一起从天门进入天宫。
掉转我的车马向西行进啊，高举虹旗直驱玉门山顶。
驾着六龙在三危山上奔驰啊，召西方众神灵齐会九曲水滨。
我的车盘旋在西山中啊，横渡飞泉谷又向南行进。

穿越都广山一直前行啊，来到南方之神祝融的领地。

回转车驾绕过大火山啊，两次经过咸池都没有留宿。

穿越混沌之气离开东方啊，将六条神龙拴在扶桑树边。

遍行天下周游四海啊，想上上下下奔驰翱翔。

召集九天神明聚集天中，竖起彩虹大旗来指挥。

驾乘鸾鸟凤凰向上飞翔啊，玄鹤鹔鹴紧随其后。

孔雀在空中飞舞迎来送往啊，仙鹤成群飞越北斗星。

推开帝宫进入天苑啊，登上悬圃眼昏目眩。

系结美玉枝条增加佩饰啊，太阳隐没升起长庚星。

乘滚滚惊雷追逐闪电啊，把众鬼怪捆绑在北极星。

驱赶风伯让他前面开路啊，把玄帝囚禁在虞渊中。

迎着高天大风徘徊啊，我要把北方周游遍行。

向颛顼倾诉苦衷啊，再到空桑山询问玄冥。

掉转车头前往崇山啊，到九嶷山向舜帝奏明。

乘坐杨木轻舟行驶到会稽啊，到太湖去请教伍子胥。

看见郢都的流俗啊，准备投身沅湘坚守峻洁的操行。

遥望故国家乡昏暗不明啊，世风混乱污浊没有改变。

怀抱芳香的兰花茝草啊，反遭小人嫉妒纷纷来摧残。

张设红帷帐鲜艳明亮啊，微风轻轻将它遮挡。

太阳明亮在西山隐没啊，余光炽热反射到天上。

暂且趁此时悠闲片刻啊，为何心中还是忧愁苦闷？

尾声：就像那蛟龙一样，乘云浮游在空中。

随着广阔深厚的云层浮游不定，变化纷纷如同大雾一般啊。

像水流一样交错杂乱，像惊雷震动闪电破空，迅速飞升到高空。

登上高远的天际，排除浊气浮游在清气中，进入天帝居住的宫殿啊。

摆动龙尾展开羽翼，驾驭狂风驰骋暴雨，在无穷的太空尽情遨游。

屈原也曾作有一篇《远游》，两篇同名，两者思想内容和语汇词句也有颇多相似之处。屈原所作《远游》以外界环境对个人的压迫作为神游的诱因，而本篇则以"悲余性之不可改"起笔，然后模仿《涉江》的笔调，以浪漫主义手法塑造屈原高大光辉的形象，他"欲与天地参寿""与日月而比荣"，由此开始上天入地的神游。作品通过瑰丽多彩的描写，向读者展示了一幅幅神奇美妙的神话世界，表现了屈原为追求真理百折不挠、上下求索的执着精神。

九　思

王　逸

逢　尤

原文

悲兮愁，哀兮忧。
天生我兮当暗时，被诼谮[1]兮虚[2]获尤[3]。
心烦愦兮意无聊，严载驾兮出戏游。
周八极兮历九州[4]，求轩辕兮索重华[5]。
世既卓[6]兮远眇眇，握佩玖[7]兮中路躇。
羡咎繇兮建典谟[8]，懿风后[9]兮受瑞图[10]。
愍余命兮遭六极[11]，委玉质兮于泥涂。
遽[12]傽遑兮驱林泽，步屏营[13]兮行丘阿[14]。
车轨折兮马虺颓[15]，惷怅[16]立兮涕滂沲[17]。
思丁文[18]兮圣明哲，哀平差[19]兮迷谬愚。
吕傅[20]举兮殷周兴，忌嚭[21]专兮郢吴虚[22]。
仰长叹兮气馉结[23]，悒殪[24]绝兮咶[25]复苏。
虎兕[26]争兮于廷中，豺狼斗兮我之隅。
云雾会兮日冥晦，飘风起兮扬尘埃。

走罔阆^㉗兮乍东西，欲窜伏兮其焉如。
念灵闺^㉘兮隩^㉙重深，愿竭节兮隔无由^㉚。
望旧邦兮路逶随^㉛，忧心悄^㉜兮志勤劬^㉝。
魂茕茕^㉞兮不遑^㉟寐，目眽眽^㊱兮寤终朝^㊲。

注释

①谮谮（zèn）：造谣诬陷。谮，毁谤，谮毁。

②虚：平白无故地。

③尤：罪过。

④八极、九州：八极，八方极远之地。九州，古中国有九个州，后用来泛指中国。

⑤重华：虞舜。

⑥卓：遥远。

⑦佩玖（jiǔ）：作佩饰用的浅黑色美石。

⑧典谟（mó）：《尚书》中《尧典》《舜典》和《大禹谟》《皋陶谟》等篇的并称，后用来指大经大法。

⑨风后：相传为黄帝之臣。

⑩瑞图：旧指上天赐予的、表示受命的图籍。

⑪六极：六种极凶恶之事。《书·洪范》："六极，一曰凶短折，二曰疾，三曰忧，四曰贫，五曰恶，六曰弱。"孔颖达疏："六极，谓穷极恶事有六。"

⑫遽：洪兴祖《楚辞补注》校语："一作遂。"作"遂"可通，于是。

⑬屏（bīng）营：彷徨。

⑭丘阿：山丘的曲深僻静处。

⑮恑（huī）颓：疲病。

⑯愸怅：惆怅失意的样子。"愸"当从一本作"惆"。

⑰滂沲：指泪水多。沲，同"沱"。

⑱丁文：丁，武丁，商代国君，在位五十九年。他励精图治，选贤任能，商朝得到大治。文，周文王，商朝末年周部落的首领。他在位时

勤于理政，发展农业，选贤任能，使国力日盛。关于周文王与姜子牙之间的君臣遇合，先秦典籍记载甚多，大约是当时广为传诵之事。

⑲平差：平，楚平王。差，吴王夫差。

⑳吕傅：吕，吕尚，即姜子牙，因其先祖于吕（今河南南阳），故从封地改姓。辅佐周文王兴周。傅，傅说。殷商王武丁的大宰相，是殷商时期卓越的政治家、军事家，帮助武丁开创了"武丁中兴"。

㉑忌嚭：忌，楚大夫费无忌，春秋末年楚国的佞臣，事迹见《史记·楚世家》。嚭，吴大夫太宰嚭，好大喜功、贪财好色，事迹见《史记·吴太伯世家》。

㉒虚：被灭亡，被占领，使成为废墟。

㉓饐（yē）结：气梗塞郁结。饐，同"噎"。

㉔愱（yì）殟（wēn）：昏厥。

㉕咶（huài）：喘息。

㉖虎兕（sì）：古书上所说的雌犀牛。比喻凶恶残暴的人。

㉗惝（chàng）罔：怅惘失意的样子。惝，通"怅"。

㉘灵闺：君王的宫殿。

㉙隩（ào）：室内西南角，引申为房屋深处。

㉚隔无由：遭到阻隔而没有途径接近君王。

㉛逶随：曲折而遥远。

㉜悄：忧伤。

㉝劬（qú）：劳累。

㉞茕茕：形容孤独的样子。

㉟遑：闲暇。

㊱眽（mò）眽：眼睁睁地。

㊲寤终朝：整夜无法入睡。

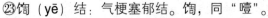

可悲啊可愁，哀伤啊哀忧。

我出生在这昏暗的世道啊，蒙受奸佞诬陷啊遭祸患。

我心里烦乱情绪愁闷，整装驾车去外面游玩。

周游八方之地啊游历天下，寻求黄帝啊寻找明君虞舜。

盛世已然远逝啊路途非常遥远，握着玉佩啊途中走走停停。

羡慕皋陶建立了典谟，赞美风后得到了瑞图。

可怜我时运不济啊遭受种种苦难，就像把美玉丢弃在污泥之中。

我彷徨不知所往啊进入山林水泽，彷徨没有目标啊走在僻静山中。

车辕断折啊马匹疲病，惆怅失意啊泪如雨下。

思慕武丁文王啊圣明智慧，哀叹平王夫差啊糊涂荒谬。

吕尚、傅说受重用啊殷周得以兴盛，费无忌、太宰嚭得宠啊国家就会灭亡。

仰天长叹啊忧愤之气郁结心头，以致昏厥啊很久才苏醒过来。

奸臣虎兕在朝廷上争权，恶人豺狼在我身边争斗。

云雾弥漫啊太阳昏暗不明，旋风猛烈刮起啊尘土漫天飞扬。

惆怅迷惘啊忽东忽西到处奔走，心想逃避隐藏啊又能到哪里去呢。

想念君王但宫殿深远难入，愿意尽忠效劳却阻隔不通。

回望故国啊道路曲折遥远，忧心忡忡啊心志辛苦劳果。

灵魂孤单啊无法入睡，只能睁着眼啊直到天明。

赏析

《逢尤》与《九叹》首篇《逢纷》有些类似，可见王逸对《九叹》的借鉴，对刘向的模仿，体现了东汉时期知识分子对屈原普遍的崇敬心态。"逢尤"中的"逢"是遭遇的意思，"尤"是祸端的意思。"逢尤"就是遭遇祸患的意思。本篇是《九思》第一篇，细腻地刻画了主人公在遭到排挤迫害以后的一系列心理活动：他因为难以承受这突如其来的祸患，独自出门游历天下，心中还幻想着遇到明君。可怜自己生不逢

时、时运不济。想到前朝贤君的圣明，又想到朝廷的混乱，他不禁忧愤之气郁结于心。整首诗就在主人公遭祸而痛苦的心情与他对君王的幻想之间来回转换，深深地体现了主人公极度矛盾、欲罢不能的痛苦。

怨 上

原文

令尹兮謷謷[①]，群司兮谀谀[②]。
哀哉兮溷溷[③]，上下兮同流。
菉葹[④]兮蔓衍，芳藕[⑤]兮挫枯。
朱紫[⑥]兮杂乱，曾[⑦]莫兮别诸。
倚此兮岩穴，永思兮窈悠[⑧]。
嗟怀兮眩惑[⑨]，用志兮不昭[⑩]。
将丧兮玉斗[⑪]，遗失兮钮枢[⑫]。
我心兮煎熬，惟是兮用忧。
进恶兮九旬[⑬]，复顾兮彭务[⑭]。
拟斯兮二踪[⑮]，未知兮所投。
谣吟兮中壄[⑯]，上察兮璇玑[⑰]。
大火[⑱]兮西睨，摄提[⑲]兮运低。
雷霆兮硠磕[⑳]，雹霰[㉑]兮霏霏。
奔电兮光晃[㉒]，凉风兮怆凄[㉓]。
鸟兽兮惊骇，相从兮宿栖。
鸳鸯兮嗺嗺[㉔]，狐狸兮微微[㉕]。
哀吾兮介特[㉖]，独处兮罔依[㉗]。
蝼蛄[㉘]兮鸣东，螜蠹[㉙]兮号西。
蚑[㉚]缘兮我裳，蠋[㉛]入兮我怀。

虫豸³²兮夹余，惆怅兮自悲。
伫立兮忉怛³³，心结绌³⁴兮折摧。

注释

①謷（áo）謷：傲慢而妄言。謷，通"傲"。

②诶（nóu）诶：多嘴多舌的样子。

③溷（gǔ）溷：形容混乱的样子。

④菽（shū）蘲（lěi）：小草，这里比喻小人。菽，豆类的总称。

⑤蕭（xiāo）：白芷，一种香草。

⑥朱紫：红色和紫色。朱为正色，紫为杂色，比喻正邪、是非、优劣等。

⑦曾：乃，竟。

⑧窈悠：深远，悠长。

⑨眩惑：迷恋，沉溺。

⑩昭：显明，明白。

⑪玉斗：北斗星。

⑫钮枢：天枢星，北斗七星的第一星。

⑬九旬：当从一本作"仇荀"。仇，仇牧，宋万弑宋闵公，仇牧持剑叱之，被宋万所杀。后用于借指忠良。荀，荀息，春秋时晋国大夫。里克弑公子卓，荀息因之而死。

⑭彭务：彭咸和务光。指清白正直之士。

⑮二踪：前文两位古代贤人的踪迹。

⑯中壄（yě）：荒野之中。壄，同"野"。

⑰璇玑：北斗前二、三星星名，即天璇、天玑。

⑱大火：星名。心宿中央的红色大星，即荧惑星。大火星自每年秋季开始自西而下，又叫流火。

⑲摄提：星名。共六星，位于大角星两侧。左三星叫左摄提，右三星叫右摄提。

⑳硠（láng）礚（kē）：本义是石头相击发出的声音。这里引申为雷声。

㉑霰（xiàn）：高空中的水蒸气遇到冷空气时凝结成的小冰粒，多在下雪前或下雪时出现。

㉒光晃：照耀。

㉓怆（chuàng）悢：悲伤。

㉔噰（yōng）噰：鸟和鸣声。

㉕徾（méi）徾：相互跟随。

㉖介特：孤独。

㉗罔依：无依。

㉘蝼（lóu）蛄（gū）：一种昆虫，对农作物有害。

㉙蟊（máo）蠚（jié）：一种青色的小蝉。

㉚蛓（cì）：一种毛虫。

㉛蠋（zhú）：鳞翅目昆虫的幼虫。

㉜豸（zhì）：昆虫。

㉝忉（dāo）怛（dá）：忧伤，悲痛。

㉞结绉（gǔ）：形容思绪错乱，郁结不解。

译文

令尹啊傲慢妄言，群臣啊多嘴多舌。

可悲啊朝廷混乱，君臣上下啊同流合污。

杂草啊遍地生长，香草啊折断枯烂。

朱色紫色啊混杂在一起，世上无人能够分辨。

身体倚靠着石洞穴壁，思绪悠长啊绵绵不绝。

可叹怀王啊迷惑不明，尽忠行义啊无人能明。

眼看国家啊将要不保，政权将要失去砥柱。

我的内心忍受着煎熬，想起此事就悲痛不已。

想起为主而死的仇牧和荀息，又想起投水舍生的彭咸和务光。

想要追随贤人的脚步，却不知道该去哪里。

孤身歌咏啊在荒野之中，仰天察看啊天上的北斗星。

我看到荧惑星啊向西斜，摄提星啊向下运行。

惊雷啊隆隆作响，冰雹雪珠啊纷纷落下。

闪电呼啸啊光芒闪耀，寒风刺骨啊凄怆悲伤。

飞禽走兽啊恐慌惊惧，相互依偎啊栖息在一起。
鸳鸯双双相互鸣和，狐狸成群相互依傍。
可怜自己啊孤独寂寞，一个人在这荒野啊无依无靠。
蝼蛄啊在东边鸣叫，蟊蠈啊在西边号叫。
毛虫沿着我的衣裳蠕动，蝎虫钻入我的怀中。
虫豸宵小啊将我包围，令我惆怅啊自哀自怜。
长久站立啊满心悲痛，思绪纷乱啊沮丧不已。

赏 析

《怨上》中的"上"即可作上天讲，也可作君王讲。而对"上"的
怨情的诉说，便可理解为对上天不公的怨诉，也可理解为责备君王不辨
忠奸。在内容上，本篇描述了屈原因受奸臣排挤，孤身独处于荒野之
中，眼见天显凶兆，痛心社稷将要倾覆却又无能为力的悲痛。自然环境
的恶劣加上世事的艰险，使他深陷压迫和痛苦之中。他对君王怀有希
冀，也充满怨愤，内心极其矛盾。作者批判命运不公、楚王昏庸、楚国
政事混乱，对后世政治讽喻诗具有启发意义。

疾 世

原文

周①徘徊兮汉渚，求水神兮灵女②。
嗟此国兮无良③，媒女④谄⑤兮谀谀⑥。
鹝雀⑦列兮譸谨⑧，鹎鸧⑨鸣兮聒余。
抱昭⑩华兮宝璋，欲衔鬻兮莫取。
言旋迈兮北徂⑪，叫我友兮配耦⑫。
日阴曀⑬兮未光，阒⑭睄窕⑮兮靡睹。
纷⑯载驱兮高驰，将谘询⑰兮皇羲。
遵河皋兮周流，路变易兮时乖。

沥⑱沧海兮东游，沐盬浴兮天池。
访太昊兮道要⑲，云靡贵兮仁义。
志欣乐兮反征，就周文兮邠岐⑳。
秉玉英㉑兮结誓，日欲暮兮心悲。
惟天禄㉒兮不再，背我信兮自违。
畣㉓陇堆㉔兮渡漠，过桂车兮合黎㉕。
赴崑山㉖兮罕㉗骒㉘，从邛㉙遨兮棲迟。
吮玉液兮止渴，啮芝华㉚兮疗㉛饥。
居嵺㉜廓兮勛畴㉝，远梁昌㉞兮几迷。
望江汉兮濩淲㉟，心紧紊㊱兮伤怀。
时眣眣㊲兮旦旦㊳，尘莫莫㊴兮未晞㊵。
忧不暇兮寝食，吒㊶增叹兮如雷。

注释

①周：走遍。

②灵女：水中女神，亦即汉水女神。

③良：贤人。

④媒女：媒人。

⑤诎（qū）：嘴笨。

⑥谑谀（lóu）：形容委曲繁杂，絮语不清。

⑦鸩（yàn）雀：亦作"鷃雀"。一种小鸟，鹑的一种，弱小不能远飞。后用来比喻小人。

⑧哗（huá）讙（huān）：喧哗。

⑨鸲（qú）鹆（yù）：鸟名，俗称八哥。

⑩昭华：美玉名。

⑪北徂（cú）：北行。

⑫配耦：即配偶，这里指朋友、知己。

⑬阴曀（yì）：阴暗。

⑭阒（qù）：同"阗"。寂静。

⑮眗（xiāo）窕：昏暗，幽深。

⑯纷：缤纷美盛。

⑰谘询：询问，拜访。

⑱沥（lì）：渡水。

⑲道要：天道的要领。

⑳邠（bīn）岐：周民族最早活动和建国的地方。

㉑玉英：玉一样的花朵。一种美称。

㉒天禄：天赐的福禄，这里指寿命。

㉓窬（yú）：从墙上爬过去。

㉔陇堆：山名，或即今陇山，位于甘肃、陕西交界处。

㉕桂车、合黎：均为西方山名。

㉖崑山：昆仑山。

㉗絷（zhí）：亦作"絷"。拴缚马的足。

㉘騄（lù）：骏马。

㉙邛（qióng）：通"蛩"，即蛩蛩驱虚，传说中的异兽，蛩蛩与驱虚是相似而形影不离的二兽，善于奔跑。

㉚芝华：灵芝的花朵。

㉛疗：治疗，使消退。这里是止住的意思。

㉜嵺（liáo）廓：空旷。

㉝尟（xiǎn）俦：缺少同道中人，形单影只。尟，同"鲜"，少。俦，匹，同类。

㉞梁昌：处境狼狈，进退失所。

㉟濩（huò）渃（ruò）：形容水势浩大。

㊱紧萦（juàn）：纠缠，萦绕。

㊲昢（pò）昢：形容日月初出，光线不明的样子。

㊳旦旦：天色将亮。

㊴莫莫：同"漠漠"，形容尘土飞扬的样子。

㊵晞（xī）：消散。

㊶吒（zhà）：愤怒声。

译文

徘徊游荡啊在汉水之涯，盼望见到啊汉水女神。

可叹举国啊没有贤人，媒人嘴笨啊说不明白。

小鸟群聚啊叫个不停，八哥齐鸣啊令人心烦。

怀里抱着啊珍贵的玉器，想要出售啊却无人问津。

转身离开啊向北走去，声声呼唤啊志同道合之人。

太阳昏暗啊没有光亮，寂静幽暗啊无法看清。

驾驶缤纷美盛的马车啊纵马飞驰，要去拜访啊上皇伏羲。

沿着河边啊周游，道路曲折啊时世不顺。

渡过沧海啊向东游行，沐浴盥洗啊在天池之中。

向太昊请教啊天道的要领，没有什么东西珍贵啊超过仁义之行。

我满心欢喜啊踏上归程，投奔周文王啊到达邠岐。

手持美丽的花啊相对立誓，天色将暗啊心中悲伤。

想到天赐的福禄啊不再有了，背弃忠诚啊违背自己。

越过陇堆山啊穿过大漠，走过桂车山啊还有合黎山。

登上昆仑山啊拴好骏马，跟从邛兽啊遨游歇息。

喝那美玉之液啊来止渴，吃那灵芝花朵啊来充饥。

身居空旷之野啊形单影只，跟跄远行啊目眩神迷。

眺望江汉之水啊浩大广阔，心绪纠结啊悲伤满怀。

太阳初升啊天色尚暗，尘土飞扬啊还没有消散。

忧思绵长啊无心吃饭睡觉，大声怒吼啊声震如雷。

赏析

"疾世"即痛恨世道人情的意思。《疾世》是对屈原《离骚》中"三次求女"经历的继承和改写，开篇"求水神兮灵女"句便印证了这一点。本篇共分三个层次，开始，描写了主人公不屑与世间小人为伍，天下遍求志同道合之人而不得，去上天寻求解脱的经历；其次，虽仁义之行与上苍的要求相符，却因时世不顺而难以一展抱负；最后，主人公深陷理想与现实的矛盾中无法自拔，心绪郁结而愤恨难平。三个层次，层层递进，突出了主人公"人海茫茫，知音难觅"的痛苦心情，表现了作者对现实社会的痛恨和对理想社会的向往。

怋 上

原文

哀世兮睩睩^①，谀谀^②兮嗌喔^③。

众多兮阿媚^④，骫靡^⑤兮成俗。

贪枉兮党比，贞良兮茕独^⑥。

鹄^⑦窜兮枳棘^⑧，鹈集兮帷幄^⑨。

蘬蓻^⑩兮青葱，稿本^⑪兮萎落。

睹斯兮伪惑，心为兮隔错^⑫。

逡巡^⑬兮圃薮^⑭，率^⑮彼兮畛陌^⑯。

川谷兮渊渊^⑰，山峊^⑱兮嶜嶜^⑲。

丛林兮崟崟^⑳，株榛^㉑兮岳岳^㉒。

霜雪兮漼溰^㉓，冰冻兮洛泽^㉔。

东西兮南北，罔^㉕所兮归薄^㉖。

庇荫兮枯树，匍匐兮岩石。

蹠跻^㉗兮寒局数^㉘，独处兮志不申，年齿尽兮命迫促。

魁垒^㉙挤摧^㉚兮常困辱，含忧强老^㉛兮愁不乐。

须发苾^㉜颏^㉝兮颣^㉞鬓白，思灵泽^㉟兮一膏沐^㊱。

怀兰英兮把琼若^㊲，待天明兮立踯躅^㊳。

云蒙蒙兮电倏烁^㊴，孤雌惊兮鸣响响^㊵。

思怫郁^㊶兮肝切剥^㊷，忿^㊸悁悒^㊹兮孰诉告？

注释

①睩（lù）睩：小心谨慎的样子。

②谀（jiàn）谀：巧言善辩的样子。

③嗌（yì）喔（wò）：形容奉承取媚的声音。

④阿（ē）媚：阿谀奉承。

⑤觍（wěi）靡：委曲取容。

⑥茕独：孤独。引申为孤独无依。

⑦鹄：鸿鹄，后用来比喻志向远大的人。

⑧枳棘：枳木与棘木，常用于比喻恶人或小人。

⑨帷幄：帷帐。

⑩藶（jì）藬（rú）：草名。

⑪槁本：一种香草。

⑫隔错：受挫。

⑬逡巡：因为有所顾虑而徘徊不前。

⑭薮：湖泊，也指水少而草木茂盛的沼泽。

⑮率：沿着，顺着。

⑯畛（zhěn）陌：泛指田间的道路。

⑰渊渊：深幽。

⑱皀（fù）：同"阜"，土山。

⑲崿（è）崿：形容山势高大。

⑳崟（yín）崟：同"嶜嶜"，繁茂的样子。

㉑榛：丛木。

㉒岳岳：遍布四周的样子。

㉓漼（cuī）澄（yí）：霜雪积聚的样子。

㉔洛泽：冰冻的样子。

㉕罔：无。

㉖归薄：归附，依傍。

㉗蹬（quán）蹄（jú）：局促，拘牵，不舒展。

㉘局数（cù）：局促。

㉙魁壘（lěi）：心情郁闷，盘结不解。

㉚挤摧：排斥摧挫。

㉛强老：指由于忧愁而过早衰老。

㉜苎（níng）：散乱。

㉝頼：同"悴"，困病，劳累。

㉞颡（piǎo）：头发斑白。

㉟灵泽：滋润万物的雨水。也比喻君王的恩德。

㊱膏沐：古代润发的油脂，这里用作动词。

㊲琼若：如玉般的杜若，指很珍贵。

㊳踯躅（zhú）：踌躇不进。

㊴倏烁：疾闪，闪烁。

㊵呴（gòu）呴：鸟鸣声，也指鸟叫。

㊶怫（fú）郁：愤懑不平。

㊷切剥：形容心情极端痛苦急切。

㊸忿：怨愤。

㊹悁（yuān）悒（yì）：忧郁。

译文

可悲世人啊小心谨慎，巧言善辩啊奉承权贵。

众人大多啊阿谀逢迎，委曲取容啊蔚然成风。

贪婪邪佞之徒啊结党营私，忠贞贤良之士啊形单影只。

鸿鹄窜伏啊被困在荆棘中，鹈鹕群集啊聚在帷帐中。

杂草丛生啊郁郁葱葱，香草被弃啊枯萎凋零。

看到这些啊诈伪蛊惑的现象，心中不免倍觉痛惜。

徘徊彷徨啊在园圃湖泽，沿着它们啊走过田间小路。

河流山谷啊深广幽邃，山岭峰峦啊高大巍峨。

丛林啊繁盛，榛丛啊密布四周。

霜雪啊积聚，水流啊冰冻。

不论南北与西东，无处可以安身啊。

寻求庇荫啊在枯树下，隐藏啊在岩洞中。

蜷缩此处啊寒风让人局促，独自居住啊壮志难伸，寿命将尽啊生命短促。

心情郁闷命运坎坷啊常遭困苦屈辱，心怀忧苦过早衰老啊愁闷不快乐。

须发蓬乱啊双鬓斑白，希望天降甘露啊为我沐浴。

怀抱兰花啊手持如玉杜若，在黑夜中徘徊等待天亮。

乌云密布啊电光划过天空，孤单雌鸟受惊啊不停地鸣叫。

心中愤懑啊肝肠寸断，怨愤之情向谁倾诉？

赏析

《悯上》的"悯"是怜悯的意思，而关于"上"，汤炳正《楚辞今注》中认为应作"己"。《悯上》，应是作者因对屈原所遭受的不公平待遇寄以怜悯而作的。本篇首先描绘了奸佞之徒当道、忠良之士遭弃的混乱朝政，接着刻画了屈原苦闷彷徨、满目凄凉、忧愤不已的心理状态。作者在描写屈原遭受不公待遇后凄凉怨愤的心情，满含愤愤不平之意，体现了作者对先贤的遥遥相知之情；同时运用对比、比喻的手法，揭露了当时社会的黑暗。

遭 厄

原文

悼屈子兮遭厄[①]，沉玉躬[②]兮湘汨。

何楚国兮难化[③]，迄于今兮不易。

士莫志兮羔裘[④]，竞佞谀兮谗阋[⑤]。

指正义兮为曲，讹[⑥]玉璧兮为石。

鸱鸮[⑦]游兮华屋，鹓雏[⑧]栖兮柴蔟。

起奋迅[⑨]兮奔走，违群小兮谋询[⑩]。

载青云兮上升，适昭明[⑪]兮所处。

躁[⑫]天衢兮长驱，踵[⑬]九阳兮戏荡。

越云汉[⑭]兮南济，秣[⑮]余马兮河鼓[⑯]。

云霓纷兮晻翳，参辰[⑰]回兮颠倒。

逢流星兮问路，顾我指兮从左。

俓[⑱]娵觜[⑲]兮直驰，御者迷兮失轨。

遂踢达[⑳]兮邪造[㉑]，与日月兮殊道。

志阕绝[㉒]兮安如，哀所求兮不耦[㉓]。

攀天阶[㉔]兮下视，见鄢郢[㉕]兮旧宇。

意逍遥兮欲归，众秽盛兮杳杳㉕。
思哽饐㉖兮诘诎㉗，涕流澜㉘兮如雨。

注释

①厄：祸端，灾难。

②玉躬：玉体，对屈原身躯的美称。

③化：感化。

④羔裘：古时是诸侯、卿、士大夫的朝服。语出《诗经·郑风·羔裘》："羔裘如濡，洵直且侯，彼其之子，舍命不渝。"是郑人赞美其大夫的诗。这里借此典故，抨击当时士人志行低俗鄙恶。

⑤阋（xì）：争吵。

⑥訿（zǐ）：同"訾"，诋毁，指责。

⑦鸱（chī）鹏（diāo）：鸱，"鸱"的错体，恶鸟。鹏，即"雕"，猛禽。

⑧鸐（chī）鹠（yí）：神俊之鸟。

⑨奋迅：形容鸟飞或兽跑迅疾而有气势。

⑩谋（xǐ）询（gòu）：辱骂。

⑪昭明：光明，这里指太阳。

⑫蹑：踩，踏。

⑬踵：走到。

⑭云汉：银河。

⑮秣（mò）：喂牲口。

⑯河鼓：星名。属牛宿，在牵牛星的北面。一说即牵牛。

⑰参辰：参星和辰星。分别在西方、东方，出没各不相见，用来比喻彼此隔绝。

⑱俓（jìng）：经过，越过。

⑲娵（jū）訾（zī）：星次名，在二十八宿为室宿和壁宿。

⑳踢达：形容行动不由正轨，放荡佻达的样子。

㉑邪造：斜向行进，这里指不走正道。

㉒阸（è）绝：阻断，断绝。

㉓耦：符合。

㉔天阶：星名。

㉕杳杳：幽暗的样子。这里指世俗风气恶浊。

㉕哽饐（yē）：饐，同"噎"。因悲伤而气息滞塞。

㉗诘（jié）诎（qū）：弯曲，引申为冤枉。

㉘澜：本义指大的波浪。这里形容泪如泉涌的样子。

译文

哀悼屈原啊遭逢灾祸，自投高洁之躯啊沉入汨罗江。

楚国为什么啊如此难以教化，至今啊依然没有什么变化。

大臣中无人有远大志向，相互阿谀奉承啊陷害争权。

公理正义啊遭到扭曲，玉璧啊被诋毁成顽石。

恶鸟鸥鹏嬉闹啊在华堂之上，神鸟鹓鸡栖息啊在柴草堆中。

想要快速飞起啊离开这里，躲避这群小人啊轻毁辱骂。

乘着青云啊向上飞升，奔向光明啊所在的地方。

踏着天庭大路啊长驱而入，来到太阳住所啊游荡。

跨过银河啊向南涉渡，喂马休整啊在河鼓侧畔。

云团浓厚啊遮住了太阳，参辰二星回旋啊颠倒了位置。

遇到流星啊向它问路，回头为我指路啊往左驰骋。

越过嫩觜二星啊径直向前奔驰，车夫迷失方向啊不知该往何方。

这才知道自己失足啊走上邪路，与日月啊道路相背离。

志向被阻隔啊该何去何从，哀叹所追求的理想啊无人认同。

爬上天阶啊向下望，看见郢都啊我的故乡。

心意动荡摇摆啊想要回去，奸臣贼子众多啊世风混浊。

悲伤哽咽啊深感冤枉，涕泪横流啊零落如雨。

赏析

《遭厄》的"遭"是遭受、遭遇的意思，"厄"是祸端的意思。本篇是为了悼念屈原而作，描写了屈原在遭受排挤迫害后忍辱远遁、寻求光明而不得的经历。因当时朝政混乱、奸佞之臣云集、忠贞贤良之士被黜，屈原不愿同流合污，才远走高飞、寻找光明之所在。但是天上昏暗不明，星象混乱，方向迷失，才知自己走上邪路。他在天上看到故国的都城，心意动摇想要回到故乡。对祖国的眷恋之情和对奸臣贼子的痛恶使他处在极其矛盾、犹豫不决的情感关口，寄托了作者对屈原的经历和心情的深刻理解与共鸣。

悼　乱

原文

嗟嗟兮悲夫，殽乱兮纷挐①。

茅丝②兮同综，冠屦兮共绚③。

督万④兮侍宴，周邵⑤兮负刍⑥。

白龙⑦兮见躯⑧，灵龟兮执拘。

仲尼兮困厄，邹衍⑨兮幽囚。

伊余⑩兮念兹，奔遁兮隐居。

将升兮高山，上有兮猴猿。

欲入兮深谷，下有兮虺蛇⑪。

左见兮鸣鹠⑫，右睹兮呼枭⑬。

惶悸兮失气⑭，踊跃兮距跳⑮。

便旋兮中原⑯，仰天兮增叹。

菅蒯⑰兮壄莽，藋⑱苇兮仟眠⑲。

麀蹊⑳兮蹒蹒㉑，貒㉒貉㉓兮蟫蟫㉔。

鸐㉕鹒㉖兮轩轩，鹑鹞㉗兮甄甄㉘。

哀我兮寡独，靡有兮齐㉙伦。

意欲兮沉吟，迫日兮黄昏。

玄鹤兮高飞，曾逝㉚兮青冥。

鸤鸠㉛兮喈喈㉜，山鹊兮嘤嘤㉝。

鸿鸧[34]兮振翅，归雁兮于征[35]。

吾志兮觉悟，怀我兮圣京[36]。

垂屍[37]兮将起，跰俟[38]兮硕明[39]。

注释

①殽（xiáo）乱、纷挐（ná）：皆指混乱、错杂的样子。

②茅丝：茅草与丝线，这里比喻忠奸、善恶。

③共絇（qú）：指装饰相同。絇，古时鞋头上的装饰，有孔，可穿系鞋带。

④督万：分别指华督和宋万，宋人，皆有弑君之行。

⑤周邵：周公和邵公，皆周朝开国功臣。

⑥负刍（chú）：背柴草，指从事樵柴之事。

⑦白龙：河神。

⑧躲（shè）：同"射"。

⑨邹衍：战国时齐国哲学家，曾遭人谗入狱，六月天降飞霜。

⑩伊余：自指，我。伊，发语词，无实义。

⑪虺（huǐ）蛇：毒蛇，这里比喻恶人。

⑫鴂（jú）：鸟名，即伯劳。

⑬枭：鸟名，猫头鹰一类的鸟，旧传枭食母，故常用来比喻恶人。

⑭失气：这里形容因害怕恐惧而停止呼吸。

⑮距跳：跳跃，超越。

⑯中原：平原，原野。

⑰菅（jiān）蒯（kuǎi）：茅草之类，可用来编绳索。

⑱萑（huán）：同"萑"，荻类植物，形状像芦苇，茎可编织苇席。

⑲仟（qiān）眠：草木丛生的样子。

⑳蹊（xī）：路径。这里是在路上走的意思。

㉑躖（duàn）躖：形容野兽行进的样子。

㉒猯（tuān）：猪獾。

㉓貉（hé）：一种哺乳动物，外形似狐，毛棕灰色，在河谷、山边和田野间穴居，以鱼、鼠、蛙、虾、蟹和野果等为食。是一种重要的毛

皮兽。现北方通称貉子。

㉔蟳（xún）蟳：相互跟随。

㉕鹯（zhān）：一种鹞类猛禽。又名晨风。

㉖鹞（yào）：一种凶猛的鸟，通称雀鹰、鹞鹰。

㉗鹌（ān）：同"鹌"。

㉘甄甄：形容小鸟飞翔的样子。

㉙齐：齐同。

㉚曾逝：高飞。

㉛鸧（cāng）鹒（gēng）：黄鹂，又作"仓庚"。

㉜喈（jiē）喈：禽鸟和鸣声。

㉝嘤（yīng）嘤：象声词。叫声清脆。

㉞鸬（lú）：鸬鹚，又名"鱼鹰""水老鸦"。一种水鸟，羽毛黑色，嘴扁而长，尖端有钩。善捕鱼，渔人常用它来捕鱼。

㉟于征：将去。

㊱圣京：指故都"鄢郢"。

㊲垂屣：穿鞋。

㊳跙（zhù）俟：停下脚步等待。

㊴硕明：天大亮。

译 文

可叹啊可悲，混乱啊错杂。

茅草丝线交织在一起，帽子鞋子啊装饰相同。

华督宋万这样的坏人啊在君王身边侍宴，周邵二公这样的开国功臣啊被放逐去砍柴。

镇河神龙啊被箭射中，祥瑞神龟啊被拘禁起来。

圣人孔子啊处境困苦危难，忠君的邹衍啊却被拘捕幽禁。

我一想到啊这些史事，就想远遁他乡啊避世归隐。

准备攀登啊高山，上面却有啊猿猴。

想要进入啊深谷，下面却有啊毒蛇。

向左看见啊鸣叫的伯劳，向右看见啊呼应的猫头鹰。

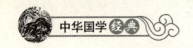

惊惧惶恐啊忘记了呼吸，挣扎跳跃啊想要逃离这里。
盘旋徘徊啊原野里，仰望苍天啊长叹不已。
<u>丛丛茅草啊郁郁葱葱，块块荻草芦苇啊茂密丛生。</u>
野鹿奔跑啊在小路上，猪獾貉子啊前后跟随。
晨风鹞鹰啊在空中翩翩飞舞，小鸟鹌鹑啊飞个不停。
可怜自己啊孤孤单单，世间没有啊志同道合的人。
想要深思吟咏啊我这一生，可是日落西山啊已近黄昏。
玄鹤啊振翅高飞，远远消逝啊在天空中。
黄鹂鸣叫啊此起彼伏，山鹊啼唱啊声音清脆。
水鸟鸬鹚啊振动翅膀，南归大雁啊将要远行。
我的内心啊已然觉醒，时时怀念啊故都鄢郢。
穿好鞋子啊站起身来，停下脚步啊等待天明。

析

　　"悼乱"即哀悼世事混乱，表达了诗人想要奔遁远方、避世隐居的复杂心情。开篇从"乱"字入手，描绘了自然界人兽并存、人世黑白颠倒的混乱情景。君王亲近小人、疏远贤人，诗人悲愤不已，欲避世归隐，放眼望去却是怪兽恶鸟威胁生存，加上诗人孑身一人，没有同道之人，诗人深陷忧思难以排解的境地。最后诗人终于醒悟，他最眷恋的依然是故国。所以不管形势多么凶险严峻，他都要返回故国。诗人这种不屈不挠的精神，值得我们学习。

伤　时

【原文】

　　惟①昊天②兮昭灵③，阳气④发兮清明⑤。
　　风习习⑥兮飒飗⑦，百草萌兮华荣⑧。
　　蕫⑨荼⑩茂兮扶疏⑪，蘅⑫芷凋兮莹嫇⑬。

愍^⑭贞良兮遇害，将夭折兮碎糜^⑮。

时混混^⑯兮浇馈^⑰，哀当世兮莫知。

览往昔兮俊彦^⑱，亦谇辱^⑲兮系累。

管^⑳束缚兮桎梏，百^㉑贺易兮傅卖。

遭桓缪兮识举，才德用兮列施^㉒。

且从容兮自慰，玩琴书兮游戏。

迫中国兮迮陋^㉓，吾欲之兮九夷^㉔。

超五岭^㉕兮嵯峨^㉖，观浮石^㉗兮崔嵬。

陟丹山^㉘兮炎野^㉙，屯余车兮黄支^㉚。

就祝融兮稽疑^㉛，嘉己行兮无为。

乃回竭^㉜兮北逝，遇神媾^㉝兮宴娭^㉞。

欲静居兮自娱，心愁戚兮不能。

放余辔兮策驷^㉟，忽飙腾兮浮云。

蹠^㊱飞杭^㊲兮越海，从安期^㊳兮蓬莱。

缘天梯兮北上，登太一^㊴兮玉台。

使素女兮鼓簧，乘戈^㊵龢^㊶兮讴谣。

声嗷誂^㊷兮清和^㊸，音晏衍^㊹兮要娃^㊺。

咸欣欣兮酣乐，余眷眷兮独悲。

顾章华^㊻兮太息，志恋恋兮依依。

注释

①惟：发语词，无实义。

②昊（hào）天：指春天，也有说指夏天。

③昭灵：显示神通。

④阳气：暖气。

⑤清明：清澈明朗。

⑥习习：和煦。

⑦龢（hé）煖（nuǎn）：温暖。

⑧华荣：茂盛。

⑨堇（jǐn）：一种蔬类植物。

⑩荼（tú）：苦菜。

⑪扶疏：枝叶茂盛的样子。

⑫蘅：即杜衡。

⑬莹媒（míng）：形容枝叶凋零的样子。

⑭愍（mǐn）：怜悯，哀怜。

⑮碎靡：粉碎。

⑯混混：浑浊，指水或空气等不清洁，含有杂质，比喻社会环境的混乱阴暗。

⑰浇馔（zàn）：用羹泡饭，比喻浊乱。

⑱俊彦（yàn）：才智出众之人，贤才。

⑲诎（qū）辱：屈辱。

⑳管：管仲，名夷吾，字仲，谥号敬，史称管子，曾辅佐齐桓公称霸。

㉑百：百里奚。秦穆公时著名的贤臣。

㉒列施：充分施展。列，陈列，布置。

㉓迮陜（xiá）：狭小，狭窄。

㉔九夷：古代对东方少数民族的称呼，也指他们居住之地。

㉕五岭：越城岭、都庞岭、萌渚岭、骑田岭和大庾岭，在今广东、广西与湖南、江西交界处，划分了长江流域与珠江流域。

㉖嵯（cuó）峨：形容山峦挺拔。

㉗浮石：山名，位于东海。

㉘丹山：山名，位于南方。

㉙炎野：地名，位于南方。

㉚黄支：南方古国名。

㉛稽疑：断决疑难。

㉜回揭（qiè）：回身离开。

㉝嵣（xié）：古代北方的神。

㉞宴娭（xī）：宴饮嬉戏。

㉟驷（sì）：古代称套着四匹马的车或者拉着一车的四匹马为

"驷"。

㊱蹠（zhí）：跳上，乘上。

㊲杭：行船。

㊳安期：仙人名，亦称"安期生""安其生"。

㊴太一：天神之名。

㊵乘戈：传说中的仙人名。

㊶龢（hè）：唱和。

㊷噭（jiào）诮（tiào）：歌声清畅的样子。

㊸清和：清越和谐。

㊹晏衍：旋律悠长。

㊺要婬（yín）：指舞姿妖冶柔美。婬，通"淫"。

㊻章华：章华台，为春秋时楚灵王所造，当时被誉为"天下第一台"。

译文

春天之神显示神通，天气渐渐变暖空气清明。

春风和煦温暖舒适，百草萌生一片生机。

菫菜、苦菜枝繁叶茂，杜蘅、白芷枝叶凋零。

悲悯忠贞贤良之人遭到迫害，将要死去身体破碎。

时世浑浊就像用汤泡饭，悲悯当世没有知己。

回顾往昔那些杰出贤才，也曾遭受屈辱陷入困境。

管仲被捆绑戴上手铐脚镣，百里奚被迫自卖于秦。

得到了齐桓公、秦穆公的赏识，才智才得以施展。

姑且安于现状聊以自慰，抚琴读书游戏娱乐。

迫于国内狭小险恶，我想要前往东方九夷之地。

飞越山势高峻的五岭，观览耸立在海上的浮石山。

走过丹山奔向炎野，在古国黄支聚集车马。

向火神祝融询问断决疑事，他夸奖我的行为顺应自然。

于是我转身离开向北而行，遇到神嬬一起宴饮嬉戏。

想要住在安静之地自寻娱乐，可是心情忧愁伤感无法做到。

我放开缰绳纵马奔驰，转眼飞腾直达浮云之上。

我乘坐飞船横渡大海，跟随仙人安期来到蓬莱仙山。

沿着天梯向北而上，登上太一的玉台。

让素女吹奏笙竽，乘戈相和清歌盈室。

声音清畅音调清越和谐，旋律悠长舞姿柔美妖冶。

大家都高兴地沉醉于饮酒娱乐之中，我却眷恋故国独自伤悲。

俯视章华台长长叹息，心中依依不舍眷恋故国。

赏析

"伤时"原指或伤于自然时间，或伤于时事变换。本篇是触景生情之作，兼有"伤时"两义，由冬去春来、万物复苏的清明季节联想到冬季的肃杀、万物的凋零，暗指了当时奸佞横行、小人得志、忠臣良将遭受迫害的污浊朝政。于是作者远离故国，去往他乡逃避祸患。虽然一路上受到神灵的真诚相待，但作者心中依然眷恋着多灾多难的故国。本篇与《遭厄》《悼乱》相同，体现了诗人离开故国却依然眷恋故国的矛盾心理，形象地表现了诗人对故国的热爱。

哀　岁

原文

旻天①兮清凉，玄气②兮高朗。

北风兮潦冽③，草木兮苍唐④。

伊蚨⑤兮嘄嘄，螻蛄⑥兮穰穰⑦。

岁忽忽兮惟暮，余感时兮凄怆。
伤俗兮泥浊，曚蔽兮不章⑧。
宝彼兮沙砾，捐此兮夜光⑨。
椒瑛⑩兮涅污⑪，菓耳⑫兮充房。
摄⑬衣兮缓带，操我兮墨阳⑭。
升车兮命仆，将驰兮四荒⑮。
下堂兮见蚤，出门兮触蜂。
巷有兮蚰蜒⑯，邑多兮螳螂。
睹斯兮嫉贼⑰，心为兮切伤。
俛⑱念兮子胥，仰怜兮比干。
投剑兮脱冕，龙屈兮蜿蟺⑲。
潜藏兮山泽，匍匐兮丛攒⑳。
窥见兮溪涧，流水兮沄沄㉑。
鼋㉒鼍㉓兮欣欣，鳣㉔鲇兮延延㉕。
群行兮上下，骈罗㉖兮列陈。
自恨兮无友，特处兮茕茕。
冬夜兮陶陶㉗，雨雪兮冥冥。
神光兮颎颎㉘，鬼火兮荧荧㉙。
修德兮困控㉚，愁不聊㉛兮遑㉜生。
忧纡㉝兮郁郁，恶所㉞兮写情㉟。

①旻（mín）天：秋天。
②玄气：自然界的阳阴元气。
③潦冽：寒冷凛冽的样子。
④苍唐：草木初凋时青黄相杂之色。
⑤蚸（yī）蚗（jué）：一种蝉。
⑥蝍（jí）蛆（jū）：一说蟋蟀。又说蜈蚣。从文中来看，应指

蜈蚣。

⑦穰（rǎng）穰：众多，纷乱。

⑧章：明亮。

⑨夜光：夜明珠。

⑩椒瑛（yīng）：比喻贤人良士。椒，香木。瑛，美玉。

⑪涅污：染污，玷污。

⑫枲（xǐ）耳：即苍耳，比喻奸佞小人。

⑬摄：整理。

⑭墨阳：古代宝剑名。

⑮四荒：四方荒凉边远之地。

⑯蚰（yóu）蜒（yán）：虫名，生活在阴暗潮湿的地方，似蜈蚣而略小。

⑰嫉贼：痛恨奸邪小人。嫉，痛恨。贼，这里指奸邪小人。

⑱俛（fǔ）：同"俯"，低头。

⑲蜿蟤（zhuān）：屈曲不伸展的样子。

⑳丛攒（cuán）：罗列分布，这里指草木丛生的地方。

㉑沄（yún）沄：水流回旋汹涌的样子。

㉒鼋（yuán）：一种龟。

㉓鼍（tuó）：扬子鳄，俗称"猪婆龙"。

㉔鳝（shàn）：一说是鳠鱼、鲟鱼之类大鱼。

㉕延延：众多的样子。

㉖骈（pián）罗：并列分布。

㉗陶陶：漫长的样子。

㉘颎（jiǒng）颎：同"炯炯"，光明，明亮。

㉙荧荧：微光闪烁的样子。

㉚困控：指无人引进。

㉛聊：快乐。

㉜遑：如何，怎能。多用于反问句，表示不能。

㉝忧纡：忧思郁结。

㉞恶（wū）所：何所，何处。

㉟写情：抒发、宣泄感情。

译文

正值秋天天气清凉，万里晴空天气明朗。
北风飒飒寒冷凛冽，草木渐渐凋零枯黄。
蚈蛢在嗷嗷鸣叫，蜈蚣在成群结行。
时光飞逝年岁已老，感怀伤时心中悲伤。
哀伤世俗混乱污浊，人心蒙蔽不分贤愚。
沙子碎石被当作宝贝，夜光明珠却被丢弃一旁。
香木美玉被污泥污染，刺人苍耳却充满厅堂。
整理衣服宽松衣带，手拿我的墨阳宝剑。
我命仆从备好车驾，驰向那荒凉的远方。
走下台阶看见毒蝎，走出大门遇到恶蜂。
街巷里面密布蚰蜒，城镇里爬满螳螂。
看到这些情景痛恨奸邪小人，气愤填膺心里感到悲伤。
低头想起伍子胥，仰天怜悯比干。
我把剑扔到地上脱掉冠冕，像龙一样屈曲不再伸展。
潜身遁形在深山大泽，匍匐安身在草木丛中。
遥遥窥见那山涧溪水，流水汹涌奔流不息。
大龟鳄鱼怡然自得，鳝鱼鲇鱼聚集成群。
成群结队地上下游动，横向成排纵向成列。
只恨自己没有知己，一人独处孤单寂寞。
寒冷冬日长夜漫漫，雨雪交加昏暗不明。
神灵之光闪耀光明，幽灵之火微光闪烁。
想要休养德行却无人引进，忧愁难解又怎么活下去。
忧思郁积愁绪萦绕，无处可以宣泄情绪。

赏析

　　"哀岁"即哀叹岁月年华的流逝。这一篇与《伤时》异曲同工，也是首先描写秋景，秋风肃杀，万物凋零。屈原被逐后，虽有满腔抱负却无处施展，只能眼睁睁看着奸佞小人把持朝政，将国家搞得混乱不堪，自己却无能为力。秋景肃杀、时局凶险，融成当时的社会氛围，屈原陷

于其中不能解脱，无处宣泄心中的苦闷，只得哀叹连连。如果说《伤时》中还有春天万物复苏，屈原渴望得到解脱，那么本篇则只有秋风萧瑟万物凋零，深刻地反映了屈原生逢乱世、上下求索而不得、独自伤悲的人生景况。

守 志

原文

陟①玉峦兮逍遥，览高冈兮嶢嶢②。

桂树列兮纷敷③，吐紫华④兮布条⑤。

实⑥孔鸾⑦兮所居，今其集兮惟鸮⑧。

乌鹊⑨惊兮哑哑⑩，余顾瞻兮怊怊⑪。

彼日月兮暗昧⑫，障覆天兮祲氛⑬。

伊⑭我后⑮兮不聪，焉陈诚兮效忠。

摅⑯羽翮⑰兮超俗，游陶遨⑱兮养神。

乘六蛟⑲兮蜿蝉⑳，遂驰骋兮升云。

扬彗光㉑兮为旗，秉电策㉒兮为鞭。

朝晨发兮鄢郢，食时㉓至兮增泉㉔。

绕曲阿兮北次，造我车兮南端。

谒玄黄㉕兮纳贽㉖，崇忠贞兮弥坚。

历九宫㉗兮遍观，睹秘藏㉘兮宝珍。

就傅说兮骑龙，与织女兮合婚。

举天罼㉙兮掩㉚邪，彀㉛天弧㉜兮射奸。

随真人㉝兮翱翔，食元气㉞兮长存。

望太微㉟兮穆穆㊱，睨㊲三阶㊳兮炳分㊴。

相辅政兮成化㊵，建烈业㊶兮垂勋㊷。
目㊸瞥瞥㊹兮西没，道遐迥㊺兮阻叹。
志稸积㊻兮未通㊼，怅敞罔㊽兮自怜。
乱曰：天庭明兮云霓藏，三光㊾朗兮镜㊿万方。
斥蜥蜴(51)兮进龟龙(52)，策谋从兮翼机衡(53)。
配稷契(54)兮恢(55)唐(56)功，嗟英俊兮未为双。

注释

①陟（zhì）：由低处登上高处。
②峣（yáo）峣：形容山势高大的样子。
③纷敷：形容纷纭茂盛的样子。
④紫华：紫色花朵。华，同“花”。
⑤布条：舒展枝条。
⑥实：相当于“是”，这。
⑦孔鸾：孔雀和鸾鸟。
⑧鸮（xiāo）：同“枭”，猫头鹰。
⑨乌鹊：乌鸦和喜鹊。
⑩哑（yā）哑：象声词。乌鸦鸣叫之声。
⑪怊（chāo）怊：怅惘、惆怅的样子。
⑫暗昧：昏暗无光。
⑬祲（jìn）氛：指不详、邪恶之气。
⑭伊：句首语气助词。
⑮后：君王。
⑯摅（shū）：舒展。
⑰羽翮（hé）：翅膀。
⑱陶遨：心无牵挂的样子。
⑲六蛟：六龙。蛟，古代传说中的龙类动物。
⑳蜿蝉（shàn）：蛟龙盘曲的样子。
㉑彗光：彗星的光芒。
㉒电策：电光，形容闪电的形状。电，闪电。策，鞭子。

㉓食时：吃饭的时候。这里特指吃早餐的时间。

㉔增泉：银河。

㉕玄黄：天地之神。

㉖纳贽：向初次拜见的长者馈赠礼物。

㉗九宫：天宫。

㉘秘藏：此指珍藏或秘藏的大宗宝物。

㉙天罩（bì）：即天毕，星名，因状似罗网而得名。

㉚掩：一网打尽的意思。

㉛彀（gòu）：拉满弓。

㉜天弧：星名。状似箭搭在弓上而得名。

㉝真人：道家称存养本性或修真得道之人，泛指"成仙之人"。

㉞元气：神仙家、方士所用术语，指阴阳混一之气。

㉟太微：亦作"大微"。古代星官名，三垣之一。

㊱穆穆：庄严肃穆的样子。

㊲睨：斜视。

㊳三阶：星名，又名"三台"，分上台、中台、下台，共六星，两两相邻。古人以天象象征人事，以"三台"比"三公"，所以才说"相辅政"。

㊴炳分："缤纷"的音变，这里指光辉灿烂。

㊵成化：完成教化。成，实现，完成。

㊶烈业：显赫的业绩。

㊷垂勋：遗留功勋于后世。

㊸目：一说应作"日"。

㊹瞥瞥：倏忽，忽然。光或声音迅速消失的样子。

㊺遐迥：遥远。

㊻蓄（xù）积：积聚，积蓄，此指愁绪压抑。

㊼未通：没有实现。

㊽敞罔：怅惘失意。

㊾三光：指日、月、星。

㊿镜：照耀。

51蜥蜴：一种爬行动物。此指奸佞小人。

㉒龟龙：灵物，这里代指忠贤。

㉓机衡：北斗七星中第三星璇玑与第五星玉衡的并称。也代指北斗星。

㉔稷契：唐尧时的贤臣。稷，后稷，周先祖。契，商先祖。

㉕恢：弘大，宽广。

㉖唐：唐尧。

译文

登上仙山自在逍遥，看到山冈巍峨雄壮。

桂树成行繁复茂盛，紫花开放枝条舒展。

这里本是孔雀鸾鸟居住之所，如今聚集此处的只有猫头鹰。

乌鸦喜鹊受惊哑哑叫着，我见此情此景不禁怅惘。

看那日月黯淡无光，不祥之气遮蔽天空。

君王被小人蒙蔽，我怎么表明心志报效忠诚！

振翅高飞超越这混浊的世俗，尽情遨游修养我的精神。

驾着六条蛟龙盘曲舞动，纵横驰骋直上云间。

挥动彗星之光作为我的旗帜，抓起闪电策马前行。

清晨从故都鄢郢出发，早餐时分到达银河之畔。

绕过弯曲的山在北边留宿，又驾车赶往南方。

拜见天地之神献上珍贵礼物，崇尚忠诚贞节之心更加坚定。

遍游天宫到处游历，奇珍异宝尽入眼底。

骑着神龙拜见贤相傅说，结交织女结下姻缘。

高举天网消灭邪恶，拉满弧矢射杀奸佞。

跟随仙人遨游太空，采食天地元气求得长生。

望见太微星庄严肃穆，看到三台星熠熠生辉。

它们好像在辅助天帝教化万民，建立丰功伟业留下不朽的功勋。

太阳迅速向西方下沉，前方道路遥远阻隔重深。

满怀壮志却无法实现，只有惆怅迷惘自叹自怜。

乱辞说：天庭光明灿烂云霓深藏，日月星辰光芒四射照耀四方。

斥退邪恶的蜥蜴请来忠贤的龟龙，由他们出谋划策辅佐君王。

才智堪比稷契发扬唐尧功绩，可叹今世英贤无人与您相匹。

"守志"，即恪守自己的理想。本篇是一首游仙诗，写屈原在遭受奸佞小人的排挤打压后仍然坚守自己的理想，不屈身事贼。文中有大量笔墨描绘主人公因不满现状而远飞仙界，与前朝圣贤、天上星宿同游交谈，看圣贤、星宿辅佐天帝建功立业，得到了精神上的满足。特别是乱辞部分，诗人描绘了一幅君明臣贤、百姓安居乐业的图画，虽仍有些许失意哀叹，却充满了坚强向上的乐观精神。